蓬莱客 著
CHANGNING JIANGJUN

中册

青岛出版集团 | 青岛出版社

第五章　命定之人

束慎徽顶着仍漆黑的五更天出了王府,姜含元如前几日那样自去校场。

护卫统领王仁领着手下已在校场,一是操练,二是陪练。今早不知为何,王妃没有叫他们,王仁便领着人自己操练,五一见瞥见王妃独自在靶场射箭。

天色渐渐大亮,众人操练完毕,发现王妃还没走,便寻了过去。姜含元手持长棍在习棍法,正一棍重重击落。众人就听"咔嚓"一声,只见她手里那根蜡木制的长棍竟从中折裂,地上承力的一块方砖也随之裂了几道缝隙。

众人不禁暗暗咋舌,敛声屏息,一时不敢出声。

姜含元停住,喘息了片刻,回过头见众人在远处看着,便掷了断棍,擦了擦汗走过去,叫他们散了,不必在此等着。

王仁和侍卫们去了,她独自在空旷的校场里坐了片刻。

朝阳渐渐升起,她的喘息和心跳也完全平复下去。她低下头,展开手掌看了一眼掌心,随即起身回了繁祉院。

方才最后一下她聚力过度,不仅折裂长棍,也伤了自己,一只手的掌心里,本已愈合的伤口又迸裂渗出了血。

她入房,自取药布擦拭了一下。这时,庄氏恰好走进来,见状吃了一惊,上前要拿起她的手看:"王妃,你的手又怎么了?"

姜含元避过庄氏的手，笑道："没事。方才不小心擦了一下，很快就好。"

庄氏叹气："王妃小心些，我看着都疼！王妃也太不爱惜自己的身体了。"

庄氏说着，看了一眼姜含元额侧的伤痕。这段时日，她天天盯着王妃早晚往伤痕上涂药，太医院的玉魂膏总算起了些功效，伤痕已淡去不少，再过些时日想必就看不出来了。

"嬷嬷有事？"姜含元问她。

"方才宫里来了人，说敦懿太皇太妃想和王妃说说话，叫王妃今日若是得空，便往宫里走一趟。接王妃的车就在外头了。"庄氏看着姜含元的脸色，"王妃若是不便，我便叫人去和摄政王说一声？"

王妃的性情和别人不同，她若不愿，自然以她的心意为上，所以庄氏又补了一句。

"殿下忙，不必扰他。小事而已，我去便是。"姜含元应道。

她沐浴梳头，换了衣裳，入宫，被等候在宫门口的侍人领入，来到了敦懿宫中。

敦懿太皇太妃身旁坐着兰太后。待姜含元见了礼，李太皇太妃急忙叫人为姜含元在自己的身旁设座。兰太后依旧是华服严妆，打量了一眼姜含元，见她将头发盘于顶，梳成一个圆髻，髻边插了几把固发用的象牙梳篦，若月破乌云，又碧衣缥裙，春衫着身，从头到脚都很简单。

兰太后转向李太皇太妃，笑着夸道："太皇太妃您瞧，王妃这容貌和气度，便是只插几把梳篦，也是压人一头。想来她还不知道，上回贤王老王妃的寿宴过后，满城的贵女都梳起了牡丹髻，教那些老人恍惚以为回了圣武皇帝朝。还有那些年轻爱美的贵女，哪个不往额心点上朵朱砂梅痕，更有心思奇巧的，变作了镂金的花钿，匀染紫胭，实在是好看。我若不是年纪太大，也忍不住想那样打扮一番了。偏自己浑然无觉的，也就只有女将军了！"

李太皇太妃也含笑望着姜含元，关切地问她先前的伤情如何了，听她说已痊愈，点头道："你无事就好。上回听说你出事，老身极是担心。若不是碍于宫墙之阻，当时太后也想亲自去探望你。往后若是无事，你记得多往宫里走走，莫教一道宫墙拦了天家的情分。"

姜含元应"是"。

寒暄完，兰太后屏退了左右，望向李太皇太妃。李太皇太妃迟疑了一下，道:"昨夜万象宫里的事,你想必已知晓了吧?"

姜含元道:"知晓了。"

李太皇太妃轻轻叹息一声,没说话。

兰太后说:"王妃可知摄政王如何定夺?"

姜含元道:"不知。殿下未曾和我讲。"

兰太后露出几分淡淡的同情之色,又望了一眼李太皇太妃。

李太皇太妃开口道:"今日老身将你唤来,就是为了此事。一来,听闻赫王诚意十足,此事怕是不好推却;二来,婚事若成,对我大魏也是大有裨益。摄政王想必正左右为难。只是你须知,他若应下,也是一心为国,并无半分对你不敬之意。你须体谅,更不要自己难过伤了身子。你才是从王府大门被他迎进去的独一个的王妃,其余无论什么人,来得再多,又如何能够与你争辉?"

李太皇太妃的这番言语,殷殷切切,实是发自内心。

兰太后也叹道:"先帝走得早,陛下又难当大任,大魏的天下如今就系于摄政王之身。他在诸多事情上,必然是身不由己的。不过,他对你好是尽人皆知的。就拿上回你在禁苑出事来说,为了寻你,他竟丢下政务亲自带人入禁苑。我这个小叔,何曾为了旁人如此失态过?倘若这回最后因为此事而委屈到你,他也全然是为大魏朝廷计,更是因为陛下的拖累,我愿向你赔罪……"

说着,她竟真的从座上起身,要向姜含元下拜。

兰太后刚作势欲拜,姜含元便已将她稳稳托住,道:"不敢。"

姜含元随即松开兰太后,又向李太皇太妃行了一礼:"多谢尊长关爱,若无别事,我便告退。"

李太皇太妃留姜含元用饭,被她婉拒。李太皇太妃见留她不住,只得叫人送她出宫去。

等人走了,兰太后道:"太皇太妃,她寡言少语,多一句话也无,我实在有些吃不准。你瞧她是否已经听明白了?"

今早的这场叙话,其实是兰太后促成的。昨晚万象宫里的事,她第一时间就知晓了。为朝廷计,也出于某种暗藏的不能为人所知的微妙心思,她暗盼事成。但仔细琢磨过后,她又担心摄政王顾忌姜含元,成不了事,于是连夜寻到李太皇太妃面前。她只说摄政王必然是愿意接纳王女的,婚事若成,对大魏有百利而无一害，只是他应当也在顾忌新娶不久的王妃。

李太皇太妃深居内宫，不管闲事，平日无事就是瞌睡，听了这话，今早便将人叫来，既是安慰，也带了些叫姜含元成全的意思。

李太皇太妃皱了皱眉："也是眼缘在，我倒是很喜欢姜家这个女儿。若不是为了朝廷，我也不会跳出来管这些。人若是不聪明，只靠着武力，你以为就能做到将军？何况是个女子！罢了，话点到便是，别的由不得你我！"

兰太后忙称"是"，又道："昨晚这事倒让我又想起了陛下。他已年满十四岁，该替他定下皇后人选了。如此，一来有利国体，二来陛下能知自身年岁已长，行事不可越出规矩。我便趁这机会请教太皇太妃，太皇太妃可有中意之人？"

李太皇太妃闭目半晌，道："我有甚中意之人？你自己看着选便是。以出身和品性为重，至于才貌之类，有最好，若无，也不必强求。"

兰太后觑着太皇太妃笑道："太皇太妃之言正合我意。那我回去便草拟名单了。"

她欺李太皇太妃不管事，又年老有些糊涂，平日惯会用好话去糊弄李太皇太妃。此刻目的达到，李太皇太妃也面露倦色，她在旁再陪片刻，退出去，回到自己宫中。

姜含元来的时候是从西侧的日常门入宫，出宫自然也走原来的门。她从敦懿宫出来，再走出内宫的紫极门，跟着领路的宫人沿着内宫的墙往右去。他们正行着，忽然看见前方有道身着龙袍的身影，竟是少帝独自立在宫墙下的甬道中间。

宫人突然看见少帝现身此处，慌忙退到路旁，下跪叩拜。束戬叫人都退开，看了一眼姜含元，迟疑了一下，最后还是迈步走了过去："不必行礼了。"

他从头到脚看了她一眼，问道："上回你出事，落下的伤如何了？"

姜含元依然行了礼，站直后道："已然痊愈，谢陛下惦念。"

少年便沉默下来。姜含元等了片刻，正要告退继续出宫，忽然听他再次开口道："上回梅园的事，我还欠你一个赔罪。我答应过三皇叔的。对不住了，是我的错！"

他说得又快又急，说完便盯着自己脚下甬道上铺着的砖石，一动不动。

姜含元微微一怔。她早已将那事抛在了脑后，没想到他竟还记着。

这个时间，早朝应当已经结束，但今日还要和赫王进行一些必要的商议，他是皇帝,此刻应当不会得闲。看他这样子,却好似是特意在此等着她的。

难道是他知道了自己入宫,又偷溜了出来?

姜含元不欲耽误他过多时间,而且也看出来了,少帝虽然找来赔罪,但依然有些拉不下面子。她立刻道:"陛下言重,那事早就过去了,无须再记在心上。陛下若有事,便请回,我也要出宫了。"

她语气温和,说的也是心里话。似那般的荒唐闹剧,过去也就过去了,她岂会计较?

束戬"嗯"了一声,依旧看着地面,迈步从她面前走了过去。姜含元也继续朝前去,可走了几步,忽然听到身后又响起了少年的声音:"若三皇叔纳侧妃,你当真愿意?"

姜含元不禁再次一怔。

束戬仿佛终于下定了决心,忽然快步回到她的跟前,低声说道:"母后在我宫里安插了人。那人被我揪出来吓唬了一下,就听我的话了。昨晚那人告诉我,母后去找了太皇太妃,今日要召你入宫。我方才寻了个空出来,就在太皇太妃宫里殿外——你们说的话,我都听到了。"

他看着姜含元:"三皇叔到底是怎么想的,我也不清楚。不过,他是真的一心为了朝廷,也是为我好,这个我知道。他从前既然可以娶你,如今若是推不过去,说不定也真会娶那什么雪原明珠。就当是上次对你不敬的弥补吧,你若是不愿,不必听太皇太妃她们的,我可以帮你。"

少年说完,微微挺了挺胸:"无论如何,我也是皇帝!"

他正处在变声期,蓦然提高音量,嗓子便有些破音,入耳略显滑稽。但他的表情是严肃的,他微微仰头,眉间带了几分傲色。

姜含元惊讶不已,万万没想到这位少年皇帝竟会和自己说出这样一番话。她回过神来,用肯定的语气说道:"多谢陛下,不过我真的无事。此事无须陛下插手,王爷做事自有他的考量,我无妨。"

束戬听完她的话,将视线落到了她的脸上,一直盯着她。

姜含元感觉他似在探究自己,后退一步:"陛下有事请去,我也告退了。"

她朝面前的少年躬身,随即再次迈步,却又听到他说:"我知道你是在故作大度!从小到大,我见多了女人,宫里到处都是,哪个不想争宠!那些不争的，不过是争不过罢了。你固然和别的女子大不相同，但若想抓住三皇叔的心，总这样是不行的！你须得做些改变。"

"我不妨和你直言，世上男子全都喜欢温柔解语的女子，不会喜欢像你这样的！"

姜含元从震惊中回过神，见面前的少帝神色郑重，竟还摆出老气横秋的模样对自己谆谆教导，实在忍不住，"扑哧"一声笑了出来。

束戬第一次见她笑，看到她目光清冽若泉，顿时一呆，随即耳朵发热，面上"腾"地一红。他强行镇定下来，用模仿来的最为严肃的语调说道："此为我之劝告，听不听在你自己！算我为前次冒犯做的一点儿弥补吧！我还有事，先去了！"他说完，丢下姜含元，大步而去。

上次束戬应许了赔罪，虽然后来三皇叔说不用，但话既出口，若不兑现，岂非鼠辈？偏苦于一直没有机会。前些日子又发生了禁苑的意外之事，他自然知晓真相，大受震动。昨夜得知她今早入宫，他便趁着今早的间隙，称内急更衣，脱身而出，终于堵住人赔了罪，算是了了一桩心事。

姜含元望着少帝匆匆离去，消失在宫墙甬道的尽头，摇了摇头，转身出了宫。她刚回到王府，就得知了一个意外至极的消息。

侍女说，大赫王的女儿——那位琳花王女上门了，此刻就在客堂中，由庄氏陪着。

姜含元一愣："她来寻摄政王？你们没说人不在吗？"

大赫八部归属东北塞外，少有礼教束缚，女子奔放本就是常事。那王女既然能被大赫王带来长安，想必平日备受宠爱。她若对束慎徽有意，那么得知昨晚的事，今早跑来寻他，也不算是什么惊世骇俗之举。

侍女点头，紧跟着又摇头："说了！婢子们本也以为她是来拜访殿下的，却没想到她说是为王妃而来。她说对王妃慕名已久，就是听说王妃嫁来了长安，这趟才要跟来的！庄嬷嬷劝不走她，只好伴着，就等王妃你回来呢！"

今日奇事实在是一件接着一件。姜含元匆匆去往庆云堂，到了之后，侍女才说了声"王妃回了"，就听一阵小跑的脚步声传来，接着，自客堂里奔出一个少女。姜含元眼前仿佛一亮。

这少女十五六岁，皮肤雪白，身段修长，头戴五彩珠冠，着一身火红衣裙，足蹬镂花长靴，双眼水汪汪的，小鼻挺秀，红唇饱满，容貌生得极是甜美。少女一出来，撞见姜含元，视线便落在了她的身上，双目放出光芒。

"你便是那大名鼎鼎的长宁女将军？我姓萧，名叫琳花！我早就知道将军你的大名了！你曾领兵从狄人手里夺过了青木原！我也从小想和男子一样习武打仗！可是父王不许，我怎么闹都不行。那年我听到消息，就想有朝一日若是能见到你，那该多好！这回听说将军你做了大魏的摄政王妃，父王正好要来长安，我就求他带我过来。今日见到了将军，我太高兴了！"

萧琳花一口气冲到姜含元的身边，伸手想抱她，快碰到的时候大约是不敢，又停住了，咬了咬唇，继续道："昨晚我听说父王将我许给摄政王做侧妃，太高兴了，一夜都未睡足。父王说等谈完正事，就和摄政王商谈婚期。我巴不得立刻入府！这样我便可以天天和将军你一道了！你去哪里，我也去哪里！虽然不能帮你打仗，但我会唱歌跳舞！将军你把我带在身边吧，若打仗累了，我就唱歌给你听，跳舞给你看，你就不会累了！"

姜含元终于从错愕中回神，见少女站在面前，睁大眼睛，期盼地望着自己，一时哭笑不得，不知该如何应答。

这时，庄氏匆匆追了出来，叫侍女看着萧琳花，自己将姜含元请到一旁，连声赔罪，说劝不走王女，又没法赶人，得罪了王妃。

姜含元转头看着不停往自己这边张望的琳花王女，道："无妨，她并无恶意，天真烂漫，我很是喜欢。"

庄氏一愣，也回头望了一眼。昨夜她从张宝口中得知了万象殿里发生的事，今早便觉摄政王离开时不太对劲，又说不出哪里不对，心里正暗愁不知这事将会通往何方，没想到正主居然就自己登门了。

王妃也不知是怎么想的，看样子竟好像真的颇是喜欢这个半分规矩也不讲的八部王女？

白天的事情结束，大赫王也出了宫。今夜自有贤王等人设宴待客，无须摄政王亲自宴宾。因此，束慎徽便独坐于文林阁内。

白天，事情进展顺利。大赫王立誓绝不在将来大魏与北狄的冲突中背叛大魏，大魏也承诺倘若八部有难，必会出兵相助。

虽然大赫王态度积极，但束慎徽此前也收到消息，称八部内部其实对是否投向大魏也存有分歧，只是碍于大赫王的威望和强力镇压，方勉强达成一致。

这其实是必然的。大魏只有在接下来对北狄的战事中将其重挫，以此耀武，方能威加四海，八方皆伏。没有一场战场上的巨大胜利，别的都是空谈。

暮色降临，近掌灯时分，束慎徽也可以出宫回王府了。

事实上，他也觉得自己需要好好休息一下。接连几夜没睡好觉，现在剩自己一个人，他也感到疲乏了。但他就是不想回府。

他揉了揉有些发僵的脸，一把推开面前堆叠着的卷宗，从座上起身，决定先去就寝——罢了，先睡一觉，别的明天再说。

这时，老太监走了进来，身后跟着张宝。束慎徽停步，微微皱眉："你怎么来了？不是叫你在家听她用吗？"

他此刻实在是累，人累，心好像也累，连"王妃"二字都不想说了。

张宝躬身，飞快地走到他的跟前，低声道："庄嬷嬷打发我入宫来和殿下说一声，家中出事了！"

"何事？"他冷冷地问。

难不成是听到他要纳侧妃，她今早口是心非，现在却要收拾行装回雁门？

"大赫王的女儿萧琳花来了！王妃和她处得极好！奴婢出来之时，王妃领她去了校场，正在教她射箭！庄嬷嬷说，琳花王女派人回去传话今夜不回驿馆了，竟要和王妃同寝一床！"

束慎徽愣怔，神色古怪，在原地定了片刻，忽然道了声"回府"，便迈步出了文林阁。

他回到王府，问门房，被告知大赫王女仍未离开，再到繁祉院，听侍女说王妃领了王女去校场，此刻还没回，便又径直去了校场。

庄氏带着几名侍女捧着茶水、果子、汗巾等物正候在校场口，见他现了身，急忙来迎。

"王妃还在里头？"束慎徽停了步，淡淡地发问。

庄氏领首，又解释道："实在是王女不肯走，说仰慕王妃已久，跟着不放。她又说平日也习骑射，想让王妃瞧瞧她练得如何，王妃就领她来了此处。"

庄氏活了半辈子，宫里宫外什么事情没有见过，像今日这种事实是生平头回遇到，说起来也是一脸无奈。

束慎徽"嗯"了一声，命跟来的人都散了，抬目望了一眼前方，继续迈步朝前走去。

身边无人，他的脸色登时阴沉了下去，步伐也越来越快。他很快转到靶场，果然，前方两道身影映入眼帘。

此时暮色深沉，天快黑了，借着最后一片天光，他看见姜家女儿站在一个红衣少女的身后，手把手地助她拉弓。雕弓渐渐被拉得如同满月，"嗖"的一声，箭飞了出去，钉入对面一张百步靶上。

红衣少女奔到靶前，随即发出一阵惊喜的欢呼之声，一边喊着"中了靶心，中了靶心"，一边如小鸟般飞回到姜含元的身前，就差扑进她的怀里了。

"我还是头回如此远便能射中靶心！将军姐姐，你太厉害了！"少女抱住她的胳膊，雀跃不已。

他看见她带着宠溺的笑容，说："射箭一项，臂力原本至关重要。妹妹你臂力不够，倒也不必强求，多练技巧，苦功到了，将来也能做到百步穿杨。"

少女不住地点头，双眼亮晶晶地望着她，满脸的崇拜之色。

她望了一眼天色，收起弓箭："晚了。这边差不多了，回吧。"

少女立刻抢着帮她收拾："将军姐姐，来长安之前，我当真是做梦也没想到，自己竟能如此幸运！"

"此话怎讲？"她信口接了一句。

少女仿佛被勾出了心事，面上的笑容渐渐消失，垂首立在原地，不动了。

她便上去，柔声问道："你怎么了？"

少女慢慢抬头："将军姐姐，我有一个从小玩到大的好友，是八部白水部王的女儿。就在几个月前，她被她的父亲嫁给了另一个部王——那人白发苍苍，年纪大得能做她的祖父，她不愿意，可是没有办法。我去找父王，求父王帮她。可父王不管，还不许我管。她出嫁的那天，我是看着她哭着被送走的。我心里很难过。我的父王爱我，给我最好的东西，可是我知道，将来有一日，他也会把我嫁给一个他认为我需要嫁的人。这就是我们的命……"

束慎徽是半分同情心也无，却看着姜女上前将人搂进怀里，怜惜地轻轻拍少女的后背，仿佛是在安慰。

少女在她肩上伏了片刻，随后抬起头，抹了抹眼睛，脸上露出笑容，语气也重新变得欢快。

"这下好了！我没想到父王突然将我许给摄政王！往后我就能和将军姐姐你在一起了！我真的做梦都要笑出来！既然摄政王不在，晚上我就不回了。我想和将军姐姐你一道睡，好不好？"

少女拽了拽她的衣袖，又开始撒娇。她仿若沉吟，竟没当场拒绝。

这算什么？当他消失了吗？

束慎徽忍了又忍，实在看不下去了，只觉自己额上的血管都在"突突"地跳，正要现身，忽然又听到少女问道："对了，将军姐姐，你知道摄政王何时可以回来吗？我也想问问他，他何时给我父王答复娶我，最好趁我父王还在长安，这几日就尽快！如此，我便不用回大赫了。"

束慎徽正要上前，突然听到这话，顿时一个激灵，不进反退，足下却不慎踩到地上的石子，发出一声轻微的异响。

姜含元回头，投来视线。束慎徽知自己被她觉察到了。

他的脸色阴沉，仿佛乌云密布，他将双手背后，迈着方步，不急不缓地走了过去，最后停在姜含元的身前。他冷冷地扫了一眼还扯着她衣袖的王女，开了口："这位便是大赫王女？怎的带她来了此处？我王府何来如此待客之道，传出去了，叫人以为是我王府轻慢了客人。"

萧琳花被吓了一大跳。这突然走出来的男子很是年轻，一张白面生得也算漂亮，脸色却阴沉沉的，极是吓人，两道目光扫过自己之时威严逼人，有如刀剑加身。等他开了口，语气更是凶恶，宛如平地里冒出来一个凶神。她何曾遇到过如此之人？

听他话里的意思，他竟然就是大魏的摄政王。萧琳花不禁又惊又怯，连见礼也不敢，讪讪地松开了扯住女将军衣袖的手，足下悄移，慢慢地躲到女将军的身后，一声不吭。

姜含元看了一眼萧琳花，知小姑娘是被他吓住了。其实不说萧琳花，便是她自己也觉得莫名其妙。她还是第一次见他露出如此难看之模样，开口就是三连问，一副责备她的嘴脸。

外人在侧，她不欲落了他的面子，只道："殿下回了？殿下怕是有所误会。王女登门拜访，恰也知骑射，我便领她来此切磋一二。"说着，她转向躲在自己身后的王女，微笑道："莫怕，这位便是摄政王。"

萧琳花硬着头皮从姜含元身后出来，朝着对面的男子行了个礼。他冷眼看着，面无表情。萧琳花越发惶恐，看了一眼身旁的女将军，勉强鼓起勇气，声若蚊蚋地道："王爷若是应允了我父王的提亲……我……我将来定会好好做王爷的侧妃……"

束慎徽的视线从姜含元的脸上扫过，她转了头，没看他。

他回头叫了一声下人。因距离略远，方才他又将人都留在了校场口，故无人应答。

"来人！"他蓦地提高音量，喝了一声。

萧琳花打了个哆嗦。这回庄氏等人听到了他的声音，觉他语带愠意，急急忙忙地上前。

"将王女送回馆舍！"他冷冷地道。

庄氏不敢多问，走上前去："请王女随我来。"

萧琳花看了一眼姜含元，眼睛泛红，眼角噙泪，已是快要哭了。她连句告退的话也不敢说，低头跟着庄氏迈步而去。

姜含元实是看不下去，在对面男人的注视中，走上前轻轻握住少女的手，微笑道："走吧，我送你出去。"

萧琳花如释重负，慌忙点头，紧紧傍着姜含元，头也不敢回，逃也似的出了校场，终于觉得摄政王看不到自己了，犹是心有余悸，小声道："将军姐姐，王爷是否厌我……我……我有些怕他……我……"

她本想说"我不想做他的侧妃了，能不能不做侧妃，跟你在一起"，只是话起了个头，自己也知不妥，又吞了回去。

姜含元只道小姑娘是被吓得狠了，连说话都语无伦次，再次安慰道："莫怕。他一贯如此，人是好的。"

萧琳花却打死也不信她的话，心事重重地被送出了王府。姜含元目送王女离去，转身入府。

听庄氏说摄政王在房内等她，她便进了屋。他也没坐，就站在内室榻前的烛台之侧，依然沉着脸，见她来了也不说话。

姜含元搞不懂他。今早说要纳妃的人是他，今晚回来莫名其妙地发脾气的也是他。她方才忍着的脾气也压不下了："你是何意？方才若非当着外人之面，你看我会不会理你！"

她实在不想再见到他的脸，说完转身便要出去。

"站住！"伴着低喝之声，束慎徽慢慢踱到她的身前，"我竟不知你还如此怜香惜玉，实在是甘拜下风。"

他神色里的怒气已经消失不见，取而代之的是隐隐的讥嘲。

姜含元瞥了他一眼："殿下是又喝醉了酒？莫忘了你今早说的话。萧家女孩怎么了？你发如此脾气，未免有失风度。"

他恍若未闻，神色不动，端详了她片刻，幽幽冷声道："我瞧你很是快活？"

"殿下看错了。"

他继续盯着姜含元，又沉默片刻，忽然道："明日起，你不许和她往来。她若再来，说你不在！"

姜含元听他这话越发蛮横了，不想再和他多说，迈步便走，却冷不防被他一把攥住手腕。他发力一拽，她没提防，被他扯了回去，一头扑向他。两人面对着面，她的脸颊蹭过他身上被浆得糙硬的朝服圆领，被刮得略微刺痛，最后压在了他一侧的颈项和面颊上。

男子皮肤微凉，落在她面上的气息却很热。这凉中夹着热的气息仿佛是活的，沿着她和他相贴的皮肤，迅速蔓延过她的脖子，往下钻进了她衣衫的领里。她这才惊觉自己扑向了他的胸膛，身体和他贴在了一起。

她一僵，只觉衣衫下的整片肌肤都似冒出了一层细细的疙瘩，心跳随之加快。恐被他觉察异样，她急忙往后仰去，想要挣脱他的怀抱，他却赌气似的，硬是不放。他的手上也是有几分力气在的，她一时没法摆脱他。便如此，两人皆是闷声不语，一个要挣出来，一个坚持不放。纠缠间，不知谁的脚被绊了一下，两人一道撞上了烛台。

"咣当"一声，那落地银烛台子吃不住力，整排倾倒在地，上面燃着的明烛灭了，内室里顿时暗了下去。

黑暗仿佛能令人的体感越发敏锐。此时，她清楚地觉察到他的身体已有了异样。他似也意识到了，慢慢地停了下来，但箍着她的手还是没有完全放开。两人便在这骤然降临的黑暗里一动不动。她身畔男子的鼻息异常地粗，一下下地扑向她的耳郭。忽然，她感觉到他的脸朝她压了过来。

"早上我那是被你气的,你当真不知?"

黑暗里,伴着一缕温热的气息,他将唇附到她耳畔,带着几分喑哑的熟悉的嗓音也跟着在她耳边低低地响了起来。

心"怦怦"地撞着姜含元的胸脯。他这话是什么意思?什么叫他是被她气的?她实在是忍不住,气息不定地脱口低声问他:"你何意?"

"罢了,当我没说!你以为我是何人,谁来了我都会娶?"黑暗里,她听到他又冷哼了一声。

姜含元有些无所适从,觉得自己好像听懂了他的话,又好像更加迷糊了。她实在不明白,人怎会喜怒无常到如此地步。

她正茫然间,外间传来了一阵叩门声,接着,庄氏带了几分迟疑的声音传入耳中:"殿下?王妃?"

想是方才撞翻烛台的动静不小,惊动了外面的人。姜含元没有开口,他也未应声。

"殿下、王妃,可是出了什么事?"

庄氏等了片刻,始终没听到应答声,又不知里面情况,以为出了别的意外,顿时不安起来,再次叩了叩门,声调也提高了起来。

"你快撒手!"他还箍着她的腰身没放,姜含元一时也顾不得别的了,暗咬牙根低声命令道。

他微微动了一下,慢慢松手,终于放开了她。

姜含元定了定神,朝外应了声"无事",随即蹲下,寻摸到掉落在脚边的火镰,重新点燃了一支银烛。她悄悄抬眼,见他已背过身去,随即快步入了浴房。

她大约猜到他去做什么,只装作不知,自然也不放庄氏等人进来,自己将那倾倒的烛台扶起,再将烛火重新一一点亮。片刻后,她听到身后脚步声起,转头。

他出来了,神色已恢复如常,用微微冷淡的口气说:"我今夜回来,是要告诉你一声,过几日于皇宫校场举行六军春赛。照往年的规矩,除了陛下,太后等人亦会驾临,为六军助威。到时你同去。"

他迈步朝外走去:"我另有事,晚上宿在宫中。你自己歇了吧。"

他在姜含元的注视中出了屋,来得突然,去得也突然。

束慎徽大步朝外而去。张宝急急地追在后头，左右为难，眼看他就要出门了，问道："殿下，奴婢是该……？"

"留下，跟她！"束慎徽低低地喝了一声。

他今夜是骑马回来的，很快，侍从便将他的马牵了过来。他上了马，走出十数丈远，在快要拐过王府大门前的街角之时，微微回头往后望了一眼。

那扇门已在他的身后合上了。

自然了，没有谁会追出来留他。王府上上下下，每个人都习惯了他如今夜这般匆匆地回又匆匆地走。他总有做不完的事，见不完的人，随时随地——哪怕半夜三更被唤起身出府也是屡见不鲜的。

他的心情突然低落了下去，他生出了一种被人遗忘抛弃、无处可去似的失落感。这一刻，他方才对着她时的那种占了上风的高亢之感荡然无存。他略微愣怔，手指不自觉地松了马缰。坐骑误解，缓缓停了蹄子。他任由坐骑带着自己停在了街角，几名近卫也静静地等在他的身后。

远处的天边忽然响起一阵闷雷之声，头顶若有巨大的岩石"轰隆隆"地滚了过去。

邻近宅邸皆是富贵豪门，天黑后，街巷上本就车马稀少，远处只有几名不知哪家的奴仆，怕淋到了夜雨，提着灯笼加快了脚步，匆匆奔走。束慎徽身边很快就空荡荡了，漆黑的夜空之中，又飘来了一阵不知是哪家高墙也藏不住的宴乐丝竹声，歌姬的婉转喉音丝丝缕缕，如线般夹杂其间，欢声笑语若远若近，撩人心弦。

又一道"隆隆"的闷雷滚过头顶，地面上卷起一阵挟了潮意的夜风，坐骑收不到主人的命令，不安地点着前蹄。一滴带着春寒的长安夜雨倏然从头顶落下，砸在他的额上，他仿佛听到了水滴在眉间碎裂溅开的声音。

束慎徽策马，最后朝唯一能去的地方去了。

这个时间，宫门已落锁，他从夜间惯常出入的一道便门入内，待进到文林阁时，已被这场骤然袭来的春夜寒雨淋成了落汤鸡。老太监见状，急忙服侍他更衣。

安顿下来后，回府前的那种疲乏之感再次朝他袭来。他不想做事情，进了平日用作就寝的内殿，倒头便睡了下去。他知自己急需休息，闭了眼，睡意却迟迟不来，故深感焦躁。最后他起了身，出来点灯，开始审阅奏章。

上回在太庙训话过后，他明显地感到了束戬身上发生的变化。朝堂内外，少帝明显比从前上心，朝中答对和对朝政的处理也大有进步，这令他颇感欣慰。

自那回后，束慎徽也刻意将更多的事单独交给少帝处置。待少帝敲定了对策，再予以核阅，若妥，便过，不妥，他再为少帝详解。如此一来，他要看顾的事情非但没有减少，其实反而更多了，相当于同一件事要过两遍。不过，这只是暂时的额外负担，他相信以束戬的聪慧，只要一直像如今这样端正态度，那么少帝真正能够独立担负朝政的那一日便不远了。

束慎徽打起精神伏案到了深夜，倦乏感终于再次袭来，头也仿佛略感沉重，便去睡了。这一回应是乏到了极致，果然未再有周折，他躺下后很快就睡了过去。

不知睡了多久，他见到了梦境。一个青春少年纵马驰骋边塞，天地广袤，乌云压城，威严而沉重的号角声回荡在秋色里，烈烈西风卷动旗蠹，将士身上的战甲在乌云下闪着青白色的剑锋般的冷芒。

就是在这古老的燕赵雄关，李牧斩杀了十万匈奴铁骑，汉高祖白登被困，霍去病北出封狼居胥，还有昭君屈辱出塞，文姬被迎归汉……

然而，热血沸腾过后，那些古来之雄主今在何处？最后不过是一抔黄土，寂寞卧于青山，供后来之人凭吊……

梦境一转，他又仿佛置身在火炉里，周身滚烫。他挣了片刻，渐渐发现，原来不是火炉，自己是在一池温泉水里。热烘烘的泉水包裹了他，微波荡漾。他看见他的对面，那一片白雾蒸腾的水里，徐徐升出一名女子，她的面容被水雾遮挡，模模糊糊，看不清楚。他想不出她会是何人，只觉得自己被这女子吸引了，盼和她行那巫山云雨之事，两相欢好。他情不自禁地朝她走去，水却阻了他的脚步。他没到近前，女子继续升腾，消失在一片白茫茫的水汽之中……

束慎徽是被一阵似远又近的晨间钟声惊醒的。醒来的时候，梦境仿佛还未完结，他仍在费力地思索那女子为何人，心中仿若存了几分懊恼，但是梦里的自己心思又迟钝滞涩，全然无法转动。醒来后，他只感到浑身疲倦酸软，头痛欲裂，身体更是肿胀异常，隐约有痛楚之感，极是不适。

他睁开眼睛，眼帘内扑入了一片微白的晨曦。这个时间，他应当已经伴着少帝在听政了！他霍然彻底惊醒，从残梦里脱离出来，倏地翻身坐起，呼李祥春，语带责备地道："怎不叫醒我？"

老太监疾步入内，见他在寻衣裳，急忙提醒："殿下，今早无朝议，只定了辰时和几名大臣会面。此刻时辰未到，殿下昨夜歇得迟，老奴便未叫唤。"

束慎徽想了起来，今早只叫了几人，商议接下来他南巡离去之后京中的安排。

他慢慢坐了回去，胡乱扯被掩住身体耻处，摆了摆手，让李祥春退出去。他独自在静悄悄的内室里坐了片刻，驱尽了残梦，见时辰差不多了，恐人都已在等，便打起精神，起身洗漱更衣。

这趟南巡事关朝廷大计，来回至少是要几个月的，事务繁杂，一个上午过去，他们不过是定下了谁留京伴驾、谁随他一道。

束慎徽见少帝旁听时眼神闪烁，不住地看向自己，几次欲言又止，显然极想和他同行。他自然不会同意，做好了婉拒少帝请求的准备。不过，叫他略感意外的是，少帝最后竟忍了下去，始终没说什么，只是神色有些怏怏而已。

粗粗商议完毕，已近正午，大臣出了宫，束慎徽也从议事的宣政殿西殿出来，送少帝回宫。

他见少帝低头走路，无精打采，便解释道："陛下，朝廷不能同时出走陛下与臣两人，南巡也并非游山玩水，而是出于北伐大计的考虑。"

除了这两点，这也是一个考验少帝单独执政能力的机会。当然，对这一点，束慎徽没有明讲。

束戬抬头说道："我知道。农乃天下之本，粮草不继，何以北伐？我会守好朝廷的，只是这趟又要辛苦三皇叔了。你快回府休息吧，不用送我。"

束慎徽闻言倍加欣慰，再送了几步，和少帝分开，转回到文林阁。

早上议事时尚且不觉，此刻松弛下来，他又觉微微头痛，额角似有一根暗线在扯动。他只以为是昨夜乱梦过于疲乏所致，也未在意，草草用了午食，又照平日习惯伏案做事，整理备忘录。

他正忙碌着，有侍从传话说永泰公主入了宫，求见于他。

束慎徽让李祥春带人进来。因永泰公主如同亲姊，两人关系亲近，便没那么多的讲究，他继续坐于案后，听到脚步声方抬头，见她进来了。

他正要放下笔去迎人，永泰公主已风风火火地快步走到他的案前，开口便说："三郎！我昨日府里事忙，晚上才听到消息！外面都说你就要纳那个什么八部王女做侧妃了？还说王女昨日在你家盘桓了大半日！这叫什么事？你是要让长宁妹妹好看不成？若非驸马死活不放我出来，我昨晚就要来找你了！你真要纳人做侧妃？上月长宁妹妹意外遇险，是你非要亲自下水寻人的，驸马拦都拦不住。他撒手慢了些，你就翻脸踹了他一脚——他胸前都乌青了一片！我都没这么打过他！我还道你真有几分看重她，这才转个头就要纳侧妃了？我可真是看不懂你了。"永泰公主跟被点着了的炮仗似的，"噼里啪啦"地说了一通。

束慎徽被她吵得越发头痛，苦笑着随口道："阿姐，你瞧我是还能再应付别的女子的样子？"

永泰公主仔细看了他一眼，觉得他面上白里透青，仿佛精气不足的模样，和往日不大相同，顿时又关心起来："三郎，你怎么了？可是哪里不舒服？"

束慎徽醒神，立刻笑着道："无事，只是昨夜睡得少了。"他说完，神色也严肃起来。

永泰公主知他向来是今日事今日毕的，心疼地劝了几句，又转回方才的话题："先前你娶长宁妹妹，我知道你是为朝廷计。这回你可别说又是为了朝廷！"

束慎徽正色道："阿姐，你误会了，没有的事。前夜我之所以没有当场拒绝，是场合不宜。赫王来投我大魏，固然是要给他几分颜面，但也没到需我和他联姻的地步。今日贤王领赫王周游四处，寻到合适机会，会替我推了的。"

永泰公主这才松了口气，脸上露出笑容："这样就好！起先被吓了一跳，昨晚我都没睡好觉。今早我本想先去找长宁妹妹，又怕她难过，就寻到了你这里。三郎，我告诉你，世上少有女子会真大度到无视自家男人和别的女人同床共枕。你想想你自己便知道了——你会容许长宁妹妹和别的男子私相往来？她虽是将军，飒爽不同于寻常人，但也是女子。你若真纳侧妃，阿姐不信她全然不会在意，除非她没打算和你一道过长久日子。她但凡是有一点点上心，也不会乐意家里再进来别的人！"

永泰公主这话倒教束慎徽想到姜含元无知无觉的模样。不但如此，她昨日还和那个王女以姐妹相称，最后竟然还因自己态度不善，反过来责怪他吓到了人。

他当初娶她，固然是另有所谋，但也当真做好了和她共度一生的准备。只是在她而言，他如今是彻底看明白了——她就没有与他做长久夫妻的打算。

他忽然有了一种反是自己遭她利用的感觉，心里犹如横生一根暗刺，渐渐走了神。

　　"对了，那你有无告诉她，你无意再纳侧妃？"

　　耳边又传来永泰公主关心的问话声，他随口含混地"嗯"了一声。他告诉她如何？不告诉她又如何？她会在意？想来她不过就是在等将来北伐成功，自己于她再无可利用之处，那时他便会翻脸不认人，丢下他，和别人尽情快活去了。

　　难怪了，先是温婠，再是如今的王女，她都一副巴不得自己接过去的模样。他该成全这个本就和他素昧平生的姜家女儿好，还是不叫她如意才好？

　　他心里越发气闷，头也痛得越发厉害，额内本来还只是像有一根线在扯，此刻却如同有把锤子在敲，额筋"突突"地跳了起来。

　　"三郎！你到底怎么了？你真是哪里不舒服？我去叫太医来给你瞧瞧？"永泰公主终于觉察到他恍惚的模样，不放心地走了过来，探手要摸他的额头。

　　束慎徽侧身避开了永泰公主的手，脸上再次露出笑容："当真无妨。只是南巡在即，最近好些事情压在案头亟待处理，方才我在想事。"

　　永泰公主看了一眼他案头堆积着的各种奏章和卷宗："罢了罢了，你二人无事就好。只是你也不要只顾朝事，一味冷落了她。长宁妹妹不爱说话，但我看她是个心软之人。你对她好，她也会记你的好。你若实在是不得空，就记得多说些好话哄她高兴。没有女子不爱听好话的。"

　　束慎徽随口"嗯嗯"地应着。永泰公主见他一副心不在焉的样子，知他事忙，既然自己只是空担心一场，也就没事了，于是告退。

　　束慎徽起身送她出了文林阁，立于阶上，等她的身影远去，才转身入内。

　　转眼两日过去，明日便是春赛。束慎徽实在是忙，竟被事务缠住，连着两天没回王府。

　　又一个日暮时分，文林阁里灯火通明，飘出一缕煎煮散发出来的药味。候着药汤出来的空，老太监吩咐小侍盯紧炉子，自己轻手轻脚地入内。

　　束慎徽穿一身便服坐于案后，手握奏章，正在一目十行地看着。

　　"殿下，张宝来了，问殿下今夜是否回去。"老太监轻声说道。

　　束慎徽起先未答，少顷，问道："谁差他来的？"

"说是庄嬷嬷。"

"说我事忙,不回了,明早再去接她入宫吧。"他淡淡地道。

老太监应了,待要出去,又看一眼面前的身影,迟疑了一下,道:"殿下,要不老奴也顺带告诉张宝一声,叫他回去和庄嬷嬷道一句,就说殿下是前夜淋了雨,有些不适,懒得动,这才没回,免得庄嬷嬷记挂?"

束慎徽恍若未闻,一言未发,继续低头翻着手里的奏章。老太监再等片刻,躬身退了出去。

"爹爹,殿下今夜回吗?"张宝问。

"你回去告诉庄嬷嬷,殿下前夜淋了雨,有些烧了起来,今夜便不回了,免得又吹风,明早再回去接王妃。"

张宝"呀"了一声,急急忙忙地出了宫赶回王府,一口气跑进去找到正在等他的庄氏,喘着气道:"庄嬷嬷,不好了!殿下淋了大雨,发了个大烧!我过去时就闻到满鼻子浓浓的苦药味,也不知人怎样了,怕是都要昏厥了!殿下还说明早要亲自回来接王妃哩!"

前夜摄政王夫妇房中发出异响,仿佛猛力之下撞翻大件什物,庄氏当时听得清楚,但王妃应说"无事",再接着摄政王便走了,有些不快的样子。这两日他没再回来,庄氏实在不放心,又不好在王妃面前提及,所以今夜悄悄地让张宝去问一声。她闻言吃惊,更是担心,匆匆忙忙地入了繁祉院的寝堂。

姜含元带着几名侍女正在收拾行装。

等到明日六军春赛结束,赫王一行人也将离开长安回返大赫。接下来,很快就是束慎徽先前说的南巡了。

小姑娘那日被他吓住,这两日没再来寻她。她闲来无事,便提早收拾一下东西。

属于她的要带走的东西倒也不多。当初婚嫁突然,时间又紧,姜祖望毫无准备,能给女儿置的嫁妆有限;宫中赐了大半嫁妆,本就不是她的,她也不带走,如同物归原主。她须带走的,主要是士兵家人托付的东西,以及……

她在箱底翻到了一把短刀,镶着古老宝石的刀鞘在明光里发出耀目的光芒。她注视了短刀片刻,伸手,第一次试探般地拿起了这把作为姻缘信物被赠予她的宝刀。

此刀入手很沉,她一手托着刀鞘,另一手握住刀柄,慢慢地,一寸寸地将刀从刀鞘里抽出。刀刃锋利,闪烁着凛冽的白芒。刀抽到一半,她听到身后传来叫自己的声音,是庄氏进来了。

"唰"的一下,她归刀入鞘,将其放回了箱底——此物也不属于她——她不能带走。

她转过身,见庄氏匆匆到了近前,神色焦急地说:"王妃,方才张宝去了趟文林阁,才知殿下前夜淋雨,发了高烧昏厥。殿下那个性子,王妃也是知道的,我怕他还只顾着事情!我入宫不便,恳请王妃过去看看,叫他无论如何也先养好病,千万不能硬撑!"

"全怪我!前夜殿下走了没多久,天便打雷落雨,我分明想到过殿下未携雨具,却也没有赶出去送上。这倒春寒的雨最容易招病,是我的疏忽……"

姜含元也是吃了一惊。说实话,淋个冷雨这种事,对她而言实在如同家常便饭,绝不至于落病,但换成是他这种锦衣玉食堆里养大的富贵人就难讲了。

她又见庄氏极是自责,眼角都红了,安慰道:"嬷嬷不必自责。我这就入宫去看一下,叫殿下务必好好休息,他明日还有事。"

庄氏连声道谢,揩了揩眼角,又道:"我尽快备个食盒,劳烦王妃一并带去,看殿下能吃多少便吃多少。"说完,她转身匆匆去了。

姜含元换了一身出门的衣裳,等了片刻,庄氏就带了食盒来。庄氏说准备得匆忙,除了几样小点心和配菜,就只一盅鸳鸯粥,照他喜甜的口味稍稍添了两勺蜂蜜。

姜含元接了食盒,跟着张宝在王府侍卫的护送下去了皇宫,也是从便门进去,赶到了文林阁。

这是她第一次来到这个他平常待得最多的地方。文林阁位于皇宫的第一道宫墙内,近旁是东西朝堂,还有中书省、门下省以及待制院和史馆等处,是百官日常办公的所在。

一个小侍进去通报。很快,姜含元看见李祥春匆匆赶了出来,躬身向她见礼,引她入内,一直到了内室。

"殿下就在里头。"老太监替她推开了一道槅门。

槅门内里是间方室,设了床榻,应是用作寝卧,故地方不大。此刻室内火烛通明,她看见他穿着常服,斜靠在榻上,正在看手里的奏章。榻旁的一张矮几之上还堆了些文书，笔墨齐备，看来他是在榻上做事了。

"殿下，王妃来了。"老太监说。

他神色如常，看了她一眼，随即垂目，口里道："不是说了明早回去接你吗？来此何事？"

他的嗓音有些嘶哑，说完，他继续看手里的奏章。

姜含元放下食盒，转头问李祥春："李公公，殿下如此几日了？"

"前夜殿下来时淋得湿透，昨日便烧了起来。殿下不叫人知道，今日才唤了太医来，方才喝了药。"

"殿下手头的事推个一两天，朝廷是否会乱？"

李祥春一怔，看了一眼摄政王的脸色，迟疑了一下，道："禀王妃……老奴不知……不过想来应当……"老太监停了下来。

姜含元点了点头："那就是不会。"

她走上前去，将束慎徽手中正在看的奏章抽出，连同矮几上的那些全部收拢，指着道："李公公，都拿出去吧。"

老太监再瞧一眼摄政王。束慎徽倒也没有出声阻止，只慢慢地靠在了床头上，脸色微微沉了下去。李祥春急忙应"是"，唤来张宝，照王妃的话，一股脑儿地将文书笔墨都捧了出去。

等奏章都被拿走了，姜含元再问老太监："殿下晚上用膳了吗？"

"殿下喝了药就吃不下东西，只用了几口。"老太监又补一句，"自昨日起，殿下就食欲不振，总共也没吃多少。"

姜含元打开食盒，将带来的吃食一一取出，摆在方才腾出来的矮几上，解了保暖用的什物，最后抽箸，双手奉上："殿下吃吧。这是庄嬷嬷为你准备的，特意照你的口味所做，还是暖的。就算没胃口，殿下好歹也吃上几口。"

他一言不发，依然面沉似水，没接筷子。

姜含元等了片刻耐心就用光了，微微蹙眉："原来殿下今夜急急叫我来，就是让我看你如何带病做事吗？"

"怎的？你是觉着不日便可出京，所以越来越放肆了？"他仿佛被呛了一下，随即寒声轻轻斥了一句。奇怪的是，他那语气听着又不似真的动了怒。

张宝何曾见过如此场面，方才就已被王妃强收奏章的一幕给惊到了，此刻更是站在李祥春的身后微微张嘴。

李祥春朝张宝使了个眼色，无声无息地退了出去。张宝回神，忙跟了出去。老太监轻轻地放下帷帐，合了门，叫还在外头候着的人都散了。

摄政王今夜的公务到此为止。

姜含元又一次觉得自己看不懂束慎徽了。

时隔多年，她再见他，是在去年秋的护国寺里。他在兰太后寿辰的佛礼上，绞杀了他的叔父高王，接着，话别了偶遇的温家女儿。

那个时候，她眼中的他心机深沉，手段狠绝，集家国天下之事于一身，却也有逃不开的这至尊高位加给他的枷锁。为此，他断绝私情，以身许国。自然，这又给他添了一丝悲情的色彩。

接着是新婚见面，他又展现出了温文尔雅、教养良好的一面。和他相比，姜含元觉得自己就是一匹野马。他待她不能说不好，然而……他越是表现得看重她，处处委屈了他自己，仿佛真的想要和她白头偕老，她反而越觉得其人终日在和自己虚与委蛇。

他总是带着笑，仿佛不会生气，世上真有这样的人吗？再想到他娶自己的目的和他放弃的私情，她甚至一度还有些可怜他。

然而，渐渐地，不知从什么时候开始，她越来越觉得此人私下对着她时，已打破了他当初留给她的那些印象。好似一尊原本裹着体面金装的神像，从高处轰然倒塌，碎裂了一地，救都救不回来了。他实际上就是一个莫名其妙又喜怒无常之徒，有些举止是她无法理解的。

从前，她的周围全都是男人，各种各样，生疏而沉默的父亲、稳重而忠心的樊敬、莽直而勇武的杨虎、智慧而出尘的无生……但她从没有遇到过如此一个男人，令她无所适从。

几天前萧琳花的事就当过去了，今夜听说他淋雨发烧，还昏厥了，当时虽是庄氏开的口，希望她来一趟，但实际上她也放不下心，有点儿着急，很愿意来看他。无论如何，她与他毕竟在同一屋檐下处了这么些时日，多多少少算是有些交情了。她没想到，他又摆出如此一副高傲姿态。

事实上，她固然是希望能早日回去，但也没到他说的那般地步。

她忽然觉得自己真的没法再和他处下去了，心里烦躁郁闷，看见他就来气，恨不得今晚立刻就走掉。

"罢了。"姜含元冷下了脸，"殿下不欲见我，我便回了。只是这些带来的吃食都是庄嬷嬷备的，殿下倒也不必迁怒，能吃就吃些，免得糟践了庄嬷嬷的一番心意。"

她转身便走，到了槅门前，听到他道："等一下。"

姜含元回过头，见他已不复片刻前的冷态，慢慢坐直了身体，抬手胡乱揉了揉额角，低声道："我是头疼得厉害，胡乱说话，你勿怪。"

她进来时，他虽躺在榻上，却没她原本想象中的病弱之态。此刻她再看，果然发现他的脸色苍白，眼圈淡青。他说话的声音低下去后，呼吸声便显得粗重了许多，不但如此，面上也满是疲乏之色。

姜含元的心软了下去。一来他病着，二来他都赔了罪，她自然也不和他一般见识了。

她走回去，说道："我也不是不让你做事，只是你既然病了，就好好休息。庄嬷嬷说你都昏厥了过去，当真如此严重？"

他一顿，"呃"了一声："白天……白天仿佛是曾晕了一回……"他再一顿，"我真是头痛得厉害，人也难受，所以方才心情不好。不信，你摸摸。"

说着，他倾身朝她靠了过去。

姜含元抬手碰了碰他的额头，果然摸到几分烫手的温度。

"那你快吃，吃饱了才有力气，明早还有大事。"她收了手，说完却发现他还是不动，就那样垂着双手看着自己，又不解地道，"你还不吃？庄嬷嬷说，粥里特意照你的口味添了些蜂蜜。你再不吃就冷了。"

他不再作声，自己取了碗勺开始吃东西，不过只吃了几口就放了下去。

"怎么了？"

"没胃口。手也酸软，方才握笔都握不稳了。"他摇了摇头，靠回床头，解释道。

他就没吃两口，方才老太监也说他这两天不吃东西……姜含元有些看不下去他这柔柔弱弱的姿态，一把端起他放下的粥。

"殿下你这样不行，本来就没力气了，吃不下也要尽量吃！否则你怎么好得起来？"她说着取来调羹，舀了满满一大勺甜粥，径直送到他的嘴边，"快吃！"

她说话已带了几分命令式的口吻。他看了她一眼，张嘴默默地吃了。

姜含元心想光吃粥哪来的力气，夹了个鸡丝春饼："这个也吃掉。"

他又吃了。

她再喂他一口粥，夹一块松仁酥皮糕："还有这个，殿下也吃吃看。晚上我也吃过的，味道很好。"

姜含元忙了一阵，连哄带强制，总算让他吃完了一碗粥，其余带来的几样食物多少也都吃了些。她看看差不多了，这才结束平生第一次伺候人吃饭的经历，收了食盒，叫李祥春他们进来服侍他漱口洗手。

老太监见摄政王吃了不少，面露喜色，感激地看了一眼王妃，忙带着人收拾。姜含元等了片刻，见收拾得差不多了，说："我这便回了，殿下好好休息。明早殿下不必特意回去接我，我自己来。"

"晚上你睡这里，不必出去了，时辰也不早了，回去还有些路。"

姜含元没想到束慎徽会开口留自己，一怔，立在榻前尚在迟疑，突觉手腕一热。他竟已伸手握住了她的腕子，拉了她一下，令她跌坐到了榻沿之上。

"怎么了？你不愿意吗？"他跟着靠向她，从她身后凑到她一侧的耳边，唇挨着她的耳垂，低低地问了一句。

身后之人如此情状，令姜含元感到了一丝暧昧的气息。她暗暗耳热，慌忙偏了下头，躲开身后那张凑过来的脸，又飞快地看了一眼还在跟前收拾东西的李祥春等人，急忙想要站起身来。他却紧握她的手腕不放，隐隐还似加了几分力道。

姜含元越发坐立不安，又不好当着别人的面甩开他，勉强忍着。幸好老太监几人面无表情，目不斜视，仿佛什么都没看见，很快收完东西走了出去，又带上了榻门。人一走，她立刻发力，一把推开身后靠上来的男子。

"殿下你做什么？他们都在跟前！"

他坐不住，被推得直接仰倒过去，却没起身，顺势歪靠在床头，说："他们在跟前怎么了？你是我的王妃，我握一下你的手，也是不行？"

他是一副浑不在意的样子，姜含元却觉得自己的心跳得有些不对。

"我走了。"她意欲结束对话。

"你晚上要是不留下来，我就再去做事！"他应了一句。

姜含元差点儿被他气笑——他怎会像个无赖，竟拿这个来威胁她？

"我看殿下其实并无大碍。你也不是三岁小儿，自己看着办吧。"她拿起进来时脱下的斗篷，迈步要走。

"回来！"

她身后传来他的声音。

"最近我真的很累，你陪我睡一会儿吧。"他又轻声说道，"真的就是睡觉，没有别的。"

她慢慢地回过头，看见他已往榻内侧挪了进去，给她让出了空位。他靠在床头，默默地望了过来。

耳边变得寂静无声，姜含元感到自己的心又慢慢地软了下去。面对如此一个安静而温柔的人，她怎么能够拒绝他提出的一个如此简单的要求？

她终于如他所言，解发脱衣，傍着他躺了下去。他笑着靠了过来，替她拉了拉被，随即和她一道躺在了枕上。

姜含元以为他或许还会和自己说些什么，没想到他闭上眼后，很快便发出了均匀而微沉的呼吸之声。他竟真的这么快便沉沉睡着了。

姜含元略感意外，心却不知为何随着他的入眠忽然安稳下来。她听着枕畔男子的呼吸声，也慢慢地睡了过去，再一觉醒来，一时浑然不知到底是几更天了。

窗牖外依然漆黑，床榻旁的银盘灯上燃着双烛，一支已然烧尽，另一支还剩短短不到一寸。

她知道了，此时应该是四更天，正是夜梦最浓的好睡时分。昨夜入睡得早，这一觉不算短了，她睡得绵长而深沉。她慢慢地转过脸，看向枕畔之人。

夜烛的光从床头的方向照来，宛如一片昏黄的月光，静静地投在了他饱满的额上。他微微偏头向着她，依然闭着眼沉沉而眠，呼吸声听起来比刚入睡时更加平缓，他的烧应当已经退了。

她静静地凝视着身畔男子沉静而英俊的睡颜，自然而然地再一次想起了许多年前边塞秋日晨空下那张飞扬爱笑的少年面容。

他就是曾经那个少年，纵然时隔多年，这一刻，她也能在他的眉眼和面容上，轻易地找到那些和她记忆里的少年重叠的轮廓。

她就这样看着他，看了许久。

或是夜色太过迷离，而这张脸生得太入她的眼，她竟发了一阵昏。她清楚地知道，他再不可能是昔日的那位少年了，便如她一样，她也再不可能是昔日的那个小兵。但是在她的心里，依然缓缓地涌出了一阵如潮水般的酸胀之感。

曾经有几年的时间，那个晴朗的秋日霜晨和那片霜晓天下的含笑少年的脸，会重复出现在她原本只有血和死亡的梦境里。那是她懵懂而又贫瘠荒芜的整段少女时光里的唯一一抹亮色。再后来，她真正地长大了，再也无须这虚幻梦境的陪伴。于是她将旧事埋掉，心被更多的事情占满，再也不会想起自己的那段旧时光了。

然而就在今夜，这一刻，她却被一种陌生而温柔的、来自心底深处的感情驱动，忽然间极想触碰一下这张从她少女时便落入心间的旧日人的脸。

她情不自禁，终于抬起了手，朝着枕边人的脸慢慢地、一寸寸地探了过去。当她的指尖快要触到他的脸庞之时，她又停了下来。

床头烛火昏暗，却依然清楚地照亮了她的手。

这是一只布满各种伤痕和刀茧的手。这些伤痕和茧，记录了她经历过的每一场训练和战事，也陪伴着她从一个步卒变成今日的长宁将军。平常她固然不会以此为荣，但也从未在意过这些细节。她不觉得有任何需要在意的地方，并以为这就是从军的正常结果。

但是，在今夜这种时刻，当她的手和他的脸靠近，就要碰到一起之时，她才忽然发觉，她的手和这张几乎寻不出瑕疵的白玉似的脸庞，对比竟是如此强烈。

姜含元那柔软的念头顿消。她回了神，正待收手，忽然见他的睫毛颤了一下，跟着人也微微动了一下。

虽然他未睁眸，但她明白，他已是醒了！在这瞬间，她感到自己的心跳得仿佛就要撞破胸脯似的。

"殿下醒了？我也方醒来，想再摸一下，看你的烧退了没。"

她尽量用若无其事的语气解释一句，随即就要将手藏到被下，不料他竟抬起手，顺势握住了她正在回缩的手，带着它压到了他的额头之上。

"你摸吧。"他依然闭目，在枕上低垂眼睫，只如此低低地道了一句。

大约是刚醒的缘故，他显得懒洋洋的，嗓音低沉而沙哑，鼻音拖出了几分让人骨头酥软的感觉。

他的额是微凉的，说明确实退了烧，但他压着她手背的手心依然很热，甚至有点儿烫。

"你感觉如何？"她也不知他怎会如此奇怪，问了一句，想抽回手。

他却不放手，一直覆着她的手，也不回答她的话。

片刻之后，姜含元感到他竟在用手指摸索着她的手心，摩挲着寻到一处糙茧，玩弄似的在茧四周来回地打着旋。慢慢地，他的呼吸似也粗重起来。

这个时间的皇宫安静极了，黑漆漆一片，连鬼影都要出来巡游。这间位于皇宫一角的屋子里，更是安静得没有半点儿杂音。姜含元的耳中只剩下枕畔男子一下一下的、听起来明显不大对劲的呼吸之声。

成婚后这些时日，她已不复大婚之夜的莽直，不再将事情想得太过简单。她和这男子一道亲身体验过那不可对人言的幽暗暧昧的内室私事——虽然宛若唇齿相斗，跌跌撞撞，想起来并无趣味，但她也开始依稀知道，他如此状态意味着什么。

她方才平稳了几分的心跳又在此刻骤然加快。当她试着将自己那只正被他把玩的手抽离他的额前时，他慢慢地睁眼，将脸偏向了她。

她听到一道喑哑的嗓音低低地道："王妃，你是真不知道我怎么了吗？"

她自然知道。

姜含元却不知自己此刻为何会如此慌张。她分明已和他有过数次这样的经历，也算经验丰富，照着前几回那样应付他就是了。但是今夜此刻，她竟觉得自己做不到了。

直觉告诉她，或有于她而言极可怕的事将要发生了。她若不再缚紧那就要从心腑里钻出来的虫，他日它必会将她的心啃噬得千疮百孔，她自己也将万劫不复。她不会允许这样的事情发生在自己身上。

她迅速地抽回自己那只被他焐得也烫了起来的手，一下子坐了起来，道："殿下你退烧了，口渴吧？我去叫人替你送水来。"

话未说完，她已敏捷地翻身下榻，顺手抄起外衣，一边披衣，一边快步朝外走去。

他探身捉她，却只捞到她的一片衣角。他攥着衣角不放，而她的去意竟如此坚决，脚步无丝毫停顿。伴着清脆的裂帛之声，衣角被撕裂，从他的指间溜了出去。接着，他跟着她迅速地下了榻，赤着脚便追了上去。

她已出了槅门，避到外间他用作日常办公的阁屋。

　　屋中空荡荡的，此刻无人，照明的烛火早已熄灭，只有内室那一支残烛的光，通过半开的槅门隐隐约约地透了过来。

　　姜含元被男子拦在了案前。他摸索着一把推开堆在案头的一沓奏章和卷宗，腾出一块空当，双手环抱着她让她坐了上去，令她还想要离开的双足悬了空。

　　终于，他将她彻底地困住了。他解了她的衣襟，埋首亲吻着她。

　　姜含元完全可以将他推开，甚至可以轻而易举地将他制服，却仿佛无法发力。他的嘴唇和脸庞似火般灼着她的肌肤，那感觉却又是熨帖的。她微微后仰着头，闭着眼，任他亲吻她的身子。她的心里又钻出了一个声音，那声音是这男子的帮手，不停地说服她。

　　罢了，由他。想来他是觉着不服，也图几分新鲜罢了。他既想要，她就由他吧。将来事，将来说，如今她何以拒绝他的求欢？谨记她该记之事便可，别的，便全由他吧。不过就是这点儿事罢了……

　　她昏沉地想着，身子不自觉地软了下去，双臂也不知何时环住了他的脖颈，任这得了手的男子抱着她回了内室，和她缠在了一处。

　　束慎徽是在姜含元探手朝他靠近的时候醒过来的。

　　如同一种微妙的感应，她的动作其实非常轻缓，但是就在快要碰到他的时候，他有所觉察，忽然就醒了过来。

　　今夜之前，他觉得自己已是疲惫到了极点，淋一场雨竟也能令自己发热。又大约是困乏的缘故，他竟第一次对案牍生出了倦念。林林总总的奏章和卷宗，拿走了旧的，又来新的，每日都堆积如山，仿佛永远没有处置完的时候。

　　他知道自己不对劲了。根据以往的经验，无论他多疲乏，只要睡一觉，醒来便能精力充沛地再次专心于公事。他需要一场好眠，但这场好眠迟迟不来。他几度倦极睡下，便被乱梦所扰，醒来后非但不能精力充沛，反而越发酸痛乏力。

　　他深觉焦躁。昨晚李祥春唤太医给他看诊，他便叫太医往方子里添了几味安神助眠的药。应是那方子奏了效，醒来的那一刻，他觉得自己好像已许久没有如今夜这般睡得如此餍足了。

　　床榻于他而言，只是一个休息之所，此外别无意义。倘若是在往日，他醒了便会起身，再次投入案牍。但今晨不同，身下这张伴了他无数个深夜的榻上，还躺着另外一个人。

其实昨夜，他起初并没那么期待她过来瞧他，只是身边人惯爱多事、大惊小怪，又擅作主张罢了。但是张宝走后，他又开始心神不宁，想到她可能到来，便不由得暗恨自己为何没能病得更重一些。他这般病得不上不下，甚至还能坐在案后，仿佛不够成为让她探病的理由。于是他搬到了榻上，免得她以为他在佯病诳她。

她来了，做的第一件事便是强行收走了他手中的奏章，还当着下人的面，揭穿了他不能叫人知道的心思。他是第一次被人如此对待，面上习惯性地显出了被冒犯的不悦。然而那一刻，他是骗不了自己的。他清清楚楚地感觉到，自己已低落焦躁了多日的心情忽然变好了。

他感到很是愉悦。他不知自己是怎么了，竟会喜欢她如此对待自己。便是在那一刻，他下了决心，不管使出何等手段，今夜要留她与自己同睡。

他希望她能陪自己睡。为了达到目的，他竟无师自通地使出了那些过后想起来便觉羞耻的手段，但她显然很是受用。

既然她受用，他羞耻又有何妨？他终于得以称心如意了。

他被她靠向自己的手给唤醒的时候，直觉告诉他，枕畔的她应正在凝视着他。他不知她为何如此反常，却再次因她的这个举动而深感愉悦。

莫非她终于发觉他其实生得也还算不错，世上并非只有和尚才有一副好皮囊？

他觉得自己的精力全部回来了，并且仿佛前所未有地充盈。此刻，就在这凌晨时分，他的四肢百骸中，每一寸的筋骨里，甚至连头发丝的末端，都仿佛暗涌着一股强劲的力量。那力量因她的凝视和靠近而越发蓬勃，如潜龙暗啸，想要挣脱禁锢。

起初他继续佯装沉睡，不敢睁目，唯恐惊了她。他竟开始暗暗期待她的手能抚上他的脸。他必会装作一无所知，她想如何抚触，便如何抚触，多久都可以。然而不知为何，她的手分明已是探近了，却又迟迟不肯落下，就在轻触到他的脸的那一瞬间，又缩了回去。

几乎是下意识的反应，他抬手，捉住了它。

已经够了，足够了，她这意欲触碰他的举动，给了他十足的鼓励和信心。

他先前下的各种和她保持距离的决心算得了什么，昨夜为留下她而说的只想一道睡觉别无他意的允诺又算得了什么——其实真的不是欺哄，当时他下的决心和说出的话，确实是那一刻的内心所想。

只是此一时彼一时罢了。那个时候，他又怎会知道，杀人不眨眼的女将军竟也会被他的容貌所惑，想要伸手过来摸他的脸？

束慎徽终于将她带回了位于皇宫文林阁深处的这间内室里。

片刻之前，她的身子便已软了下去，双臂也围抱上了他的脖颈，他得到了来自她的顺从。这于他而言，本就是又一个极为兴奋和刺激的新鲜体验了，再想到自己本是为了大魏而娶她的，而今夜阴错阳差一般，在此地——大魏实际政令发出之所，亦是他当初定下求婚计划的所在，意外地得到了她的顺从和回应。

这，是否为一种预兆——他必将心想事成？

他娶她，似是冥冥之中早已经注定好的。在他还不知她身在何方、是为何人的时候，这个名叫姜含元的女子，便已经是他的命定之人了。

他被自己脑中这个突然冒出来的近乎荒诞的想法弄得越发兴奋和激动了。

既是上天命定，那么剩下的事，不过就是他以最纯粹的男子身份，去征服这女将军，彻底地征服，令她不再是将军，而是变成他的女人。他绝不可如先前几回那样，在她面前一败再败，溃不成军。虽然她面上未曾表露过半分不满，但一位将军怎可能看得起手下败将，更遑论屡战屡败之人。

凌晨，漆黑的皇宫之中殿影重重。一只白日隐身在御花园一隅的野猫如离弦的箭，从文林阁南阁一条檐廊的檐角下蹿过，发出一阵低微而深沉的异响。

李祥春的年纪大了，摄政王已不让他值夜，今夜老太监却亲自值守在南阁之外。他本靠坐着，闭目垂头，一动不动，那猫蹿过去后，他缓缓睁开双目，敲了一下左右正在打盹儿的张宝和另一名小侍。两人惊醒，睡眼惺忪。

"方才好似有狸奴从前阁蹿过去了。你们去瞧瞧，若还在，就赶走了，回窝自去睡吧。此处我来守着。"

张宝和伙伴闻言大喜，暗谢那乱窜的宫中夜猫，到老太监所说的地方转了一圈，没有见着狸奴，便打着哈欠各自去睡了。

老太监打发了人去瞧猫，又独自靠坐回去，闭目如入定。直到将近寅时末，那来自南阁深处的若有似无的动静方缓缓地平息，宛如涟漪般消失在了夜幕之下。

束慎徽自认表现足以一雪前耻，取悦了她。到了最后，他也实在是筋疲力尽，撑不住了。

到了这个时间，内室里的那一截残烛早就已经燃尽，他未能亲眼见到最后一刻时她的眉眼和神态，不免觉得遗憾。不过，这遗憾他用另一种方式得到了弥补。

黑暗之中，他感到她被他压在身下的身子仿佛变成了一张被拉到了极致的弓。她用一臂紧紧地挽着他的脖颈，另一臂则搂着他宽阔的背，使他整个人都压向了她。那勾颈搂背的力道几乎令他呼吸不畅，然而他的心里极是畅快，恨不得她能缠他缠得更紧一些——即便将他缠死在她的身上，他也是愿意的。

他的耳中还听到她的喉间发出了极是压抑却又婉转无比的声音，这声音教他想起了春夜里，随软风飘在长安城幽深的曲巷里的、湿漉漉地缠在一起的游丝般的雨线。他想到今夜自己便是这个拉满她这张宝弓的人，那因未能目睹她婉顺神态而生的遗憾，便骤然得到了极大弥补。

两人皆是满身热汗。当相互交缠在一起的身体终于分开之后，她静静地趴在枕上，他亦是倦极，懒得动弹。等到胸腔里如擂鼓似的心跳和喘息渐渐地平缓下去，他抽出一件被压在腿下的、不知是从谁身上脱下的衣裳，替她擦拭了身上的汗，再胡乱擦了擦自己，然后看看窗外的天色，觉得还能趁着天明前的最后一点儿时间再养回一些精神。他一把将她揽入怀中抱着，闭目，很快便睡了过去。

他颇为喜欢这个他娶的姜家之女。在倦极入睡之前，他在心中模模糊糊地想。

等他再醒来，窗牖外的天已是亮了，不过，时间仍然足够。今日无朝议，春赛辰时四刻方开。

他在将醒未醒之际，下意识地伸手往身旁摸去，却摸了个空，随即彻底苏醒。他睁眼，看见她已起身。

她的衣裳大约在昨夜都被弄脏了，此刻她只套了一件他的中衣。于她而言，衣衫长了些，衣角盖到她的脚面。晨光熹微，她靠在一扇微微开启的窗后，透过窗隙，仿佛在凝神望着外面。

他下了榻，随意地拣了件衣裳裹住下半身，随即到她身后，将窗一闭，从后搂住她的腰身。

"外头有甚可看？"

"醒了，便起了。"她转身，微笑着看向他，"天已亮，此刻再回府更衣怕是来不及了。李公公已派人去王府取今日你我要穿的衣裳，等下应当便会送到。"

束慎徽有些心不在焉。这些琐碎杂事，李祥春自会办妥，根本无须他费心。

晨光微明，他借着暗淡的光端详了她一会儿，体贴地问她累不累。见她摇头，他便将她一把抱起，压回床榻上，调笑道："昨夜我却是有几分累。衣物还未送到，王妃不如再陪我睡一会儿吧！"

姜含元随手一把将他拨开，翻身坐起，重掩衣襟。他被她拨得在床上翻了好几个身，最后一下险些从床沿上掉下去。所幸他及时探出一臂撑了一下床围，方止住了落势。还没停稳，他却仿佛得了趣味，低低地笑了一声，紧跟着敏捷地翻身而起，一个反手又将她揿在了床上。

"果然无情！怎的？昨夜才过，翻脸便不认我了？"

槅门被叩响，李祥春的声音传入，他说庄氏带着两人的衣物到了。

束慎徽听见了声音，带了几分懊恼似的摇了摇头，却也没再继续纠缠她。他再看一眼天色，很快便放了她，也从床上翻身下去，收了方才的嬉笑神色，道："也是，该收拾了，再耽搁就迟了。"

姜含元完全地浸泡在热气蒸腾的水里。她的身上带了些昨夜他留下的明显痕迹，她不欲教庄氏看见，便自己清洗干净身子后才出去更衣。

束慎徽也在收拾。待更衣完毕，他便又成了平日那庄重肃穆的模样。任谁也无法想象，昨夜他在这文林阁里做下了怎样一番荒唐之事。

这时天也大亮了，从位于皇宫西北方向的皇家大校场里，传出了"隆隆"的战鼓之声。

六军春赛揭幕。

国之大事，在祀与戎。大魏立国以来，自然对军队的操演和武备也极为看重。

魏国的军队操演分为两种，一是秋射，二是春赛。秋射是集全国之兵的大阅兵，动辄调用军队一二十万人，通常只在战争之前或者皇帝认为有必要的情况之下才会举办。春赛则为常规化操演,由各地各军自行举行,一般在每年春季。在各地方春赛当中,规模最大、规格也最高的,自然非长安六军春赛莫属了。

前年明帝驾崩,春赛搁置;去年因少帝继位不久,诸事繁杂,春赛也未能举办——今年的六军春赛乃近三年来的首次,规模自然比从前更加盛大。朝廷除了调集长安的领军、护军、左右卫骁骑等常规军卫队,令长安周边的京畿驻军悉数遣兵,陆续于一个月前抵达皇都。在进行各种联合会操的试演和优胜劣汰之后,最终被择选出来参与今日现场阅试的各部卫队和军士达万众。

皇家大校场位于皇宫西北方向,建在一个山麓上,地势开阔。姜含元抵达校场时,各部军卫已列阵等待。只见军阵沿着山麓绵延,红黄黑三色的军旗遮天蔽日,一眼望去漫若云卷。列队将士身上的盔甲和手里的长戟,在阳光下闪烁着灿烂的光芒,场面盛大,气势恢宏。

少帝束戬今日一身戎装,被衬得英气勃勃。他乘坐一辆六驾金玉战车进入校场,战车前方的六匹神骏乃清一色的红鬃白马,极为罕见。战车的轵和轭之上包金嵌玉,雕龙琢虎。随着战车的前行,车身在日光下金光灿灿,帝王之尊当世无二。

他的叔父摄政王祁王乘坐五驾金辂尾随在他后面,再往后是骑马的贤王等诸王以及中书省、门下省的宰相和六部百官等人,队列迤逦,人数多达上千。

在少帝所乘的车周围,有禁军将军刘向领着八十名精选出的执戟仪卫骑马列队相随。这八十一人盔甲鲜明,个个英伟雄健,如众星拱月,将天子的威仪烘托得淋漓尽致。

当天子车驾在八十一卫的护卫之下出现在大校场的入口之时,全场金鼓齐鸣,万名卫军整齐排列如若蚁聚,在指挥之下齐齐朝着少帝行礼,高呼"万岁"。他们甲衣上的叶片和手上的刀戟随着动作碰撞,发出整齐划一、宛若闷雷的轰鸣之声,和着震耳欲聋的"万岁"之声,经久不息,直冲云霄。

如此排场和威仪,唯泱泱大国方有能力展现。今日受邀前来观礼的大赫王等一众人看得目眩神迷,大受震撼。

而这一刻,毫无疑问,万人之中唯一的焦点,除了当今大魏的少年皇帝,再无他人。连平日执掌政令、教百官仰望的摄政王,此刻也泯然于拱月的群星当中,显得暗淡无光。

兰太后眺望着这一幕，看着终于显露出天子威仪的儿子，脸上露出了一丝欣慰又带了几分得意的微笑。

敦懿太皇太妃年岁大了，不来这等场合凑热闹，今日到场观礼的宫中女眷便以太后为尊。兰太后端坐尊位，头顶是数丈高的华盖。她用余光扫了一眼身旁的祁王妃、大长公主、永泰公主以及以嘉宾身份一同列席的大赫王女等人，唇边再次露出一丝微笑。

少帝和摄政王携百官以及大赫王等外宾悉数到位，今日春赛便开演了。

按照既定程序，首先将由各部卫军联合会操，展示平日的操练和军容，内容是车阵、马阵、步阵等。会操后，便是各卫军之间的比赛，卫军各派士兵参加骑射、对攻等项目，最后于万人当中决出一人，号"六军冠军"，接受皇帝的嘉奖。

而在这一切开始之前，按照往年的惯例，皇帝或者皇帝指定之人要射出全场的第一箭，将首箭送上一面高高耸立于场地中央的、以麋鹿皮制成的鼙鼓之上，寓意奉天承运、四海皆服。

这是少帝继位以来的首次春赛，是一个能够帮助他在六军和百官面前立威的极好机会，自然应由少帝自己来射这一箭。

他平日本就操习骑射，弓箭娴熟，但是兰太后和朝中几名老臣恐临场生变，便想了个法子，打算暗中将那面鼙鼓做大，如此便利于少帝中标。虽然鼙鼓是遵循上古礼法严格而制，方圆尺寸皆有规制，但这种暗中的放大，放到春赛大校场的现场简直微不足道，到时候也不怕被人瞧出什么端倪来。

少帝却对这个安排反应激烈，坚决不许，称宁可不射，也不愿易鼓。兰太后等人原本寄希望于摄政王，想让他去说服少帝，不料摄政王也否决了这个法子。不过，为确保不出意外，从几个月前开始，宫中就立了一面高度、尺寸以及材质都与今日之鼙鼓完全相同的鼓，摄政王抽空便亲自督教少帝弓箭之术。

兰太后本对摄政王略有不满，觉他过于纵容少帝，未免不够重视这一箭于少帝的意义，但摄政王一锤定音，她也无可奈何。直到后来听闻少帝练得百发百中，她这才放下了心，今日便坐看少帝这一箭射出来是落在什么位置了。

主持今日春赛的校阅官是兵部尚书高贺。他身着朝服，迈步走向观台，朝高坐在前排正中的少帝而去。一名身着明甲的将军以双手捧着一支扎缚着红丝的金箭,紧随其后。

来到少帝座前,高贺行礼过后,朗声道:"恭请皇帝陛下移驾弓台,为我大魏今日春赛拔射头箭!陛下万岁万万岁,大魏军威浩荡,战无不胜,攻无不克!"

高贺话音落下,那捧箭的将军就单膝下跪,将手中的金箭高举过头顶。

少帝继续坐了片刻,终于慢慢起身,从座位上走出,朝前行了两步。就在人人以为他将接过金箭去往临时设于场中的弓台之时,谁也没有想到的一幕发生了。他竟又停了步,转向观台之西。那里伞盖锦绣,是今日观礼的宫中女眷所在。

"长宁将军姜含元,上前听令!"

少帝发出的命令经他近旁的宦官传递下去,一传十,十传百,很快,全场之人便都知悉了。

束慎徽今早和姜含元匆匆分开后,便一直伴在少帝之侧。此刻他就坐在少帝身旁的座位上,正和旁人一样静候少帝取箭登上弓台。突然听少帝如此发话,事先毫无准备的他不禁一怔。

摄政王都如此,场中的其余人更是意外。上从文武百官,下到宦侍兵丁,纷纷转头望向少帝正在注目的那个方向。

坐于观台之西的姜含元就这样突然成了全场瞩目的焦点。

身为武将,对今日的场面,她自然也是感兴趣的。不过心知春赛没自己什么事,她便做好了单纯旁观的准备,打算欣赏长安六军子弟如何龙腾虎跃、一竞高低。忽然收到来自少帝的传唤,她颇觉莫名其妙,不知他在这种时刻突然如此意欲何为。

她在座上顿了一下,见身旁的兰太后、大长公主和永泰公主等人都在看着自己,这才默默起身,随方才来到近前的引导仪官,在众人的注视之下走了过去。

她以为束慎徽应当是知道这件事的,心里略有些怪他。昨夜和她处了长长的一夜,他竟昏了头似的只顾别的,一句也没提这事。她也不知他到底是什么意思,竟不叫她提早做个准备。

她到了少帝近前,瞥了束慎徽一眼,以目光质询,发现他也正看向她。两人四目相对之时,她明白了,他事先也是不知情的。

少帝就在近前,姜含元收了和束慎徽对望的目光,行礼。

少帝让她起了身，说："姜氏满门忠节。大将军几十年如一日，为朝廷戍守雁门，边塞得以固若金汤。长宁将军你亦不遑多让，良骥千里，勇冠三军。今日春赛的这支金箭，朕特赐予你，由你代朕将它射入鼙鼓，以此激励我大魏天军。

"倘我大魏将士，上下齐心，人人皆如大将军与长宁将军这般，击阵，何阵不摧！作战，又何战不胜！"

少帝神色庄重，这一番话再被传送下去，全场寂静无声。

"赐长宁将军甲袍！"

少帝话音落下，一名侍人疾步走来，恭声道："请将军随奴往这里来。"

姜含元从惊诧中回过神，下意识地再次望向对面座上的束慎徽，却见他的神色已恢复如常。他端坐着，对上她的视线，面上并未显露任何表情，回望她的眼中却含着淡淡的笑意，仿佛还带了几分鼓励之色。

姜含元的心绪略微纷乱，她做梦都没想到，少帝今日竟然又不声不响地来了这么一出。但如此场合，少帝既已开口，她又岂能推辞？于是她谢恩，随侍人下去着甲。

场中自有帷帐，她入了其中一顶，看见里面果然已经备有一套铠甲，兜鍪战靴一应俱全。她迅速束发，在两名侍女的帮助下着甲在身、戴上兜鍪，很快更衣完毕，再出去时已是样貌大变。战甲在阳光下闪烁着光芒，她从片刻前的贵妇，陡然做回了大魏的女将军。

没了裙裾的束缚，她迈着往日在军中惯常的阔步行至少帝面前，以双手从他的手中接过那支金箭，随即转身迈步去往弓台。

这是何等荣光！

六军上下，见过她之人寥寥可数。将士都只知道她是姜祖望的女儿，自小从军，因三年前的青木原一战而成名，朝廷赐封"长宁"之号；再就是去年年底，她被立为摄政王妃，但嫁来长安之后深居简出，极少露面。不过，六军当中倒是有个传言，据说她在和摄政王大婚的次日，便丢下摄政王，自己乔装走访慰问雁门边军的家眷，也是凑巧才被认了出来。许多人对她极是好奇，今日春赛，她虽也到场了，起初却是遥遥坐于观台之上，想看清楚样貌并不容易。

这一刻，全场人的目光从四面八方齐聚在了本朝这位大名鼎鼎的女将军身上，所有人都在望着她大步走向场中的弓台。

兰太后脸色铁青，手脚冰冷。她从姜含元的背影上收回视线，狠狠地盯着自己的儿子，见他已归座，正紧紧地望着女将军，完全就没朝自己这边望来。她又扫向坐在儿子身边的摄政王，见他的双目亦在凝望前方。

兰太后平日对自己这个小叔称不上怀有恶意，甚至早年于后宫中不得宠的时候，许是因为儿子和他性情相投，得到了他的诸多照顾，还曾对他怀有一种微妙的、掺杂了些感激的感情。但时至今日，她不得不怀疑自己这个小叔另有所图，暗示少帝，少帝才会在所有人都意想不到的情况之下，临时将这射鼓的机会让给了他的王妃！

要知道，这个机会对于少帝而言意义重大！

兰太后盯着摄政王不大能看得出表情的侧颜，他的目光却始终跟着场中那道正在快步走向弓台的身影。

兰太后盯着他，眼底阴云密布，片刻后改而望向距摄政王不远的兰荣。她的兄弟此刻亦是目视前方，是平日一贯的沉稳模样，也似根本没有留意到她这个姐姐此刻的恶劣心情。

兰太后当然也知自己不可表露情绪太过，免得又落入旁人的眼，惹来讥笑。她闭了闭目，终于勉强忍住火气，压下心中一时涌出的各种杂念，继续望向前方。

姜含元已走到了弓台前，稳稳登台，站定后抬手取过一张被置于弓架上的角弓。她微微掂了一下重量，知道弓是标准的马弓，比步弩营的步弓要轻。她将金箭搭其上，随即将弓拉到了合适的位置，瞄准那面高耸在鼓台中央的鼖鼓，没有任何停顿地射出了箭。

金箭在空中划出一道金色的光，转眼间射到鼖鼓之前，又不偏不倚地正中鼓心。

这一箭，因要考虑头顶的太阳光照、场中的风速风向、仰射角度等因素，想要射中鼖鼓并不算容易，否则，兰太后等人也不会如此紧张，挖空心思作弊。但对长于弓法的人而言，这也非难事，便是从现场当中随便叫一个弓箭手来，结果应当也是命中，就是最后箭的落点有所不同而已。何况，前人设计出这一项的目的，也不可能是为难皇帝或者皇帝选中的人。

然而，姜含元引弓和发箭的动作行云流水，带着几分不自觉的随性，反而显出了一种舍我其谁的霸气。

金箭入鼓，场中鼓手也随之擂鼓，大校场内爆发出一阵欢呼之声。

姜含元独自立于弓台中央，大风吹动兜鍪上的红缨。她先是转向观礼台，朝着少帝的方向遥遥行了一个军中拜礼，接着又面向六军将士，待欢呼之声渐渐落定，高声道："陛下赐箭，乃我莫大之荣耀，但这荣耀绝非归我一门一姓！雁门边塞还有无数英雄儿郎，他们都是我等兄弟同袍，个个是赳赳勇士，甘为大魏舍生忘死！今日响彻校场的欢呼，理应是由他们来当！"

她的声音清亮铿锵，宛若金铁，送遍四方。

她的话音落下，在场的万余六军将士再次爆发出了一阵欢呼声。这声音比之方才越发昂扬，宛若惊雷，"隆隆"啸于大校场外的原野之中。

"好，真将军也！"

少帝兴奋地大喊一声，一下子就从座位上跳了起来，带得戎衣上大片装饰用的甲片发出"嚓嚓"的声音。

周围众人纷纷向少帝望去，神色各异。少帝这才意识到自己失态，下意识地看向身畔的三皇叔，却见他依然凝望着前方弓台上的那道身影，双眼一眨不眨，似乎根本就没留意到自己。少帝在心里暗呼侥幸，急忙坐了回去。

姜含元下了弓台，在礼官的引领下回到观礼台的中央，立于台下向少帝复命谢恩过后，回往西台。

这里的气氛已是大变。

太后端庄自若，淡淡地称赞了两句。大长公主笑容满面，奉承姜含元箭法了得，技惊四座，只是那笑看着有些勉强。永泰公主和萧琳花面上皆极欣喜，尤其是萧琳花，一双眼眸发亮，紧紧地盯着姜含元，好似恨不得傍到她的身旁才好。

姜含元神色平静，朝萧琳花笑了笑，随即坐回到自己的座位上，望向大校场中。

鹿鼓首箭过后，全场鼓角再鸣，会操开始。

会操用到的阵法皆来自孙吴兵法六十四阵，参与会操的将士先前也都操练过多次，今日配合熟练，步阵、车阵、马阵一一被演练出来。场上的数千明铠甲士依据号令排出各种阵势，齐声呼吼，中间又有战车冲突、马匹奔腾，带得尘土滚滚飞扬，场面极是壮观。莫说大赫王一行人了，就连少帝也看得目不转睛。

会操在"隆隆"的战鼓声中结束,紧接着便是今日"六军冠军"名号的争夺赛。会操场面固然壮观,平日难得一见,但对于今日现场的一些人来说,真正的重头戏才刚开始。

多年以来,凡在六军春赛当中夺得冠军名号之人,无不扬名立万,过后加官晋爵,不但如此,其人所在部营的上司也是面上有光。今年又是三年以来的首次春赛,能在如此场合于当今少帝的面前露脸争光,但凡有几分实力的将士,哪个不是摩拳擦掌、跃跃欲试?

长安六军下的各营皆选送出本营的强手若干名,先前人数多达数百,经过几轮较量,已淘汰多人,今日最后站到大校场上的,总共还有八人。

到了这一步,最后选出的八人于弓箭一项自然都是高手,接下来便不再比试弓箭,而是以签分组后,在战鼓声中直接进行近身肉搏。几轮过后,最后决出两人,争夺今日的冠军之号。

这两个人,一个名叫程冲,来自禁军,是刘向的手下,现任队正;另一个名叫孟川,是地门司兰荣提拔起来的下属。这两人能从最初的几百人中脱颖而出,一路过关斩将来到最后,自然都是强中之强。

最后一场对决为充分展现双方的实力,允许各持兵器,但规定不许见血,也就是点到为止的意思,否则即便一方最后击败了对手,也将被判定为输。

照真正的武力而言,两人当中应还是程冲占优。两人你来我往,格斗几十个回合之后,孟川渐渐不敌程冲,再勉力支撑了几个来回,吃了一记攻击,程冲的刀尖便点到了他的咽喉之前,随即停下。这一刀若是再近几分,孟川势必血溅当场。

按常规而言,这场比试应当是程冲赢了。程冲却万万没有想到,对手非但没有认输,反而突然将身体往前微微送了一下,他的手若不收回,刀尖就要刺入对方的咽喉。他下意识地收手,令刀尖错开,不料就在同一时刻,孟川抓住他分神的机会,一脚踢出,正中他的手肘。他只觉手臂一麻,刀掉落在地,紧接着,眼前寒光掠过,对手的刀快如闪电,架在了他的脖子上。

"承让!"孟川微露得意之色,压低声道了一句,随即立刻收刀。

竞赛结束,地门司孟川赢得了今日春赛的"六军冠军"之号。

方才的最后一下,孟川利用规则,知对手不敢伤到自己,冒险故意往前微送咽喉。他的动作很小又极快，竟叫他谋算得手，胜负颠倒。整个过程几乎是在眨眼之间完成，加上场地空旷，场上的大部分人并没有觉察这个细节，只觉得他绝地反击，一击得手，干脆利落，跟着地门司的人一道喝起了彩。至于剩下那些觉察了的，虽觉孟川胜之不武，未免令人不齿，但想到兰荣如今的地位，谁又敢发声说一句什么，不过是闷不作声，当作没看见罢了。

少帝十分满意，将胜者召到近前夸了几句，问他姓甚名何、来自哪营，得知其出自地门司后更是欢喜，将兰荣传来再褒奖了一番。兰荣再三谢恩，称是侥幸而已。

按照惯例，最后获得冠军之号的人可携本营旗帜，骑马环绕大校场一圈。很快，获胜的孟川便一手高举地门司的黑旗，纵马绕场，意气风发，风头无两。

程冲功败垂成，且还是那样落败的，又见对方炫功，连带地门司同享荣耀，心里越发惭愧，下场后向刘向赔罪。

刘向方才一直紧紧盯着两人，岂会看不出端倪？虽然手下人吃了个大亏，但对方是少帝舅父兰荣的人，刘向也不能说什么，只能认栽，拍了拍程冲的肩，安慰道："无妨，日后再从别处赢回来就是了！"

观礼台上的少帝心情大好，忍不住道："看不出来，舅父手下还有如此之能人，可见舅父平日用人是有一套，也不枉朝廷对他的重用。三皇叔，你说是吧？"

束慎徽望了一眼兰荣的背影，一笑，不置可否。

这时，一名小侍猫着腰匆匆来到观礼台前，说驸马都尉陈伦寻摄政王有事。闻言，束慎徽起身离座。

陈伦等在观礼台下的一个偏僻角落里，见束慎徽来了，快步迎上，道他刚接到一个北边送来的八百里加急的消息。

"是炽舒有下落了？"束慎徽问。

上次禁苑出事，炽舒下落不明，此后天门司在北上各处交通要道设卡搜查的行动一直在进行，但月余过去，始终不见炽舒的踪影。束慎徽基本可以判定，除非炽舒真是死了，否则他估计已从不知何处的野道走脱了。

果然，陈伦摇头，说不是炽舒的下落，但也和炽舒有关。

负责卡口的人遇到了大赫王之子萧礼先紧急派遣来长安的信使，并带来了一个消息。八部的白水部王此前和北狄暗中往来，欲趁大赫王离开的机会发动叛乱。幸好萧礼先一向干练——他父亲去往长安前命他暂时接掌事务，之后他便一直盯着各部动向，及时将叛乱镇压了下去。白水部王逃走之后，领着跟从之人负隅顽抗。萧礼先一边继续组织平叛，一边派人给父亲紧急递送消息。

束慎徽此前便知道八部内部并非铁板一块，加上从去年年底开始，长安接二连三地出事，因此为防万一，这回对大赫王的保护自然做得周密到了极致。入夜之后，连大赫王在鸿胪会馆住处的外面，陈伦也安排了自己的人，守卫之严，说苍蝇都飞不进去，也是毫不夸张。

这边是没事，没想到八部那边出了如此的乱子。

束慎徽回到座位上再坐了片刻，地门司的孟川也绕场完毕，这场少帝继位以来的首次春赛便算是圆满结束了。

鼓角声再起，在"万岁"声中，全场将士恭送少帝和摄政王一行人离场。

大赫王片刻前已获知消息，不免焦急。大魏的摄政王许诺他，倘若八部有难，大魏必会出兵援助，这就是他此行的目的。

至于联姻，那日魏国的贤王私下委婉提醒，称摄政王对王妃极是敬重，知其美意，但不能受。大赫王便是再愚钝也明白了，这不就是摄政王惧内的意思吗？他虽觉遗憾，却也没有办法，只能打消念头，等到今日亲眼看到祁王妃长宁将军，最后的一点儿遗憾便也没了。王妃如此，也难怪摄政王忌惮，换成是他自己，恐怕也不敢乱动。

如今目的已然达成，后方又发生了那样的事，虽有长子主持大局，但他也坐不住了。他寻到摄政王，说明日就想动身回去了。

当夜，宫中再设宫宴，为大赫王一行人送别。大赫王心有牵挂，恨不得立刻插翅飞回去才好，大魏的摄政王也有些心不在焉。宾主心思不约而同地全都不在筵席之上，宫宴自然早早便结束了。

束慎徽命人护送大赫王回会馆休息，自己送少帝回宫。

少帝白天的好心情一直持续到了现在，走着走着，瞄了一眼身畔伴着自己同行的三皇叔。平日这种时候，三皇叔通常会问他一些对于学业的疑惑或者处理日常政务的感受，今夜却一言不发，默默行路，若有所思。

束戬想起白天女将军被自己叫出来后，三皇叔的目光便一直落在她的身上。他觉得自己今日这招是用对了，得意之余，又想到自己平日总是被三皇叔教训，心里一动，胆子就大了起来。他忍不住起了促狭之念，叫了声"三皇叔"。

束慎徽正在想着姜含元，永泰公主今夜在府中设宴送别王女，将姜含元也请了过去，不知此刻她是否已经回府了。他想得有些入神，一开始竟没听到束戬的呼唤声。

束戬又叫了他一声，提高了些音量，他方惊觉，停步望去："陛下何事？"

束戬轻轻咳了一声："今日春赛，长宁将军那一箭，摄政王以为如何？"

束慎徽微微一怔，瞥了少帝一眼，见少帝的表情看似一本正经，眼睛却在滴溜溜地乱转，显然是在调皮。但他此刻心情不错，便顺着侄儿的话，微微笑道："极好。"

少帝追着不放："既如此，摄政王欲如何奖赏将军？"

这口气，束慎徽再不约束一下，只怕少帝接下来就要得寸进尺了。

束慎徽面色微微一沉："陛下！"

束戬知道大事不妙了，忙道："三皇叔莫怪，我错了。"

说完，他立刻低下头，一声不吭地朝前走去。

束慎徽见他又变老实了，知他必是装的，也有几分无奈，摇了摇头，想了一下，跟上去问道："陛下今日为何如此？"

束戬当然知道他在问什么，听他的语气，知他并没有真的生气，于是又抬头解释道："我先前得罪她太过，不实在地做点儿什么，心里不安，昨夜忽然就想到了这个法子。还有……我也想让三皇叔你高兴。三皇叔，你应该也会高兴吧？"束戬用期待的眼神望着他。

"为何不提前让我知晓？"

"若是告诉了，三皇叔你会允许？"

束慎徽看了侄儿片刻，忽然笑了起来，点了点头："这一回，你做得确实不错。"

束戬彻底松了一口气，眉飞色舞地道："多谢三皇叔夸奖！"

"知道我为何称赞你吗？"

"三皇婶应当会觉察到我的歉意，以后真的不会再怪我了。"

束慎徽微微点头，接着又道："不只是如此。陛下还记得从前我对你说过的话吗？御人心。你今日之举，便是极好的御人心的手段。你今日的那段话也讲得不错。你虽未亲手发箭，但效果远胜亲手发箭。"

束戬一愣，脸上的笑容渐渐消失。他迟疑了一下，低声道："三皇叔，今日之事，我真的没有想得那么远……我也没想过用你教的法子对三皇婶……我今天就是想让你们高兴一下……"

束慎徽语气温和地微笑道："我明白。我只是拿今日之事给你做个例子，想教你知道，所谓的御人心，固然是世上最难之事，却也是世上最简单之事。你回去了，若是有空，自己再琢磨一下。"

"好，我记住了。"束戬仿佛霜打的茄子一般，沉默了片刻，最后低低地应了一声。

这时，束慎徽将少帝送到了寝宫前便停了下来，让他进去歇息。束戬闷闷地应了一声，迈步要走。

束慎徽忽然又想起一事，叫住少帝，命身后跟着的人都退开，低声道："陛下，你今日之举，怕会惹太后不快。今夜有所不便，我明日便去见太后，就说那是我的意思。她若问起你，你也这么说，免得多事。"

束戬道："我为何要让三皇叔替我背事？我自己的决定，任谁问我也不会改口！"

听他的语气似乎带了几分怒气，束慎徽看了他片刻，慢慢颔首，道："三皇叔知道了。只是往后，若再有如此之事，你不可再自作主张，须得提早让我知道。"

"是。"束戬应道。

束慎徽目送少帝转身入内，命侍人照顾好皇帝，转身出了宫。

他是骑马行路的，一口气回到王府，开口第一句话便是问王妃回了没。听门房说王妃未归，他在门口徘徊了片刻，想去接她，又恐被自己的姐姐看破心思，有失颜面。他犹豫了一阵子，最后忍了下来，先入内去了书房，叮嘱下人若是王妃回了，立刻前来通报。

他在书房中坐下，想和平常一样做点儿事。

春赛结束，大赫王离开，接下来便是他计划已久的南巡。快的话，半个月内他应当就能动身了。最近事情很多，他也不用特意等她，她想回来时自然会归来。

偏今夜漏壶竟似坏掉了，漏箭半晌也没上浮多少，他手头的事情更是毫无进展。他心浮气躁，索性不做事了，寻出她习字时做的功课，看着她的字忍不住笑了起来。这时，他忽然听到外面传来一阵脚步声——庄氏来了。

束慎徽抬起头，却听庄氏说，方才永泰公主差人传话过来，道今夜为王女饯别，大家高兴，都吃了酒，王妃更是被劝着吃了不少，有些醉了，今夜就留宿在永泰公主府中。永泰公主叫他放心，不必记挂，明日便会将人送回来。

束慎徽投了手中之笔，站了起来，迈步便朝外走去。

"这么晚了，殿下要去哪里？"

"接王妃回府。留宿别家，太过打扰！"

他道了一句，出书房而去。

束慎徽到了永泰公主府。他也不算外人，毫无阻碍地一路被公主府的奴婢引到了位于后宅的一处名为宝花榭的所在。

奴子恭声说，此处便是公主夜宴摄政王妃以及大赫王女的所在。除了她二人，永泰公主还一并请了十来位平日交好的贵妇人作陪，又叫了一班长安第一乐坊的伎人来，吹拉弹唱，以娱宾客。

隔着倒映着璀璨灯影的幽幽芙蓉池，束慎徽望向前方一座建在池中央的花窗小楼。连片户牖，灯火辉煌，窗后似有人影在晃动，影影绰绰。时辰已是不早，他却依然能隔着水池听到楼中传出的丝竹笙歌和欢声笑语。

他走过一座通往水榭的曲桥，到了楼下。

"奴子去通报。"

束慎徽迟疑了片刻，道："罢了，我再等等。等她们宴毕，你再说我来了。"

大赫王走得急，今夜陈伦要和鸿胪寺的人一道准备明日送行之事，或将一夜不归。束慎徽对公主府自然不会陌生，吩咐完便径自去了近旁的一座轩阁。

这里是陈伦和永泰公主夫妇夏日里用作消闲纳凉的轩阁。如今时令未到，屋中四面嵌着云母薄片的花窗紧紧闭合着。奴子说，公主和驸马久未入这屋，打扫或有不周，唯恐怠慢，请他去别处歇着。他懒怠再走，此处也能离她近些，只叫人掌灯。奴人掌了里头的莲花灯，他进去，也不用人在跟前侍奉，仰面躺在一张美人榻里，双臂上举垫在脑后为枕，闭目开始等待。

等了些工夫，那边喧闹声依旧，还是没有散席的迹象，他在心里估算时辰,此时应当早已过了亥时。长安城的高门夜宴往往彻夜狂欢,持续到天明方散,他自然知道。今夜陈伦不回,难道永泰真想拉着人作乐,通宵达旦?

他想打发人去把陈伦叫回家,又知不妥,念头在脑海里徘徊片刻,最后还是被打消了。他睁眸起身,走到一排云母窗前,推开其中的一扇。

开了窗,从水榭飘出的声音便一下子分明起来。他立着,面向窗外一片波光粼粼的池水,侧耳细听,想从那混杂在一起的众多妇人的欢声笑语里辨出她的声音,却是无果。如此,他又静静地等了片刻。

忽然,屋外传来了一阵脚步声,跟着永泰公主的声音便响了起来:"三郎!你来了!"

束慎徽转过头,见门被人推开,永泰公主走了进来。看见他,她就笑着抱怨:"三郎你怎么回事,来了也不说一声?方才若非恰巧下来,奴子和我说了,我还不知你来了!你做什么?"

束慎徽转身迎上去道:"我来接王妃回府。来时见你们还在吃酒,我便在此处等。"

永泰公主看了一眼周围,摇头道:"你何时变得如此呆?此间都多久没待过人了,又黑漆漆的,你一个人等在这里做什么?是我府上没别的地方叫你歇脚?"

束慎徽笑道:"我是懒得再走。正好此处清静,我可以想事。"

永泰公主觑他,不说话了。束慎徽被她看得有些心虚,若无其事地解释道:"今晚宫宴早早散了,我回家无事,想着不好过于扰到阿姐,便顺道来接她。"

永泰公主"扑哧"笑了起来:"走吧。你既来了,那我就放走将军妹妹吧。就是可怜琳花王女了。她还以为今夜能和你家王妃共卧一榻,白高兴一场。"

束慎徽随永泰公主转到了水榭。里头还有别家女眷,他自然不便入内。永泰公主叫他稍候,进去了。很快,楼上有人推开了窗,妇人们悄悄探出头来,争相张望,各自鬓上的凤钗在夜色里闪烁着点点的金光。他泰然而立,任由那些眼睛窥视。

永泰公主热情至极,再三邀请,说机会难得,要耍一夜才够,至于三郎那里,她自会递话过去。姜含元一是推托不掉,二来……说实话,虽然昨夜后来她也知道了男女之事的真正滋味,总算明白为何军营里的男人一谈及这事就乐此不疲，但等快感退去，今早醒来便生出了一股空虚之感，她的心里空落落的，仿佛心浮在空中，无法落地，更懊悔自己昨夜对着他竟把持不住。她索性就答应了永泰公主的挽留，却没想到他会来接。

周围的妇人们也都喝了不少，醺醺然间听到永泰公主说摄政王竟来接王妃了，相互使着眼色，笑个不停。姜含元只作没看见，起了身。

边地冬日苦寒，为了驱寒，有时她也会饮酒，但通常就喝几杯，暖身即止。今夜，她却破了例。永泰公主酒量惊人，频频劝酒，而她本也预备留宿，不知不觉便喝了许多。她起先坐着还好，起身后便觉脚步发虚，却也不欲叫人看出，强作无事，在身后众妇人的笑声里，和依依不舍的王女道别，随公主走了出去。果然，她看见他独自站在阶下。

"喏，你的王妃。阿姐把人还给你了，你可看好了，要是哪天丢了，可别赖阿姐！"永泰公主取笑道。

"多谢阿姐。阿姐你去酬宾，不必送了。"束慎徽微笑道，随即望向一言不发的姜含元："你若无事，这就走了？"

姜含元渐渐有些头重脚轻之感，也知妇人们此刻应当都凑在窗后窥探着这边，便只想快点儿走。她点了点头，立刻迈步，不想足下虚飘飘的，身子轻晃了一下，虽立刻就自己稳住了，他却也伸手过来，轻轻一把托住她的腰，见她站稳了才松了手。随即他对永泰公主点了点头，两人并肩朝外而去。

这时，两人身后爆发出了一阵妇人们的哄堂大笑之声。

束慎徽舍马和姜含元一起乘坐一辆公主府的马车返回王府。

马车辚辚前行，两人并肩同坐。他问她感觉如何，她面带歉意，说略多喝了两杯而已，倒是给他添了困扰，还要劳烦他来接自己。

她除了刚开始晃了一晃，被他闻到了些酒气之外，行路稳当，都不用他扶，说话也是如常，一双眼眸亮晶晶的，看着确实没有醉酒。他便也放了心，解释起来："并非我不叫你和她们一起取乐，而是我阿姐她们惯常如此，你却初来，万一喝醉了，会难受的。"

她低低地"嗯"了一声。

车轮辚辚，带动马车，不疾不缓地走在长安夜色里空旷的街道之上。

束慎徽让她将头靠在自己的肩上，又道："陛下今早叫你射箭一事，我事先确实分毫不知。"

即便一天已是过去，到了此刻，他心里仿佛还存着那种深深的骄傲之感。那位令全场将士折服的女将军，正是他的王妃。

听她没应他的话，他转头看她，见她的睫毛了垂下来。她已闭上眼睛，竟是睡着了。束慎徽失笑，摇了摇头。这可真是如同三岁的娃娃，说睡就睡，也太快了。他不再说话，让她继续靠着自己打盹儿。好在王府和永泰公主府距离不远，几条街过去，很快便到了。

马车停在王府门口，束慎徽轻轻地拍了拍她的脸，低声唤她。她含含糊糊地呜了两声，皱了皱眉，眼睫轻颤，一副想醒却又睁不开眼的样子。

他顿悟，知她是醉了过去，也不再叫她，直接将人抱起，下了马车，送进繁祉院，放到了床上，唤庄氏来服侍。等他沐浴完毕出来，她已被换上了睡觉的宽松衣裳，依旧闭着眼睛，还是没有醒来。

束慎徽也上了床榻，卧于她身畔，借着帐外的灯光细细地看她。醉酒又睡过去的她和平常极是不同，此刻看起来软绵绵的，仿佛没有半分力气，任人摆布。

他凑过去些，闻了闻，觉得连她的气息都变成了甜丝丝的味道。他费了几分力气，终于将自己的视线从她散开的胸前衣襟处挪开，替她拉高被角，遮了她的身子。

她醉酒了。看她眉头微皱的样子，应当不是很舒服，若他再趁机对她做那种事，她应当会更加不适。这也非君子所为。

他长长地叹了口气，仰面躺回枕上，闭目片刻，又忍不住睁眼，视线落到她的唇上。

昨夜看她分明也是享受得很，但今早醒来，他仗着情分和她调笑，当时还好，只当是戏闹，过后细想却觉她似乎颇为冷淡。他略感不是滋味，越想越有一种自己被她用过便弃如敝屣的感觉。

昨夜他也碰遍了她的全身，却唯独没有亲过她的嘴。只因为上回在仙泉宫，她那句"我不喜欢这个"实是让他印象深刻。

他盯着她的唇看了许久，仿佛受了什么蛊惑，缓缓地屏住呼吸，一寸寸地靠近。她浑然不觉，依然躺着，眼睫低垂，一动不动。就在快要亲到她的嘴时,他又停了下来,揉了揉额,再次翻身躺回了枕上。

罢了,他倒也不是非要亲到她的嘴不可。

他闭目,决定停止胡思乱想,睡下去,毕竟明日还要早起。

内室里安静下去。帐外用作夜间照明的蜡烛燃着,以肉眼不能察觉的速度,一丝丝地,悄无声息地变矮。忽然,束慎徽听到身边的她发出了一阵梦呓,接着,她的身子猛地动了一下。

他霍然睁目,转头,见她依旧闭着双目,眉头却是紧皱,仿佛想极力挣脱出什么似的,又仿佛被束缚住了。很快,她的身子紧紧地蜷在一起,神色痛楚,姿态僵硬。

她梦魇了!

束慎徽立刻想起大婚之初有一夜,他寻她说事,那时她独自睡在外间那张榻上,好像也是如此陷入了梦境,险些摔下榻去,还是自己抢上去接住了她。

他彻底惊醒,立刻将她拥入怀里,不停地拍她的脸,唤她"王妃",让她醒来。她却似是深陷梦境,始终不醒。

"姜含元!阿元!醒醒!"

束慎徽从未见过如此骇人的梦魇,情急之下胡乱叫她。终于,她仿佛被唤醒,安静下来,蜷在他的怀里一动不动,原本僵硬的身子也慢慢地软了回来。

"你怎样了?梦见了什么?"

她依然闭着眼睛,仿佛还没彻底醒来。束慎徽怕她睡着又被魇住,一边替她擦着额上沁出的冷汗,一边低声和她说着话。

"你莫怕,有我在。"他的声音不自觉地变得极是温柔。

姜含元又陷入了那曾无数次将她拖入深渊的噩梦。她再次梦见自己站在高高的铁剑崖头,纵身跃下,粉身碎骨。她整个人被血包围,想出来,却无法挣脱。极度痛苦之时,她忽然听到耳边响起了一个呼唤之声。

那人唤她的名字,将她从噩梦里带了出来。那声音是如此好听,她依稀觉得好像从前在哪里听到过。

她迷迷糊糊,带着残醉,半梦半醒,微微睁眸。果然,在梦里,她竟又看见了十三岁时遇到过的那个少年。她怔怔地望了他片刻,情不自禁地抬起了手,朝这张好看的脸,慢慢地伸了过去。

这是梦吧。梦里的她对自己说道。

束慎徽见她终于醒了,放下了心,又见她如此看着自己,便抬手牵过她的手,带到自己的脸上,笑道:"你醒了?你是想摸我?那便摸吧。"

姜含元的眼眸半睁半闭,她看了他片刻,忽然,皱了皱眉,喃喃地道:"你不是他……"

是的,这不是他。那位马背上的少年皇子固然爱笑,也肯怜恤一个自己眼中的小兵,但怎可能会叫她去摸他的脸?

便是在梦里,也不可能发生如此之事,她看见的,只是一个和那少年生了张相似面孔的人而已。

她闭眼,再次沉沉睡去。

束慎徽还握着她的手,忽然如被冷水浇头,整个人凉了下去,胸中那一腔的怜惜柔情,一分分,一寸寸,一丝丝,缓缓地消退,最后无影无踪。他看着她又闭目睡过去,对一切浑然不知的样子,心里陡然涌出了一阵烦躁之感。

她显然还醉着,这一点毫无疑问。那么方才她从噩梦里被唤醒,看了自己半晌,最后竟冒出来一句"你不是他",何意?

她在梦里到底梦见了谁,那个"他"又是何方神圣?难道又是那个年轻僧人?她在梦里见到了人,醒来醉眼蒙眬,起初误把自己当成了对方?

束慎徽叫自己不要再多想了。再想下去,他真的不能保证不会对那个僧人干出些什么事来。

那应当就是她醉梦里的胡言乱语罢了,并无所指。

他一遍遍地说服自己,片刻后,睁眼,再次转头望去。她缩在被下,闭着眼眸,一动不动。

他终究还是没法压下心头那股郁闷之气,起了身,下榻,掀开帐幔,穿衣走了出去。经过外间时,他忽然停了脚步,见墙边多出了几只箱笼。

前些天他一直没回府,今夜刚回来又径直去了书房,此刻才注意到屋中的这些箱笼。直觉告诉他,这些应当就是她这趟回雁门要带的东西。

他走过去,打开箱笼翻了翻。果然,其中两只装的都是书信和衣物包裹之类的东西,是她帮青木营将士捎带的物件。剩下一只里是她的私人之物,东西少得可怜,只有几套日常换洗的衣裳、那柄新婚夜她从自己身上抽出的匕首,外加若干笔墨纸砚，如此而已，别无他物。

他皱了皱眉，正要关上箱子，忽然目光微微一动。这把匕首让他想起了另一样东西。

他抬手又在她的箱中翻了一下，翻遍角落也没寻到想见到的那样东西。他凝神片刻，慢慢合盖，随即走了出去，叫来庄氏。

庄氏刚睡下不久，听到他唤，不知何事，匆忙起身赶来。

"王妃这趟出京的东西全都收拾好了？"束慎徽问她。

庄氏莫名其妙，也不知他怎的大半夜不睡觉，突然想起来问这个，点头道："是。几只箱子，都在屋中放着了，全部是王妃亲自收拾的，没叫我们碰。"

"她剩下的东西呢？"

"也是王妃自己归置好的，前日入了库房。"

"带我去瞧瞧！"

庄氏越发感到疑惑，但见他脸色仿佛不大好，也不好细问，取了钥匙，领他过去。

库房门被开启，庄氏秉烛引束慎徽入内，指着被归置在一处的一堆箱笼道："这些便是王妃来时所携的轻便之物。我虽没看过，但料想大多应是衣物首饰。"

束慎徽扫了这些箱笼一眼，命她放下烛火出去。待库房内剩自己一人，他在原地立了片刻，走到箱笼之前，开盖逐一翻看。

确实如庄氏所言，起先看过的几只箱笼内装的都是各色四季衣物，精致华美，再就是头面，在烛火映照下，珠光宝气，炫目璀璨。

她去了雁门后用不到这些，留下也是情有可原。

他的视线从箱笼上逐一扫过，落到最后一只箱笼里时，他动手翻了翻，停住，一只放在箱子最底下的矩状沉香木匣进入了他的视线。

他盯着这只木匣，目光凝住了。这只木匣，他不但见过，而且就在去年亲手将它交给了贤王，让贤王带去雁门作为信物。

他伸出手，缓缓打开匣盖，一柄鞘嵌宝石的短刀映入了他的眼帘。

真的如他所料，她把作为信物的月刀也留下了！

果然，在姜含元这个女人的眼里，这把月刀根本算不了什么！她完全没有把它当成一回事，觉得它和那些被她一同丢下的衣服和首饰一样，一文不值。

也显而易见，她这一趟出京，便是打算一去不返了。

纵然在进入库房之前已有了心理准备，但是此刻，当真的看到这柄被他郑重其事地交出而被她随手抛弃的宝刀，他还是不可抑制地感到了失望——极度的失望，又不只是失望，仿佛还夹杂着几分愤怒。

然而他在愤怒什么？他娶她的目的不是已经达到了吗？他不是早在娶她之前，就已知道了她和别人的不当往来吗？

烛影幢幢，他盯着短刀，心情之恶劣，甚至远胜方才听到她的醉言。

他伫立良久，忽然又想起大婚之夜。

那是他和她的第一次见面，他还在想着如何敬她重她，她却迫不及待地跳出来和他谈离京之事。

娶她之前，他已经料到她应当不会真就从此脱下甲衣安心做贵妇，而且原本也没有打算要将她一直困于闺闱——毕竟她是位女将军。但她那么快就开口和他谈离京，当时还是令他感到有些意外。

想必那个时候，她就已做好一去不返的准备了，这趟入京之所以还记得将这把聘刀带来，唯一的目的恐怕就是归还。

束慎徽平生第一次意识到自己太过愚蠢了，竟被一个女人玩弄于股掌之上，还分毫未觉！

难怪今晨醒来他就觉得她又冷淡了下去，恐怕昨夜的种种，她也是闭着眼睛把他当成了别人。

他怎会沦落到如此卑微的地步？

羞愤如滚油灼心，最后令他反而忍不住冷笑起来。他缓缓地吐出一口气，极力压下胸中翻滚的情绪，慢慢地合上箱盖。

"我想起来还有事，先去宫中了。"

待走出库房，他已然神色平静。他若无其事地和庄氏道了一句，迈步去了。

姜含元宿醉一夜，第二天睡到巳时方醒。她睁开眼，见天光大亮，枕边无人。

昨夜是她第一次醉酒，即便到了此刻还是感到脑袋沉重。她又闭目片刻，清醒了些，终于一一想起了昨夜的事。

她去公主府赴宴为王女送行，吃了不少酒。后来束慎徽去接她，上了马车，她有些坐不住，好像靠到了他的肩上，然后……

后面的事她就不知晓了，只隐隐约约地还有些残余的印象，好似后来又做起了噩梦。正当她倍感痛苦、奋力挣扎之时，梦境里又一次出现了那个少年。他笑着纵马而来，头上的那片天是那么明朗，朝阳若将喷薄。就是这片天空代替了鲜血，终于将她从噩梦里解救了出来。

从她十三岁始，到十五六岁的那几年间，如此的梦境时常反复。当结束了一天的摔打，拖着满是伤痕的身体回到睡觉的地方，在筋疲力尽地闭眼之前，她甚至也会暗暗生出期待，期待梦中能再一次见到那少年。只有他出现，她才能得到安眠。

如此境况一直持续到十六岁，她终于以日复一日、年复一年无懈可击的表现，换来了姜祖望的信任，获得了军官的委任，第一次有了一队听令于她的士兵。

那一日的情景，她记得清清楚楚。她一个人纵马到了铁剑崖，立于崖顶，对着头顶的无尽黑夜，告诉自己，不能总是寄希望于梦里的少年策马向她而来。

那只是一道幻影，或慰一时，却不能救她一辈子。她唯一的、真正的救赎，是驱尽狄人，为她的母亲复仇！

自那一天开始，少年渐渐地从她的梦里淡去。这些年间，她仿佛再也记不起他了，直到昨夜醉酒，那少年竟复入梦。

然而，她依稀又觉得昨夜的梦境似和早年的有所不同。梦里，那少年和她说起了话，仿佛还牵了她的手引到他的脸上，叫她抚触他的脸……

这实在是荒唐。那几年间她能梦到的少年，只是一道高坐于马背需她仰望的影，一张笑起来曾令她怦然心动的脸，如此而已。每一次，他在为她带来那片能为她短暂驱走噩梦的霜晓天后，便会如朝露一般消失。他又怎会让她去抚触他的脸？

倒是如今的束慎徽，会做这样的事。

一定是她昨夜醉得太过厉害，梦境混乱，以致将现在的他和从前那个十七岁的他混在了一起。

姜含元越想越觉头疼，坐起身，拥着被子发呆了片刻，再看一眼身边的空枕，不再想了，翻身下榻。

是她醉酒乱梦罢了。她得切记，往后再不可如此饮酒，还要烦劳他特意去接自己回来。

这个时间，他必然早已去了皇宫。她起了身，洗漱过后问了一句，侍女却说他昨夜就走了。

姜含元感到有些意外，但再一想，今早大赫王一行人就要离开长安归去，走得急，事情应当不少，以他之勤政，昨夜接她回来后再回去做事，也是正常。

这个白天，姜含元对他昨夜的突然离去不以为意。不但如此，当又一个黄昏降临，她再次感到了一丝不确定的惶惑。

他应当对她的身体颇感兴趣。虽然也不明白他到底看上了她这身体的哪一处，但对这一点，在两人于文林阁里度过的那一夜，她有了清楚的感知。他几乎触遍了她的全身，用他的手和唇。

她也骗不了自己，和刚成婚时的满身戒备不同，自己也慢慢地开始习惯他睡在她的枕边，习惯听着他的呼吸声入眠。甚至就在前夜，她也从他那里得到了此前无法想象的极大的快乐。

她知道，她是投入其中的，带着些无法自控的感情。她仿佛开始混淆这个男子和那个只活在她记忆里的少年，而他们根本不是同一个人。这是可怕的事情，完全不在她的计划之内。

没有朝廷的完全放权和军费粮草的支援，只靠她父亲一人，不可能出关北伐。她当初的计划就是如他所愿，成全他，嫁给他，换取他完全的信任。他是大魏的摄政王，是皇权的掌握人，是天下的维安者，也是一个能为理想牺牲感情的无情之人。而那少年，就让他永远好好地活在她记忆的最深处，因那一次的邂逅和后来的陪伴，让她每次想起来的时候，心里都会有淡淡的温暖和感激之情。这样，不是很好吗？

她的计划原本进展顺利，眼看三个月的期限也到了，她很快就能如愿北上，偏偏在这个时候，事情仿佛有了脱出自己掌控的迹象。

说真的，她为之惶惑。

对于今夜，她心存抗拒，希望他最好不要归来。

有过之前那样一个夜晚，倘若他今夜再次求欢，她如何开口拒绝？她也根本做不到再像从前那样以冷静的心态去看待与他同眠这件事了。

是的，直觉告诉她，她应该是真的做不到了。

她从小校场回来，沐浴过后，为了静心又去写字，写了几篇却发现自己根本静不下心，写出来的字越发不像样。她略微烦躁地撕了写满字的纸，看了一眼窗外越来越黑的天色，回了寝室。

这时，侍女来传话，说张宝方才递入一则消息——摄政王事忙，今夜继续宿于宫中，不回来了。

初得知束慎徽不回来，姜含元松了口气，却不想接下来数日，他竟接连不归，只说事忙。

南巡在即，他事忙本无可厚非，但再忙也不可能连着这么多日一次也不踏入王府。姜含元终于觉得事情有些不对劲，并且隐隐地，她的心里也开始感到了失落。

在他不归的第三个夜晚，姜含元竟意外地失眠了。深夜，她睡不着，独卧在宽阔的床榻之上，费神地思索着他为何突然态度大变，竟在有过那样一个亲密的夜晚之后这般冷落她。

她想了许久，最后得出了一个结论。

她从床榻上爬起来，下地，摸着黑点燃了烛台，走到房中的一面铜镜之前，脱光了自己从外到里的衣裳，最后，裸身立在镜前。

生平第一次，她用严苛的目光审视着镜中映出来的这具女子的身体。

这具身体有着淡淡的麦色皮肤，胸部饱满，细腰，平腹，不见半分赘肉，肢干修长而有力。这只能说是体态匀称，远不及别的女子那般有着雪白的皮肤、纤细的肢体，能令男子一手掌控，我见犹怜。那才是男子喜欢的女子该有的样子。

这具被烛火映出的身体是一名女战士的身体。它瞬间爆发出的力量，能将马首一刀斩落。不但如此，这具身体上还布了许多的伤痕，新的、旧的，手臂、前胸、后背还有腿上，旧的伤痕尚未消除，新的便又留了印迹，细看之下，道道伤痕，如此狰狞。

姜含元长久地凝视着铜镜里映出来的这具身体。

她喜欢它，但也知道于一个女子而言，它其实是丑陋的。她不再看了，离镜，躺回了床上。

当再次闭目时，她也想明白了。

从大婚夜始,他就在她这里屡遭挫折。而那一夜,在皇宫的文林阁里,他终于得到了她的全情回应。

一个男人征服了一个女人,知道了她在他身下承欢的模样。那么,对她如此一个本不过是为了魏国才娶的女人,他为何还要再多费心思?至于那天晚上他又去接她……谁知道他是怎么想的,说不定就是为了做给人看,又或者……他就是个喜怒无常的随心之人,如此而已。

这样也好。不管出于什么原因,这不就是她想要的吗?她也不会难过。

就这样最好,等再照他的安排见完了他的母亲,很快,她就可以回雁门了。她当初如何来,之后就如何走,干干净净,不用夹带半分的不舍。

第四日傍晚,束慎徽依然未归,也没说回不回。姜含元知道庄氏今日亲自下厨,还悄悄地打发张宝进宫去了。她只当不知——他回或不回,于她而言都是一样的了。

四天过去,束慎徽觉得自己已完全地摆脱了姜家女儿对他的影响。这几日,他心如止水,每日忙到深夜,累极了才躺下去,闭眼就睡,感觉不错。但是傍晚,张宝的到来犹如往湖里投了一块石头,打破了他的平静,一下子就再次将他惹得怒气冲天,简直没法抑制。

张宝是庄氏派来请他回府用饭的,而非姜含元。

束慎徽实在是控制不住自己了,并且极是不甘。他想不明白,自己到底哪一点比不上别人?

张宝传完话站在一旁,见摄政王低头一言不发,只是不停地翻着面前的奏章。等了一会儿,他再次道:"殿下?庄嬷嬷盼着殿下回呢!殿下都好几日没回府了。"

"王妃这几日在干什么?"束慎徽若无其事地问了一句。

"王妃啊,天天都在府中校场,不是射箭就是习武。今日白天,她还和王仁他们对阵。奴婢听王仁说,好似齐眉棍都叫王妃折断了好几根嘞!他们个个都对王妃佩服得很!"

束慎徽忽然气得脑壳发疼,额角的青筋"突突"地跳。他揉了揉额角,慢慢地放下了手里的东西。

"殿下？殿下怎么了，可是太累了？殿下好些天没回府了，王妃应当也很是记挂。"

她会记挂他？她应是巴不得他不回才好。

他更不是闲人，出京在即，本就事都忙不完了，何来的精神再去应付她。

"今日有事，也不回。"他回过神，冷冷地道。

张宝只得出宫，回王府偷偷地寻到正在等着的庄氏，将方才的对话细细地讲了一遍。

庄氏微蹙眉头，沉默了片刻，望了一眼天色，道："殿下既忙，那便罢了，去请王妃用饭吧。"

这顿饭是庄氏亲自下厨做的，菜虽只有几样，但做得极是精致。姜含元白天在小校场里泡了一天，折了几根棍，不但郁气大减，而且确实是饿了，一个人闷头吃了不少。

庄氏在旁陪侍，看得眉开眼笑："庄太皇太妃一直盼着和王妃见面。这就要去见太皇太妃，等她见着王妃，怕是不知道如何喜欢！"

说实话，姜含元对即将去见束慎徽的母妃一事有些发怵，只是苦于躲不开罢了。她不知见了面，该如何和对方相处。

她朝庄氏笑了一笑，放下碗筷起身："我吃饱了。有劳嬷嬷费心，很好吃。"

庄氏跟出来送她回房，到了地方也不像往日那样止步在外，而是跟了进去，亲手为她奉茶。姜含元便是再不经世故也看出来了，庄氏应当有事。

"嬷嬷可是有事要说？"

庄氏命侍女都出去，走到她近前，微笑道："请王妃莫怪我多事。这几日殿下总说事忙不归，今晚我便自作主张，叫张宝去请他回来用饭，他也没回。我寻思着再忙也不至于如此。"她望着姜含元，"春赛那夜，王妃去公主府赴宴，殿下还曾亲自去接王妃。王妃是否知道，殿下怎的突然连着数日不归？"

姜含元摇头："我不知。"

庄氏沉默了片刻，低声道："春赛那夜见王妃回来，睡过去，我也去睡下了。殿下却忽然唤我起来，问起前几日王妃送进库房的那些什物，还去看了。当时我等在外，殿下一个人在里头停了些时候。等出来，他便说有事，径直走了……"

她凝视着姜含元："殿下从小到大性情一向平和，我也是头回见他如此反"

复无常。若他哪里惹得王妃不快，还请王妃看在庄太皇太妃的面上，暂且多多担待。王妃受的委屈，等见到太皇太妃，只管告诉太皇太妃。太皇太妃定会好生管教殿下，替王妃出气。"

庄氏这番话倒让姜含元窘迫起来了。

姜含元忙道："庄嬷嬷，你误会了，我真的没有受委屈。"

庄氏笑道："王妃这么说，我就放心了。王妃今日在校场一日，应也累了，我不打扰，王妃好生休息。"

说完，她欠身告退。

白天耗的精力确实令姜含元感到有些疲——她本想早些睡下的。她看着庄氏离去的身影，在庄氏快要走出门的时候，道："庄嬷嬷，开一下库房门。"

她秉烛独自进去，走到放置箱笼的地方，略过前面的箱笼，直接打开最后一只的箱盖。箱中物件如旧，但她一眼便瞧了出来，那只刀匣被动过了。

她看着刀匣，渐渐地，若有所悟。

原来竟是如此。前几日只是自己胡思乱想，他突然态度大变，接连几日不归，只是因为发现她留下了这把刀？

姜含元凝神思索了片刻，心里缓缓地溢出了一种淡淡的酸热之感。她合上箱盖，转身走了出去。庄氏还等在外，见她现身，上前相迎。

"嬷嬷，你叫人再入宫一趟，请殿下何时方便回来一趟，就说我寻他。"她吩咐道。

庄氏面露欣喜之色，立刻点头："我这就叫张宝再走一趟。"

姜含元的话迅速地被递送到了皇宫中的那间殿室里。这时的束慎徽还没能完全从被勾出的怒气里摆脱出来，唯一能用来压制心绪的手段便是继续翻阅案头的文牍。当他听到他的小侍用强调的语气说这回是王妃请他回去时，一腔原本无法排解的郁闷之气仿佛终于获得了一个口子，慢慢地舒了出去。

他想寻她当面质问，在那一夜刚从库房出来之便如此想了。他可以容忍她心有别属、梦见他人，但无法容忍她如此对待那把聘刀。

不过他还是没有立刻回去。来自她的邀约太过突然，他只顾气闷了几天，还没想好该以何种面目回去和她见面。他打发走了张宝，待到终于想好回去，又已是深夜。

姜含元还没睡，竟独自坐在书房里，手中执笔，临着他的那册碑帖，专心致志。束慎徽在门口默默地站了片刻才缓缓入内，看见案头摊着的宣纸足有一二十张，上面全是她的字。

她写完最后一个字，轻轻地搁了笔，等着纸上墨迹干透的工夫，抬头望向他，微微笑道："晚上趁着等殿下的工夫来这里写字，竟一口气写了这么多，晾满了书案，这也算是头回。殿下来瞧瞧，我的字可有几分长进？"

她将头发随意绾成一髻，穿了一件藕褐青的家常夹衫，因是夜间在家，便未束腰带，衣袖飘飘展展。明烛映照下，她的身姿明快而利落。

束慎徽看着这张脸，来时路上还存着的几分愤懑忽然就消失了。方才他独自在文林阁里想了许久，也未能清楚地知道，在负气多日不归之后，该以何种面目再去见她。直到忽然发觉夜又已深，他才匆匆出宫，回了这几天前同样是深夜之时离开的所在。

他不自觉地看起了桌上那些出自她手的墨迹："你的笔锋自有峭拔之态，倒也不必一味压制，刻意模仿……"

话未完，他惊觉自己竟如此谆谆，像在和她应答，这未免荒唐了。他顿了一顿，神色转为生硬，看着她，闭口不说话了。

姜含元微笑道："多谢殿下称赞提点，我有空会去揣摩。"

她站了起来，开始收拢摊在案上的一张张纸。他看着她微微低头专注于纸张的侧颜，心里的怒气又腾起了几分。他慢慢地伸手过去，压住了她正收纸的手，将它牢牢地钉在了案上。

她一顿，再次抬头望他。他看着她的眼，淡淡地道："叫我回来，何事？"

姜含元和他对望了片刻，道："殿下连日不归，是恼我了？为我留在库房里的那把刀？"

原来她自己也知道了，难怪主动邀他回来。

束慎徽未做应答，只盯着她的一双眼。她微微垂下了眼眸，视线落在他压着她手的手背之上。

"怎的？叫我回来，你又无话可说？"他忍不住，语气里已是带了几分冷嘲的意味。

她听到了，再次抬眸，注视着他乌沉沉的眼，片刻后，忽然启唇问道：

"殿下，你对我，可是有些上心了？当日我被炽舒追击，殿下冒险亲自攀山下水，是出于殿下的责任心，必须寻回你的王妃兼姜祖望的女儿，还是挂心于姜含元这个人？"

她的话音落下，书房内陷入了寂静。

束慎徽没想到她竟会问出如此的话，怔住了。起初的诧异过后，他回过神来，发现她正静静地看着他，还在等待他的正面回答。他的心中陡生窘迫之感，又涌出了一阵茫然，他一时竟如失语，说不出话来。

姜含元注视了他片刻，微微一笑，轻轻地将被他压在案上的手自他的掌心里抽出。

"殿下不必为难，我也无别的意思。我明白了，殿下此番如此气恼，是认为我不够尊重殿下和这桩婚事。"

束慎徽尚在茫然中，骤然醒了神，听到她继续说着话："我本以为是将来某日才需要给殿下一个交代，没想到这么快，殿下便知道了。"

她笑了一下："其实也无区别。"

"所以，你到底是何意？"他压下因方才那句问得他答不上来的话而充塞了胸腔的烦闷和沮丧，维持着冷硬之色，一字一顿地发问。

姜含元迎上对面之人投向她的两道隐含威逼之意的目光，再次开口："殿下，将来出关作战，我不知自己能否归来。倘若我侥幸归来，朝廷必有封赏。到了那日，我想向殿下求一赏——除我王妃之位。以殿下之雅量，应当不会不应。"她语气平静，语速不疾也不徐。显然，这是她早就已经考虑好的话。

他目光微动，眉头亦随之皱了一皱。

她继续说道："我感激殿下在新婚之夜说将敬我一世。言下之意，殿下是要将这联姻视为永久。但是殿下，你完全不必为我做出如此牺牲，因这并非我之所欲。"

她顿了一顿，看着对面之人的双眼："如有需要，我是可以为殿下牺牲一切的，包括我之性命。但是将来，若我还在，殿下也达成了当初立我为妃的初衷，则你我这夫妇，何必再强做下去？我无意再入长安！

"这无关别的，一切皆出自我的本心。我长于边城，幼时曾经以狼为母。到了那一日，我只想永远驻守边塞，或者去云落城，而殿下，你生来是属于这座皇城的，你和它血脉交融。我和殿下，本就只是路人。那把宝刀在你看来是婚姻信物，而在我看来不是，那是殿下用来探问我姜家是否忠心的问路石。而今于北伐大事，殿下与我已然互相信任。贤王当日也曾提及，此刀是殿下的心爱之物，乃圣武皇帝所赐，陪伴殿下多年。此刀如此珍贵，于殿下也有特殊的意义，所以这一趟出京，我不能带走，也无须带走。

"这便是我留刀的缘由。"

她说完了或是她平生说过的最长的一段话，静默下来。她对面的男子也陷入了沉默，定定地望着她。

忽然，一阵夜风悄悄潜入，案头的烛火摇曳了几下。他骤然醒神，微微一动肩，点了点头，再次开口，声音发凉："你既然早就定了如此心思，那么那夜在文林阁里，又算是在做什么？你分明……"

他的话戛然而止，余音却有几分掩不住的苦涩。

姜含元凝视着这张映着烛火的男子的脸，轻声道："殿下，你是真的生得好看。那夜醒来，我本是被你吸引，想摸你的脸，不想却惊醒了你。我不过一凡俗之人，你我又是夫妇——你若要，我又何必扫兴，让大家无趣？"

他仿佛被她的话噎了一下，神色又僵冷了好一阵子，终于慢慢地、艰难地缓了回来，最后用力地点了点头："原来如此！姜氏，当真是我小看了你！"

他将对她的称呼恢复成最初的"姜氏"之后，心绪似乎也彻底地沉稳下来，又用带了几分冷淡的眼神睨了她一眼，语气也变得随意了。

"如此也是最好。索性我也教你知道，我对你的种种也不过是出于维系关系的必要考虑。你既然早有归还聘刀之念，大婚之夜就该拿它出来，全部和我讲明。"他的神色已波澜不兴，他微微一顿，又道，"大行不顾细谨。我固然是强娶了你，如同将你从雁门拘到王府这方寸之地，但这几分度量还是有的。"

姜含元垂眸："是我的错。望殿下见谅。"

他不说话了，立了片刻，忽然又道："今夜我回来，本也是有另一事要和你说一声。"

姜含元抬起眼眸，听他淡淡地道："大赫王既提早归去，我这边的事这几日也处置得差不多了。我回来是想和你说一声，三日后便可动身了。"

他看了她一眼："倘若不是我母亲的缘故，原本倒也不必再要你留。幸好也没几日,前头都忍过来了,你权且再忍忍,当是委屈吧。"

他语气平平,言下却又似透着一股冷嘲的味道。

姜含元道:"不敢。"

他轻轻哼了一声,不再停留,转身走了出去。

两天之后,入夜。

摄政王束慎徽明日便将南下。他这趟南巡,随行的文官有礼部、驾部、屯田、都官、水部等各部人员共计二三十人,武官则以禁军将军刘向为首。

陈伦和兰荣留京伴驾。

摄政王离去的这段时日,由贤王和中书令方清共同辅政。

一切事务全部交代完毕,已是深夜,然束慎徽还是在日常用作小议的宣政殿西阁面见了少帝。

束戬听完他最后的各种交代,一一点头,郑重地道:"三皇叔,你放心去吧,我会记住你的话。我若有事无法自决,便去问贤王和中书令。也不早了,三皇叔你明早就要动身,快些回去休息,三皇婶应还在等你呢。"

束慎徽微笑道:"我无妨。"

他微微一顿,转头示意西阁侍人全部退出,道:"上回春赛陛下让箭于长宁将军,过后太后可有发话?"

束戬道:"那日她将我唤去,竟然没有责备,反而夸了我一番。我实是意外,总觉得不对。再两日,我下朝和舅父闲谈两句,方知是舅父之功。他也怕太后不分青红皂白,劝过她,总算叫太后回心转意,没寻我的晦气!多亏舅父明理。"

束慎徽听罢,含笑点头,略一沉默,又道:"陛下,臣临行之前还有一言,乃臣之肺腑之言,恭请陛下垂听。"

他走到少帝的跟前,撩起袍角,双膝下跪。束戬吃了一惊,从座上起来,几步到他的身前,伸手便要拉他,道:"三皇叔,你这是做什么?你快起来!你有话说就是了!"

"请陛下上座受拜,臣方能讲。"

束戬见他神色肃穆,无可奈何,半个屁股挨着座椅,勉勉强强地坐了回去。

束慎徽行过一个郑重至极的叩拜之礼，直起身道："陛下，社稷依于明主。'武王谔谔以昌，殷纣墨墨以亡'，这道理，陛下必然明白，臣今日便不多说了。

"臣唯一想再说的是，朝堂上下所有人，包括臣在内，皆为陛下的臣子。陛下可以信任臣子，也可以对臣子委以重任。但是，待将来陛下亲政之后，即便是陛下眼中那些无比亲近信任的人，也包括臣在内，亦是不可全然放权交付。

"身为人君，绝不可被臣下裹挟。"

少帝愣怔，迟疑了一下，反问道："三皇叔，你的意思是我要做个孤家寡人？"

束慎徽道："陛下所坐之位，本就为孤家寡人之位。然孤家寡人与兼听纳谏并非对立。臣之言，陛下今日不能全解也是无妨，只需记住，往后等再多些历练，陛下自有领悟的一日。"

束戬似懂非懂，沉默了片刻，颔首道："我记下了。三皇叔你平身，快回去吧。明早我送你和三皇婶出京。"

束慎徽这才起了身，含笑点头，请少帝也回宫去歇了。他终于结束了又一个漫长的劳作之日，入了乌漆墨黑的沉沉夜色，回到摄政王府。

此刻已是子时，姜含元早已和永泰公主等人辞别，回来后知他今夜必归，并未睡着。她听到他蹑足入内发出的动静，只装作不知。

他收拾完，也上了床榻，却久久没有躺下去。她闭着眼装睡装了好些时候，不知他到底在做什么，实在憋不住了，微微睁眸，只见他盘膝静静坐于身侧，两只眼睛幽幽地盯着自己，仿若暗夜里的两点幽光，看着有些瘆人。

姜含元被吓了一跳，倏然睁眼，却见他若无其事地收回视线，一言不发地躺下，扯过被，闭上了眼。

这夜后来两人各自睡觉。他仿佛很累，躺下去后一觉沉沉。第二天早上起来，两人也是各自无言，出发上路。

第六章　心意初通

摄政王身份尊贵，又有官员随行，南巡的仪仗和随同护驾的士兵必然是有的，上下总计千余人。不过此行不受路贡，如此，耗费自然也谈不上奢靡。

当日上午，少帝率贤王之下的百官为摄政王夫妇送行。他将人送出了皇城，还是依依不舍，眼中那种恨不能脱下衣冠跳上马背跟着走的渴望，就连姜含元也看了出来。

束慎徽再三请止，最后行到南城外的十里亭畔，下马行礼郑重拜谢，少帝方止了步。忽然，少帝仿佛又想到了什么，不顾身后大臣的注目，竟快步奔到摄政王妃乘坐的车驾之前。姜含元见状，急忙下车。

"三皇婶，我正在习搏斗之术。待你南巡归来，我再请你指点一二，如何？"束戬压低声说道，双目望着姜含元，目光炯炯。

显然，他仍对上次刚近身就被她扭脱胳膊的事耿耿于怀，大约想着再扳回点儿面子。

姜含元望了一眼近旁的束慎徽，见他双目望着前方，神色冷淡，恍若未闻，便知他还没有将她即将北归的消息告诉少帝。

争强好胜，这才是少年人的性子，军人更当如此。她很是欣赏，便微微一笑，含糊地应道："若是陛下方便，臣妾也在，自当从命。"

少帝眼睛一亮："好，那便如此说定了！三皇婶，你也一路顺风。"

姜含元向少帝行过拜谢之礼，又上了马车。

这一行人在天和二年四月中旬离了长安，出京兆后便收了仪仗，沿着官道往东南方向而去，以行军的速度，依次路过上洛、南阳、汝南、汝阴各郡。

这些地方并非此次南巡的目的地，因而他们逢城不入，晓行夜宿，如无特殊情况，入夜往往只在官道附近择地扎营。摄政王则直接在宿营之所夜见从城中赶来拜见的当地官员，对百姓分毫未扰。到了四月底，一行人便入了庐江郡。

苏湖熟，天下足。这趟南巡的主要巡视地就是苏湖扬一带。为不耽误行程，从这里开始，摄政王和随行的大队分开，命官员照既定路线继续去往扬州，自己则携王妃轻装简行，先到钱塘拜望庄太皇太妃，过后再去往扬州会合。

他只带着张宝、刘向，领一支几十人的随卫同行。姜含元也终于摆脱车驾累赘，以一身便装、一顶帽笠，和他一道骑马行路，比起拖着官员同行，速度不知要快出多少。

他们原本每天最快只能走五十里，改成简骑之后，中途若是无事，疾驰一日，只在沿途的驿站更换马匹，一日至少能走三百里。沿途每每经过桑田大县，束慎徽还会停下，微服亲下田垄，察看农桑水利。遇到劳作间隙在树下休息的农人，他会上去递些吃食，同坐闲谈，询问当地的民情和农桑赋税之事。

即便这样路上有所耽搁，从庐江到钱塘，也不过用了半个多月的时间。五月二十日，他们抵达钱塘。而前往扬州的大队人马依然行在半路，按照计划，六月初才能走到扬州。

摄政王为北伐而南巡，并且将携新娶的王妃来钱塘探望庄太皇太妃，这个消息在当地早就已经传得沸沸扬扬。

摄政王的外祖父是吴越王。早年乱世，当地百姓之所以能避开战祸过安稳的日子，就是靠着吴越王的庇护。民众对吴越王极是爱戴，因而虽吴越王早已去了，如今当地依然到处都是纪念他的祠堂，间间香火旺盛。

摄政王要来的消息传开之后，钱塘上上下下为之狂热。官员写了表忠心的奏表，豪门巨贾则相互攀比，暗地打听，各自准备珍玩和字画，就等到时进献。因当地富庶，寺院和道观也处处可见，那些和尚道士也不甘落后，木鱼敲起来，铙钵打起来，纷纷要给摄政王夫妇做祈福消灾的法事。至于街头巷尾的百姓，随着日期临近，如今更是天天都在议论，翘首等着摄政王夫妇五月间到来。

几十万的钱塘人，谁也没有想到，摄政王夫妇竟会提前到来。是夜戌时一刻，这一行几十人没有惊动任何人，悄然入了钱塘，也没进城，径直去了位于城西湖畔凤凰山上的一座吴越王的旧日行宫。

庄太皇太妃提早得知消息，白天便从平日长居的位于山中的隐庙过来，在行宫里等着。

此间便是山温水暖的江南之地，姜含元第一次来，在湖边的山麓下了马，随束慎徽沿着山阶往行宫去时，回头眺望了一眼周围。

天已黑了下去，为赶在闭城门前回去，近旁湖边那些游湖踏春的人早已散尽。此刻她举目望去，只见一轮淡黄的弦月静静地挂在远处一望无际的平湖和远山的淡影之上。山中别处皆黑，唯半山腰处的行宫和近旁的一座宝塔充盈了明亮的灯火。

此情此景，和她热爱的雄浑苍茫的北地风光截然不同——眼前的一切山温水软，静谧如梦，不似人间，她连脚步都不自觉地缓了下来。

束慎徽正独自行在前，张宝在她身后跟着，再后面是刘向一队人。

这可怜的小侍，体格如何能与刘向以及那一队选拔出来的悍卫相比？才出发几日，姜含元便觉他走路都开始劈叉了，怕他吃不消，也曾开口叫他不用同行，不如等着和走在后面的庄氏及侍女等人同行。他又不肯，就这样勉强跟上，一路跟到今日，骑马骑得屁股都要开花了。

湖边山矮，行宫所在的位置不高，上去也就百来级台阶而已，张宝却爬得精疲力竭，两条腿抖得如同筛糠。他忽见王妃停了步，赶忙也跟着停了下来，趁机喘上几口气。

束慎徽大步上山，丝毫没有停顿。姜含元不过脚步略缓，就被他抛下了十来级山阶，待惊觉，急忙收回视线，继续迈步往上。

庄太皇太妃的身份何其高贵，虽然她出宫在此养病修行，但在周围自也有同迁而来的舍人、詹事、宫卫等等。那些人都在此等着了，拜迎摄政王夫妇。当中一名执事太监欢喜道："太皇太妃白天便到了，正等着摄政王殿下和王妃。"

"母妃的身体如何？"束慎徽开口便问。

"启禀殿下，太皇太妃身体安康。"

束慎徽不再说话，双目紧紧望着前方那道宫门，再次加快脚步，几乎是几步并作了一步，踏着石阶往宫门而去。

姜含元看着他匆匆的背影，想起来时路上张宝提过一嘴他已五六年未曾和太皇太妃见面，知他这是思母心切了。

但是说实话，于她而言，接下来绝不是什么令人期待的场面。她是真的半点儿也不想踏上面前的这段石阶，尤其是如今和束慎徽的关系变得如此别扭之时。

这一路行来，两人在人前自然如常，无论宿在哪里都是同寝。但私下里，除了关于行程之类的必要的简短交流外，他们别无他话。他往往上床就倒头睡下，她自然更无话可说。直到今早临上路前，两人方进行了一番特殊的交流。

他态度很是客气，表示等见到了他的母妃，希望她守口如瓶，不要让他母妃知道两人就将来关系所达成的共同决定。其实不用他提醒，姜含元自然也是知道这一点的。

只是，两人分明已同床异梦，共同认可彼此要做陌路人了，就等再过几日，被父亲派来接她的樊敬一到，她便可以走了，此生或许再不用和他见面，今夜却还要装成什么事都没有一样，跟着他去应付他的母妃。

对此，姜含元实在没底。她本也不是长袖善舞之人，心中不确定，脚步便又迟缓了下来，再次被他抛在身后。

苍天！若能不用见这场面，她愿意减寿三年！

她正发怵，忽然看见前面的他停了步，立在台阶上转头望向她。他面无表情，眼底的光却在微闪，似是提醒，又似暗含告诫。

她暗暗咬牙，自然也不想令他在多年未见的母亲面前难堪，便振作精神跟了上去。才入宫门，她便发现身旁这个男子的面上开始露出笑容。

那执事太监引路，道太妃在南间暖阁里，又问两人是否要先行更衣。

姜含元瞥了束慎徽一眼。她是以王妃该有的宫廷贵妇貌去见他的母亲，还是就以此刻风尘仆仆的骑行简装去见，但看他的意思了。对此，她是怎样都无妨的。可他看都没看她一眼便道"不用"，脚步未停半分，继续疾步往里而去。

姜含元正待跟上，才迈步就听到对面传来一阵略显急促的脚步之声。她抬眸，便见声音的方向出现了几道身着褐衣的宫人的身影。

宫人们簇拥着一名中年妇人，朝这里疾步而来。妇人步履匆匆，走得极快，忽然看见正朝里而去的对面之人，脚步顿住。正紧紧跟在她身后的宫人们便也"呼啦啦"地停步，全都止住了。

束慎徽顿了一顿，忽然叫了声"母亲"，再次迈开大步朝那妇人而去，到了她的近前，再唤了声"母亲"，就屈膝直跪在地。

"母妃在上，请受不孝儿一拜！"他朝那妇人重重地叩首，以额触地。

妇人停在原地，定定地望着他朝自己叩拜的身影，眼圈渐渐泛红，但很快，她的脸上露出了笑容，上前要将儿子从地上扶起来。

他执意不起，声音里充满了深深的自责和浓厚的感情："儿子实在是不孝，竟如此长久没能来探望母亲一次。请母亲责罚！"

妇人笑着命他起身。他再次叩首后方被她扶起。她起先含笑不言，将视线落到儿子的脸上，凝视了他片刻，开口便道："三郎，你的王妃呢？"

姜含元早就意识到，这妇人就是束慎徽的母亲——那位当年在宫中极是受宠的、来自吴越国的皇贵妃。今日见到这妇人，姜含元方明白过来束慎徽的容貌从何而来。

她在大婚次日拜太庙时，曾见过圣武皇帝的画像。圣武皇帝面容宛若刀削斧凿，五官威严，即便是一幅画像，也极具迫人的压力。束慎徽平常板着脸时也有几分圣武皇帝的神韵，但容貌里的俊美则大部分来自他的母亲。

姜含元面前的这妇人皮肤白皙，头发鸦黑，容貌极美，眼眸宛若含光。倘若她着宫装，当是天上神妃。但她打扮得很素净，上穿一件雪灰色的缎绣暗纹常服，下着曳地的元青长裳，全身上下唯一的亮色，便是髻间插的一支翠色清透的玉簪。这装扮令她显得庄重而沉静。不但如此，在她娟秀的眉目里，高贵中又透着一种自内而外的如静水似的温柔与平和的气质，叫人情不自禁地心生亲切之感。

姜含元从没见过如此貌美高贵、端庄温柔的妇人，一时看呆了，忽见束慎徽扭头瞥了自己一眼，接着，他转过身，朝自己走了过来。

她迅速回过神，站直了身体，看着他走到自己的身前，伸手过来，隔着一层衣袖牵了她的手，将她带到他母亲的面前。

"母亲，她便是儿子的王妃，名含元。"

他松了她的衣袖，笑吟吟地为他的母亲介绍她。说话间，他偶然微微偏头看她，神色里的那一抹柔和，恍惚间，险些令姜含元以为又看到了新婚之夜刚见面时的那个束慎徽。

"她也是急着想见母亲，故一路都随儿子骑马行路，和儿子一样，方才来不及更衣，望母亲见谅。"他又道了一句。

该轮到她说话了。姜含元垂目立着，两手放得笔直，费了极大的力气，终于，从口里僵硬地发出了"母亲"这二字的发音。

话音刚落，她便觉手上一暖，只见一只柔软而温暖的手伸来握住了她的手，接着，轻轻地拍了拍她的手背，似是安抚，又似是赞许。

"去年刚听到三郎要娶你的消息，我欢喜得一夜无眠。我儿自小顽劣，仗着几分他父皇的宠，无法无天，还常偷溜出宫去玩。我常犯愁，也不知将来谁能管束得住他。没想到他如今竟能娶我魏国的女将军为妻，此为他之荣幸，我更是放心，今后便也不用再总是记挂他了。"

姜含元听得一阵脸热，抬眼见庄太皇太妃正含笑望着自己，急忙道："您谬赞。我自小在边地长大，不过是一介粗鲁无知的行伍之人，怎当得起您如此之言？"

庄太皇太妃笑着摇头："傻女儿，怎能如此说你自己？得封号的皇子比比皆是，得封号的女将军，莫说本朝，便是几百年也难出一位。我说他娶你荣幸，你有何当不起的？"

庄太皇太妃说这话时身旁那人是什么表情，庄太皇太妃后面又说了什么，姜含元都已没留意。她被那一声"傻女儿"给唤呆了，定定地望着妇人，一时间心中五味杂陈。不知怎的，她忽然想到了她无缘得见的母亲，眼底竟隐隐有些发热。

"含元，你可有乳名？"庄太皇太妃又笑着问她。

姜含元尚未完全回神，便听到自己的声音响了起来："兕兕，虎兕之兕……"

她蓦然惊觉，猝然闭口，忽然又有几分懊悔，下意识地看了一眼身旁的人。见他脸上没什么表情，好似完全没有留意她方才说了什么，她暗暗地松了一口气。

"兕兕。兕乃上古之瑞兽，不但勇武，出，则天下定。好名字！"庄太皇太妃笑着赞好，"那我往后便唤你兕兕了。

"你饿了吧？我先带你去用饭。"

从牵住姜含元的手后，庄太皇太妃便没有放开。说完话，庄太皇太妃丢下儿子，领姜含元朝里去了。

束慎徽望着两人的背影，知道他的母亲是真的喜欢这个刚见面的姜家的女儿，以至竟丢下几年没见面的自己，就领着她去用饭了。

这也算是一种对他当初眼光的认可吧。他感到了几分欣喜，甚至还有点儿隐隐的骄傲。

但是兕兕……这个名字，不怎么样。

他在心里默默地将这个名字念了两遍，微微扯了扯嘴角，跟了上去。

庄太皇太妃的温和与亲切，终于令姜含元心中所怀的勉强之感消散了些。

姜含元和束慎徽仍是满身的尘土，见过了太皇太妃，便去简单地净面更衣，随后用饭。侍人奉上的食馔样数不多，但都清爽味美，除了几样江南春季的时令菜蔬，庄氏在王府常做的合姜含元口味的菜色也悉数上案，无一遗漏，被侍人捧来之时又不约而同地被摆在了靠近她的位置。

庄太皇太妃独坐案首，姜含元和束慎徽并排坐在她的对面。庄太皇太妃吃得不多，用饭也不讲话。姜含元喜欢这样的氛围，吃饭就是吃饭，不用再分心去听人问什么，想自己该怎么应对。

当中唯一的小意外是姜含元举箸到一碟摆在手边的白菰之时，恰好束慎徽也探筷过来，又如此巧合，两人竟看中了盘中的同一块白菰，不但筷子在空中打了架，手也擦在了一起。她下意识地迅速收筷，他的手微微一顿，随即如法炮制。随后，她再没动过那盘白菰，他亦是如此。

不过，这个小意外丝毫没影响到她的胃口，这一顿饭她吃得意外舒心。饭后，侍人撤走食案，姜含元和束慎徽陪庄太皇太妃移坐到南阁窗前的矮榻之上，闲话消食。

庄太皇太妃打量了一眼儿子，这时才道了一句："看着好似黑了些。"

这是真的。从出京之后，这一个多月以来，姜含元是亲眼看着他黑下去的。

束慎徽抬手摸了摸脸，笑道："有吗？或是行路日晒所致。"

侍立阁门之畔的张宝终于寻到了开口的机会，插话道："启禀太皇太妃，殿下这一路南下极是辛劳，路过桑田之县便微服亲下田垄，体察民情，想是如此，才将人给晒黑了。"

庄太皇太妃点了点头，再看一眼儿子，接着却道："农人劳作便不辛劳？这是他的本分，有何辛劳可言？"

张宝本想在庄太皇太妃面前为摄政王讨个好，闻言慌忙跪下去，低头不敢再说话了。

束慎徽横了张宝一眼，随即开口，说的却是另外一件事。他含笑说："母亲，含元这里另有一事，还须教母亲知晓。她嫁来之后，儿子和她相见恨晚，更是情投意合，恨不能长相厮守，共同侍奉母亲。这回她来钱塘，本想多陪伴母亲一些时日。奈何她既是儿子的王妃，亦是朝廷的将军，若是家国两需，自是以国为先，尤其如今朝廷北伐在即，更是如此。前些时日雁门恰好来了消息，须她回去照应一下，姜大将军也已派人来接了，过些日子等人到了，她便辞去。此事好教母亲知晓。"

他说完话，姜含元也改跽坐为膝跪，朝着面前的妇人拜了一拜。

庄太皇太妃略微惊讶，但很快颔首道："女儿之志，亦当如鸿鹄！我虽然也极想留你下来，但你有如此志气，我岂可阻拦？等人到了，你放心去，我在此处静待你奏凯。下回你和三郎再一起来看我，也是一样。"

姜含元再次拜谢。庄太皇太妃叫她起身，凝神望了她片刻，吩咐侍人去取一物。不多时，侍人捧来了一只金盘，盘中有一锦匣。

庄太皇太妃亲手开匣，展出内中的一串华鬘，笑道："我故国有个习俗，嫁女之时，嫁妆之中必有一件华鬘。这是我当初入魏宫之前我母亲所赠。她择选七宝，亲手编制，携去越女庙，在庙中戒斋三日，道是求来了越女护佑，可保一生无虞，皆得所愿。这不是什么稀罕宝物，唯拳拳母心而已。

"兕兕，我没女儿，今日方初见，却与你极是投缘，便将此物相赠。你收下吧。"

越女庙是当地人为纪念西施而建的神庙。据说西施功成之后，与范蠡一同沉江而死；也有人说她最后脱身，与范蠡泛舟江湖，逍遥余生。真相早已湮没于史尘，种种说法都不过是后人所寄之思罢了。但千百年来，越女在当地早被奉为神明，女子为求良缘常去庙中祈拜。

姜含元望去，只见匣中华鬘以红丝为绳，编织出细致的"卍"字纹，串住一片花坠。花坠虽小，花瓣却是由金银丝线锁成的琉璃、珊瑚、砗磲、赤珠、玛瑙等宝物，正合七宝璎珞无量光明之意。

物件固然是小，却有如此来历，她岂敢收下？但庄太皇太妃如此说了，她又不能不纳，只好收下，再次拜谢。

庄太皇太妃叫她到近前，亲手取出华鬘，替她戴在了颈上，又端详一番，显得很是满意，最后笑道："你二人长途而来想必乏了，明日还有事，不必再陪我，早些歇息吧。"

姜含元跟着束慎徽拜别太皇太妃，一同入了行宫里一处名为鉴春阁的居所。

闭门后，她解了颈上的华鬘，小心地放回锦匣里，说道："殿下，此物太过贵重，我怕是不能收，也不该收。太皇太妃那里，我方才不好拒，便交还给殿下。"

他背对着她，正在脱外衣预备沐浴，头也没回地道："母亲给你的，不是给我的！我一个男人拿去做什么？你不要，自己将来去还！"

说完，他丢下她，大步入了浴间。很快，里面传出一阵仿佛大力搅水发出的"哗哗"声。

伴着耳边的水声，姜含元慢慢地坐下，看着这串方被解下的华鬘，不由得微微发怔。

南阁里，庄太皇太妃看着儿子和姜家女儿并肩告退后并未去歇息，坐那里独自沉思——儿子和儿媳面上看起来颇显恩爱，但两人进来后不久，庄太皇太妃就留意到，两人竟未曾有过一次对视，更不用说吃饭时两人的手无意相碰的那一幕，虽极短暂，却没逃过她的眼睛。这种无意中的微小反应才是骗不了人的。倘若两人真如表面那般恩爱和气，何至于碰个手都会如此？

庄氏还在路上，庄太皇太妃蹙眉沉思了片刻，忽然想起一人，便命侍人去唤。

张宝今晚的马屁没有拍到位，心情不免低落。之后殿下也没要他服侍，他怏怏地回了歇息的侧屋里。

明日殿下夫妇要去吴越王陵拜祭，他也要跟去。他揉着酸腿，正要收拾了躺下去，却听太皇太妃身边的一名侍人来唤，道太皇太妃叫他过去说话。

他也不知是何事，寻思莫非是方才自己插话不当惹太皇太妃不悦？他心中忐忑不安，慌忙整理衣冠，飞快地去了。

再入南阁，看见太皇太妃独自端坐在方才的位置上，他疾步上前，趴跪在地上："太皇太妃在上，奴婢来了！"

庄太皇太妃打量了他一眼，笑道："好些年没见，你的模样倒是没有大变。你爹爹这两年身体如何？"

李祥春在宫里最早就是服侍庄太皇太妃的。张宝偷偷抬眼，见她神色慈蔼，这才松了口气。他本就对庄太皇太妃极是爱戴，又磕了好几个头，欢喜地道："多谢太皇太妃记挂。奴婢的爹爹身体好着的。待奴婢这趟回去就告诉他，太皇太妃问起过他。"

庄太皇太妃笑着点头，叫身边人赏他钱。张宝越发欢喜，把头磕得"砰砰"响，只觉得这一路上受的苦全都不算什么了。

他起来后，庄太皇太妃屏退了人，问道："殿下与王妃在京城时处得如何？"

张宝一愣，迟疑间就见太皇太妃望了过来。

她又道："究竟如何，你老老实实地把你所知说给我听！"

他一凛，不敢推搪，再次跪了下去："太皇太妃所问之事，奴婢实在不敢称知，就只能将奴婢所见讲给太妃听了。"

见庄太皇太妃颔首，张宝便一五一十地将摄政王夫妇离京前的蹊跷讲了出来："也不知是怎么了，殿下连着几日不回王府。庄嬷嬷叫奴婢去请，殿下也不回。后来是王妃命奴婢再去叫，殿下才回了一趟，回来已是深夜，片刻后当夜竟又走了。殿下是到了动身前夜才回来的！"

庄太皇太妃又问："这一路行来，他们又是如何光景？"

"奴婢见殿下二人路上也无甚话，有时竟一天都说不上一句话。"说完，张宝趴在地上，不敢抬头。

庄太皇太妃听完，命他自去歇了，再沉默片刻，眉头越皱越紧，叫人道："这就去把祁王叫来，就说对明日出行之事，我有话要叮嘱。"

鉴春阁的位置极好，窗外正对湖光山色，推窗便可一览无余。只是此刻入了夜，目之所及，只剩昏黑一片。

束慎徽穿着件白绢中衣出来，看见她凭窗而立，视线又扫过那只装着华鬘的锦盒，想到她方才刚进屋就摘下还他，仿佛华鬘烫她脖颈似的。他收回视线，径自上榻，翻身便卧了下去。

姜含元听到他出来的动静，回头，见他已闭目仰在枕上，便也闭窗，收拾了心绪，正要去洗漱睡下。

这时，门外传来唤声："殿下，太皇太妃请殿下再过去一趟。明日祭拜之事，她有话吩咐。"

束慎徽急忙翻身而起，匆匆穿衣，到了庄太皇太妃面前。屋中只他母子二人，他问："母亲还有何吩咐？"

庄太皇太妃答非所问："兕兕生辰是哪日？她嫁你为妻，第一回生辰不好忽略。我拟提前为她准备庆贺仪物，到时候即便她在雁门，也可以递送过去。"

束慎徽一顿。

当初立妃的一应事项自有贤王和礼部的人操办，他整日忙碌，何来空闲亲眼去看婚帖？婚后这几个月更是事情不断，他自然也从未想到过这个，更不可能亲口问她，却没想到母亲会问起。

他反应极快，立刻笑着应道："先前事忙，一时竟没记住，等我回去再问问，问来了再告诉母亲。不过，母亲不必为此操心，儿子会记住的。"

庄太皇太妃看着他，面上笑意消失，冷冷地道："你如此忙，连一个日子都记不住，我还指望你能有空准备仪物？"

束慎徽觉她恼怒，心里有些没底，迅速回想了一遍今晚见面的经过，实在不知是哪里做得不好，竟惹她起疑。

他心里想着，口里则"是是"地认着错，自责了一番，脸上又露出笑容，像少时那样凑上去讨好地给她捶肩，哄道："母亲这些年无甚大变，就和我少时一样……"

他哄人的话还没说完，手就被庄太皇太妃一把扫开。

"三郎，你给我老实说，你究竟待她如何？你们出发前，你为何和她怄气？你还怄气了一路，来我跟前？她为何新婚才两三个月，就要回雁门去？你可莫拿军情紧急来诓我！你这回南巡必是为筹粮草军费而来。南方远离北方前线，你顺便再为北伐造些人心上的声势罢了。如今朝廷的钱粮都没筹齐，我不信雁门那边有何重要之事，非要她如此快便返回！兕兕是个老实孩子，没那么多弯弯绕绕的心思，你就不一样了！是不是你慢待她，伤了她的心？"

束慎徽一时语塞。难道要他说是她心机深沉，新婚之夜就讲三月后离去，如今连聘刀也归还了？

庄太皇太妃见他不说话，越发肯定猜想，喝道："你给我跪下！"

束慎徽老老实实地跪了下去。

庄太皇太妃忍下怒气，道："我知你为何娶她，这本司空见惯，也不算什么。但既娶了，你连最起码的敬重也不知吗？我以为你是有分寸的人！你地位高贵，天潢贵胄，天下女子就都争抢着想要嫁你不成？我告诉你，她未必就愿意！只是世上女子婚嫁，多是身不由己！既娶了她，无论你心中有她无她，你便须尽到你为人夫之责。如今你却这般轻慢她，到底是何意？"

束慎徽从小到大第一次见母亲如此生气，更不用说这般疾言厉色地呵斥自己。他哪敢开口辩解，也是无话可说。

他岂不知这段时日自己确实是慢待了她？但是倘若要他依然心无芥蒂地当作没事一样，他做不到，也没那个胸襟。

况且，她要他对她好吗？她根本就不屑他对她好。

他只一言不发，低头任凭庄太皇太妃训斥。等她斥完，沉默下去，他才悄悄地抬头，却见母亲的目光已投向蒙了层碧云纱的窗外，落在夜色之中。她仿若陷入了沉思，他不敢出声打扰，怕再惹来她的痛骂。

又过了片刻，她仿佛终于回过神，待到再次开口，声音已经转为低沉："三郎，姜家女孩很好，我不会看错人。你若好好待她，她不会负你。我叫你来，就这一句话。"

"是。儿子谨记母亲教诲。"束慎徽连声应道。

"你去吧。"

束慎徽见她面露乏色，朝她叩首后从地上爬了起来，上前道："母亲也累了吧，我送你去歇息。"

庄太皇太妃注视着儿子早已变得沉稳的面容，思及他年少时的飞扬模样，再想他这些年的重担，轻轻地抬手摸了摸他："我不累，你也不要累到自己。你们都好好的，便是我此生的唯一所求了。"

"儿子好得很，心里也是有数。请母亲放心，好生颐养身体。"

他微笑着将庄太皇太妃从坐榻上扶起来，轻轻地挽着她的手臂，一直送她到了寝殿前，命人服侍她进去歇了。他转身回来，没走几步就看见了张宝，脸色一沉。

张宝方才刚从庄太皇太妃跟前退出，就窥见摄政王被叫了进去，受赏赐的喜悦顿时没了，忍不住瑟瑟发抖。此刻见摄政王脸色阴沉，不待他开口，张宝便先扑着跪了过去，自辩道："殿下饶命！可不是奴婢去告的。方才奴婢都睡下了，也不知怎的，太皇太妃传奴婢去问话——奴婢不敢不说啊！奴婢对殿下忠心耿耿，此心日月可鉴！殿下若是不信，奴婢不如一头撞死在这里，以表心迹！"

说完，张宝趴在地上一动不动。半晌没听见动静，他偷偷抬头，这才发现摄政王早就已经走了。他抹了把额头上的冷汗，舒了口气，暗呼侥幸，否则，他是真的撞，还是不撞？又或者撞的话，他撞到什么程度？他实在有些不好把握。

此刻，姜含元才卧下不过片刻，忽然听到门动，睁眼转头，见他走了进来，一言不发地脱了衣上了榻。

卧回去后，她是背对他的，总感觉他没睡觉，仿佛在看她。她再次睁眸扭头，果然，发现他斜斜地靠在床头，就和此行出发前的那一夜一样，正在幽幽地俯视着自己。

她登时后颈汗毛立起，忍不住道："你又这般看我做什么？"

他觑了一下眼："知道方才我母亲叫我过去何事？"

"不是吩咐明日之事吗？"

他微微冷哼："她将你此行北归归咎于我，道是我迫你为之。"

姜含元略略吃惊，想了一下，立刻翻身坐了起来，掀被下榻。

"你做什么？"他一把拽住她的手臂。

"我去见她，向她解释清楚，此事和你无关，确是我青木营有事，须急归。"

"你给我回来！"

他用力一拽，将她拖回到榻上。她仰面卧倒，半个人压在了他的小腹和大腿之上。他也跟着坐了起来，朝她压下来。

"痛骂还不够，你是想叫我再挨打才算称心如意？"

他压迫着她，脸离她的脸很近，神色不善，再加上这种说话的口气，原本该是叫人很不舒服，但不知为何，当和他四目相对，脑海里浮现出他俯首帖耳地被母亲责骂的情景时，她竟不合时宜地有点儿想笑。

她极力压下就要上扬的唇角，严肃地道："笑话！你挨打挨骂，于我有何好处？"

她抬手，一把推开他逼近的脸，想要起来，可刚起一半就肩膀一沉。他抬臂一摁，她半边身子又被压了回去。

"你在笑什么？"他的脸色越发难看了。

"我有笑吗？"她眨了一下眼睛。

他不说话了，盯着她。姜含元绷着脸又和他对峙了片刻，慢慢地发现他沉默了下去，仿佛哪里不对，一动不动。

她先前毕竟和他有过几次亲密行为，对他身体的反应已是渐渐了解。她很快就明白过来，也意识到以这姿势躺在他身上实在不妥，急忙发力，立刻便挣脱了他的钳制，翻了个身滚回到她方才睡觉的地方。

她装作无知无觉，立刻闭了目："罢了，不用我去解释更好！今日乏了，我睡了，明日要早起。"

她身旁那人也没再靠近她，只慢慢地坐直了身体，片刻后翻身下榻，开门走了出去。

他并未走远。姜含元辨着隐隐的脚步声，觉得他似乎就在这间寝阁外的庭院里游荡。

约莫一盏茶的工夫后，他结束了月下游荡，进来，停在床榻之前，一字一顿地道："自明日起，到接你的人到来之前，你什么也不用和我母亲解释，免得徒增她的烦恼。"最后，他淡淡地道了一句，"全是我错就是了。"

从行宫往西南再出百里，青山回环，大江如带，此处便是束慎徽外祖父吴越王的陵寝所在。

庄太皇太妃的兄弟多年前就被封在东阳为王，在此地五六百里之外。束慎徽昨夜微服悄然到来，那边自然还没得到消息，便也无须大铺排场。一早，在太皇太妃安排的一位执事官的随同下，一行几十人出发前往王陵，于午后抵达。守陵官昨夜便从快马信使处收到消息，早已准备好拜祭的一应仪物。休整更衣后，束慎徽带着姜含元踏入王陵，行拜祭之礼。

吴越王在束慎徽幼时去世，祖孙唯一一次相处是在束慎徽七岁那年。束慎徽记得,当时外祖父年老病重,父皇体恤母妃,破例允她带着皇子南下省亲。他记得当时与外祖父同住了两个月。虽然总共只处了两个月,在他回京之后,外祖父便驾鹤归去,但外祖父对他的喜爱和宠护,令他印象深刻,至今挂念。这也是为何时隔多年,他不顾行路疲乏,今日一早就前来私祭。

这不是做给人看的场面之事,是他对已逝亲长的怀念和敬重。他神色端肃,极是郑重。

姜含元不识吴越王,但也知其于乱世守护江南、庇一方民众免受战火的伟绩,既来了,自然也是虔诚敬拜。

祭礼过后,天色将暮。因自此地回城的路途不算近,当夜两人循着惯例,宿在了附近山中的功德寺中。

每年王族前来祭祖过后,人员必会夜宿功德寺,于次日出山回城,所以寺内专修了十几间用来招待贵人的精舍。这回来的是当朝摄政王夫妇,接待更是周到,住持亲自出山来迎。

一行人入了寺,用过素斋。山里天黑得早,很快便入了夜。

所谓"深山老寺合好眠",姜含元虽没觉得如何疲乏,但没地方可去,在张宝和两个沙弥的引领下,在附近随意走了一圈,回房便早早闭门睡了下去。

她和束慎徽虽是夫妇,但因身在寺院,男宾女眷自然不宜同房。她住的地方位于后殿西厢,是专为女眷而设的一处僻所。束慎徽居于前,靠近住持住的一片僧寮。

张宝侍奉王妃完毕,回到了束慎徽的跟前。

此间有个下得一手好棋的和尚。晚间山中无事,束慎徽便将人唤来,煮茶对弈,不知不觉,月上中天,方尽兴而散。

入室后,他问王妃今晚都做了什么。

张宝道:"王妃饭后只在山门附近走了几步,早早睡下。山中安静,此刻王妃应当睡得正好呢!"

他应完,见摄政王也不应答,就停在窗前,对着夜空久久地仰望明月,也不知是在想着什么。片刻后,束慎徽慢慢地低头,闭窗,道了句"去睡吧"。

是夜风清月明,到了这个时间,耳边除了山中的风声,只能偶尔听到几声自山中深处隐隐传来的夜枭鸣啼而已,更是倍添寂寥。

已是深夜了，束慎徽卧于榻上，安静闭目，一动不动，却久久无法入眠。睡在外间的张宝大约是最近太过疲累，一躺下去便鼾声如雷，吵得他更是无法入睡。

他再闭目片刻，忽然想到姜祖望派来接她的人据说月底便至，只剩不到十天了，心里骤然涌出一阵烦躁之感。

他翻身而起，在夜色里坐了片刻，下榻摸黑穿回衣裳，从鼾声不绝的小侍身旁经过，打开了门。门枢转动，发出"吱呀"一声，传入张宝的耳中。

张宝虽睡着了，但多年值夜练就的如同本能的反应让其听到声音就会惊醒。他一下子睁开眼，模模糊糊地看见摄政王出去了，立刻就从榻上蹦了下去，追上去问道："这么晚了，殿下要去哪里？"

束慎徽是想到了下棋时听住持提过一句，今夜丑时三刻有江潮涌过，几十里外的江畔有座古塔，是附近观潮的最佳地点。他实是被张宝的鼾声给吵得没法入睡，心浮气躁，算着时辰应还赶得上，不如去观夜潮。他便道了一句，让张宝自去睡，不必跟来。

张宝岂肯被丢下，慌慌张张地套上靴子追了上去，说他也要跟去听用。走了两步，他想起什么，问道："殿下不带王妃一起去吗？"

束慎徽停步，回头瞥了他一眼："你不如明日告到太皇太妃面前，再去领个赏。"

张宝缩了缩脖，闭口匆匆跟上。

束慎徽带了两名值夜的侍卫，再唤来一个认路的和尚，加上张宝，从马厩里牵出马，从山寺后门出去，往江畔而去。

月色皎洁，足以照路，但在山中弯弯绕绕，几十里路竟走了半个多时辰，还没等人赶到江畔，算着时间，今夜的江潮应当已涌了过去。

观潮本就不过是心血来潮而已，出来后束慎徽便无多少期待，此刻越发兴致寥寥，慢慢地放缓马蹄，最后勒马停在了月下的山道之上。

同行之人觉察，全都停下，望着马背上的摄政王。那领路的和尚十分惶恐，下马乞罪。

束慎徽坐于马背之上，遥望前方。此时他们离江畔已是不远，隐隐能看到那座古塔的轮廓。月夜之下，塔尖高耸，影影绰绰。

和尚说，虽今夜江潮已过，但那古塔有几分说法，不但有些年头，据传塔下还聚有吉气，登顶之后能护佑平安。

束慎徽岂会听信这种乡间野话，但行走了半夜，已到此处，原本无论如何且登个顶，也不算是白走一趟，然而忽然又毫无兴趣了。

他正要掉头回去，这时，忽然听到身后的张宝大喊："走水了！好似是寺里走水了！"

束慎徽闻声回头，果然看见身后来的方向，山间那功德寺所在之处正朝天冲起一团火光。那火势看着不小，因是深夜，周围漆黑，独那处一片红光，极是醒目。

火光化作两点，映在束慎徽的双瞳之上，他想到一人，心口仿佛也被这火灼过，倏地一紧。在身边人还没反应过来的时候，他猛然将坐骑生生地扯着转了方向，纵马朝那火光处疾驰而去。

山风正大，火借风势，熊熊而燃。他的位置看着离寺院不远，举目便能望见，若在眼前，然而山道曲曲折折，他非神人可腾云驾雾，凭这一副沉重的血肉之躯，一时间又怎能赶得回去？他唯一能做的便是纵马狂奔，一路马蹄疾落，带得碎石窸窸窣窣地往山道侧旁不绝滚落，那几个随从也被他抛下老远。

这一路上，他满心只有一个愿望，那就是起火之处离她远远的，她平安无事。然而他越是接近山寺，心中的这个愿望便显得越是不可能实现。当他终于赶到，从马背上飞身跃下，冲入寺院的大门之时，也看得一清二楚了——起火的地方不是别地，竟然就是她所在的后殿一带。

"呼呼"的风裹着火舌四面狂卷，在满耳杂乱的呼号声中，他看见和尚们个个神色张皇，抱着桶、盆来回奔跑送水，然而泼出的水于这熊熊大火无异于杯水车薪，转眼便蒸腾干净。

住持被几个和尚扶着站在附近，和尚们有的顿足，有的号啕，有的在念佛。他们看见了束慎徽，跌跌撞撞地奔来，跪了一地，说后殿的香烛被老鼠咬断了，烧了大殿，很快又牵连了近旁的厢房。

束慎徽根本没有留意这些和尚在说什么，也不想听，视线紧张地扫过一道又一道在他面前杂乱晃动的身影，焦急地寻着心中想看见的那个人。这时，他看见刘向朝他大步奔来。

"王妃呢？！她人呢？！"束慎徽吼道。

一个愿望已然破灭，此刻他心中唯剩下另外一个愿望，便是她早就脱身而出了，此刻正等在一个安全的没有火光的地方。

然而刘向的答复令他的心再次下沉，犹如坠入冰底。

从火场出来的人里不见王妃，今夜负责值守于她西厢住处的两个侍卫也不见人影。

"起火后卑职便到处寻找王妃，但西厢距离后殿太近，又正是下风口，过火太快了……卑职带人几次冲进去也找不到，后来烟火太大，实在没有办法。"刘向的面上满是烟熏的痕迹，须发焦枯，嗓子也被熏得嘶哑了。

束慎徽一把将人推开，在身后的一片惊呼声中，冲过一道被烧得摇摇欲坠的门梁，往她住的地方奔去。

正如刘向所言，火已将整片后殿和附近的厢房全部吞没，烈焰滔天。空中不断地落下点点火星，稍一靠近便有滚滚的热浪扑面，逼得人须发乱舞，毛孔皆开。

"阿元！阿元！

"姜含元！！！"

束慎徽想起当初他喊的那一声，再次放声大喊。

然而这一回，再无人回应他了，只有一阵夹着火星子的烟随风向他迎面卷扑而至，让他剧烈地咳嗽起来。

刘向和随卫冲了上来："殿下快走！这里火太大了！"

她到底在哪里？难道她真的沉睡不醒，此刻正被困在火海当中，已然丧了性命？

他被烟火和热气逼得不能完全睁眸，眉发也似要被这烈火点燃，周身的皮肤感到了针刺般的灼痛感。他的心里，又涌出了一种他之前似曾经历过，而此刻仿佛比从前更加锥心的恐惧之感。

他被这种恐惧之感紧紧攫住。

他后悔自己今夜莫名其妙地离开了她。倘若他没有离开，就在这个地方，那么起火后自己完全可以及时赶来，而不是如今夜这般徒呼奈何。

他看见又一个侍卫奔了上来，身上披了张打湿的厚毡。他一把将厚毡拽下，迅速地看了一眼四周，确定方位后，将湿毡往头脸上一裹，屏住呼吸，朝一个火势并不算猛烈的空处冲了过去。

屋舍还没有塌，里面还没有完全被烧光，她说不定只是被烟火熏晕了过去。他就在这里，若不亲自进去看一眼，是不会甘心的。

"殿下回来！"刘向大吼，奋不顾身地和手下人追上去阻拦。

"殿下——"

"殿下！"

在满耳杂乱的声嘶力竭的呼声之中，束慎徽突然听见了一个女子的声音。

这一声"殿下"，如一片混沌当中骤然发出的最为清亮的钟声，压下了一切的杂声，击中了他的耳鼓，直达他的心脏。

他的心猛地一跳。

他在火光前停脚，回过头，看见一道身影正朝他的方向疾奔而来。

"殿下回来——"姜含元提起全部的力气，冲着火光前的模糊人影大声地呼叫。

今夜睡下后，她在心里计算着樊敬到来的日子，如无意外，应当是月底，不过只剩七八日了。她实在睡不着，便想到了傍晚散步时沙弥称几十里外有一座绝佳的观潮古塔。她一时兴之所至，便起了身，和两名随身侍卫一道出了寺，骑马寻路走了半夜，终于寻到那座江畔的古塔，登顶临风，夜观野潮。

当时夜潮涌过，江面渐渐平息，她观潮过后仍不是很想回，索性攀上塔顶，独自靠坐在高高的塔尖之上。她迎着夜风，四面环顾，竟意外地发现寺院方向起了火光。她赶了回来，才入寺便听人说摄政王到处在找她。

"殿下！"

"殿下你回来——"

他定了片刻，突然一把脱去湿毡，转身朝她疾奔而来。他奔到她的跟前，张臂将她抱住，一下子收进了怀中。

他便如此，在周围人的注目之下，紧紧地抱住她，低头将脸压在她的发上，一动不动。

他的臂力是如此之大，以致姜含元感觉自己的肋骨都似要被他勒断了，隐隐生痛。不但如此，她闻到了他发肤上沾染的烟火味道，还感觉到他胸中正剧烈地鼓动着的心脏。

她垂落双手，安静地任由他如此抱着自己。片刻后，他终于微微动了一下，慢慢地松开她，改而抓住她的手，带着她朝外大步而去。

刘向等人纷纷相互扑灭身上的火星子，迅速地跟着撤出火场。

就在一行人出来后少顷，伴着一阵骤然涌来的大风，那片过火的后殿和厢房轰然倒塌。

这一夜剩下的几个时辰，姜含元是在束慎徽的那间僧寮里度过的。他命她不许出去，让她睡觉，又叫刘向守着。

外头僧人跪了一地，都在请罪。他出去后，安排人员救火，待到天亮，火终于灭了。所幸没有死人，只烧伤了四五名僧人。他回来休息了一下，未再多加停留，立刻便带着姜含元下山归去。

这趟回去的路上，姜含元觉得他异常沉默。有好几次，她感到他似乎在看自己，待转头望他，他却又避开了她的视线。

她的心情亦是纷乱，昨夜那场意外之火令她心如乱麻。然而除了默然，此刻，她似乎也是无话可说。

这一日的午后，他们回到行宫，才登上山阶，就见昨日那名执事太监疾步来迎。他行礼过后，笑道："王妃，雁门来的那位樊将军到了！"

姜含元一怔，停在了阶上。

昨夜她刚算了樊敬到达的日期，以为会是月底，没想到竟提早了。不但如此，他竟还提早这么多日，今天就已到！

她本该为此感到欢喜，然而不知为何，或是还没从昨夜那场意外大火里醒过神，这一刻，当听到这个突如其来的消息，她的心中竟毫无欢欣之感。

她下意识地转头，望了一眼身畔正和她同行的人。他也骤然停步，转头望向了她。两人正默默地四目相对，忽然，前方传来一个洪亮又充满了欢喜的声音："小女君！我来迟了，勿怪！"

姜含元抬目，看见一个满脸胡须的大汉在几名宫人的带领下匆匆从石阶上下来，朝着自己大步而来。

真的是樊叔。

她回过神，急忙走上去，面露笑容："樊叔！你怎今日便到了？"

樊敬亦是笑容满面，正待答话，又看见她身旁的人，一顿，收起笑脸，疾步走到那人近前，行大拜之礼，恭敬地道："末将雁门行营樊敬，拜见摄政王！"

摄政王早年巡边之时，樊敬见过他。如今摄政王虽不复年少，但面容大抵未变，仅气质有所变化而已，樊敬自然一眼就认了出来。

束慎徽将目光落到这位雁门来客的脸上，慢慢地露出笑意，叫其平身。不但如此，他还伸臂虚虚地托了一下樊敬，将其从地上托起。

"樊将军不必多礼。"束慎徽说道。

樊敬极感意外。他不过是雁门为数众多的中低级将领当中的一名，素日里不算出名，不料初次见面，摄政王竟对他如此礼遇。他不免受宠若惊，忙道谢，连称"不敢"。

束慎徽又打量了他一眼："先前不是说樊将军还有些时日才会到吗？"

虽然樊敬早年见过摄政王，且对他留有极好的印象，但毕竟过去这么多年了。如今摄政王的威势已非早年可比，樊敬没想到他竟亲善如故。

樊敬心情一松，解释道："末将奉大将军之命来接女将军，怕耽误了摄政王在此处的正事，便日夜兼程，这才来得早了几日。"

束慎徽依然含笑道："明白了。樊将军忠心可嘉，也辛苦了。方才可曾见过我母妃？"

樊敬忙又恭恭敬敬地道："末将今早刚到就蒙太皇太妃召见，亲切叙话。太皇太妃还赐了饭，末将极是感激。"

束慎徽微微颔首，转向自方才起就一言不发的姜含元："你与樊将军应是有话要叙，我不打扰了。"

他说完，迈步入内。

樊敬目送摄政王飘然而去，直到看不见了才收回视线，对姜含元衷心地赞道："摄政王风范更胜当年！"

姜含元一笑，领他入内，问雁门的众人如何。

樊敬说众人安好，又说她才走了一个月，杨虎等人就三天两头地寻他打听她何日归来。雁门众人知他这趟出来接她，全都高兴得很。

姜含元含笑道："我也颇是记挂他们。"

跟前没了外人，樊敬笑道："我知小女君心系雁门，离开三四个月了，如今恐怕日夜思归。樊叔就是怕你久等，这才紧赶着今日到了。方才面见太皇太妃之时，我还特意提了一句，道是军营里有要事，免得让太皇太妃以为是你不愿留下。小女君你可想好何日动身？"

姜含元沉默片刻，道："樊叔你既然提早到了，我们便尽快动身。尊长在上，我先去和太皇太妃说一声。"

姜含元叫樊敬领着与他同来的护卫下去休息，自己寻到了庄太皇太妃的跟前。

束慎徽也在，正和他母亲说着昨夜功德寺意外走水之事——如此大事，他便是想瞒也瞒不住。

他言语里已将火势说得小了不少，但太皇太妃依然后怕，安慰了一番姜含元，又痛斥儿子："你是怎么一回事？多大的人了，竟然只顾自己游乐？深更半夜出去也就罢了，也不记得叫一声兕兕？若非先祖保佑，兕兕也出来了，你留她一人在那里，若人都睡熟了，岂不危险至极？"

姜含元觉得庄太皇太妃是真的生气了，见他低着头一言不发，便插话道："母妃误会了。他起先是叫过我的，是我自己不想去，回绝了他。后来等他走了，我睡不着，又改了主意，这才也出去了。真的和他无关。"

庄太皇太妃的神色这才好了些。

姜含元感到身旁的人转过头，仿佛在看她。她没动，继续将视线落在庄太皇太妃的脸上，接着道："这回得见母妃，我心中倍感亲近，如遇亲母。幸蒙母妃错爱，我也极想再多留些时日，侍奉母妃。只是樊叔已经到了，我来是想敬询母妃，是否还有别事。倘若无事，我打算尽快动身。"

她是真的喜欢庄太皇太妃，也喜欢这个地方。可惜梁园虽好，不是久恋之家，自己来自何方，又将归去何方，对这一点，她心中极是明白。

庄太皇太妃沉默了片刻，突然转向正默默望着姜含元的儿子，冷不防地叫了他一声："三郎！"

束慎徽醒神，迅速从姜含元身上收回视线，转头望向自己的母亲。

"兕兕这里，你可还有别的事？"庄太皇太妃问道。

束慎徽仿佛有些迟疑，没有立刻回答。不料，没等他开口，庄太皇太妃便点了点头，道："知晓了，那便是无事。"

她不再看儿子，又望向姜含元笑道："兕兕，我也极是不舍放你离去。还有那位樊将军，我想着他远道而来，也应安排他游玩一番，算是尽几分地主之谊，但早上听他的回话，似雁门那边确有要事，他着急得很。既如此，罢了，正事要紧。我这边，你们既已去过了王陵，别的事便都可有可无。咒咒你自己安排，哪天都好。"

庄太皇太妃再一沉吟，又道："你不必顾忌我，若当真有事，明日启程也是无妨。"

束慎徽迅速抬眸，看着自己的母亲。庄太皇太妃却似分毫未觉，只望着姜含元，静待她的回话。

姜含元垂眸："多谢母妃体谅，不计较我的无礼，那我便明日动身。"

庄太皇太妃点头，随即叹息一声："我是真的舍不得这么快放你走。关山迢递，即便知道将来你必还会再来瞧我，却不知是哪年哪月了……"

她停了下来，忽然示意姜含元到她身旁。待姜含元过去，庄太皇太妃伸臂，将人搂入怀中。

姜含元温顺地把脸埋入庄太皇太妃温暖柔软的怀里，仿佛闻到了一缕淡淡的混合了青檀和兰芬的暗馨。渐渐地，她的眼睛有些发热。

眼前的庄太皇太妃，令她想起了梦中的母亲。

庄太皇太妃静静地抱了她片刻，轻轻地拍了拍她的背，慢慢地放开她，又端详她的面容，最后，抬手替她抚平一缕散落出来的鬓发，露出了温柔的笑意："那就这样吧。咒咒你一路平安。"

庄太皇太妃撒开姜含元，再次转向儿子，第一次直接叫他的名："慎徽，我来这里就是为了见咒咒。如今见到了人，我也知足了，该回了，你们不用送我。她明日动身之事，你安排好。"

庄太皇太妃唤来执事太监，吩咐回山。太监预备太妃起驾，忙而不乱。很快，车驾准备完毕，众人恭候在外。

束慎徽和姜含元将庄太皇太妃送出宫门。庄太皇太妃没再说什么，走到车驾之前，停步，转头深深地望了一眼正并肩站在石阶之下的两人，露出微笑，摆了摆手，示意两人止步，随即登上车驾。

姜含元目送庄太皇太妃离去，待一行人消失在视野里才转过头，便对上了身旁之人投来的目光。

她露出了笑意，道："我这边无事，无须殿下替我安排。殿下若是有事，尽管去忙。"

她说完，他却沉默着，没有回应。

她朝他点了点头："我先进去收拾东西。"

她走了几步，忽然听到他在身后说道："樊敬远道而来，我领他去附近走走吧，也算是来过一趟。好在几步就到，无须他再劳累跋涉。"

姜含元忙转头道："不敢劳殿下大驾，我带樊叔到附近转转便可。"

她说完，却听他道："无妨，我今日无事。我母亲方才之言，你也听到了，本就是我该尽的地主之谊。你昨夜受惊了，去休息吧。"

他朝她点了点头，随即迈步离去。

姜含元听他就这么决定了，只好随他，自己回房去收拾东西。

樊敬听闻摄政王要亲自带自己游湖，越发吃惊，再三拜谢，连称"不敢"。摄政王却笑道："樊将军不必客气。王妃唤你为樊叔，可见与你关系亲近。你既不是外人，本王略表地主之谊也是应当。你与刘向从前应也认识，本王叫他作陪。"

樊敬一是推却不得，二是越发觉得摄政王爽快，乃性情中人，很是仰慕，不觉生出了几分想要亲近的念头。他又听刘向也在，想到确实多年未曾与其见面，于是连声道谢，应了下来。

这个白天过去，天黑了。

姜含元在行宫里等人回，可左等右等不见樊敬归来，最后只等来了张宝。

张宝绘声绘色地对她讲，摄政王领樊敬游湖，刘向同行。傍晚，他们去了一个极是雅致的地方吃饭，还有唱曲唱得宛如天上仙乐的娇娘助兴。宾主兴致很高，一时回不来，摄政王便打发张宝回来，先和王妃说一声，道他们吃过了酒便归，叫她不必记挂樊将军。

姜含元到这里后没做长久停留的打算，需重新归置带走的行李不多，早已收拾好了。

这又是一个月朗风清的长夜。张宝去后，她久久无法入眠，起身靠在一扇临湖的窗前，望着窗外月色下宁静的湖光和山影，还有远处自山麓通往半山行宫的山道。那里亮着一团用作照明的灯火，影影绰绰。

许久，她闭了窗，回到床榻之上，躺了回去。她在房中留了灯，闭着目，侧耳听着外面的动静。又过去许久，门外的庭院和走廊里依旧静悄悄的，她耳边除了偶有清风拂动庭院角落里的桂枝发出的"窸窸窣窣"声，没有别的动静。

此时应是半夜了，房中的那支明烛终于燃尽，烛芯倒在一摊滚烫的蜡泪里。烛火灭了，屋中陷入昏暗，月光渐显，映入窗牖，静静地落在窗前的地上。

姜含元闭目，翻了个身，决定睡去。明早就要动身上路，她必须休息了。

她闭眼，若入梦，又似还醒着。也不知过了多久，她的耳中再次传入一道来自庭院里的轻微的"窸窸窣窣"之声，若清风再次过院，又仿佛不是。

她静卧片刻，慢慢地睁眸，而后坐了起来，下榻，趿了双软底的便鞋，悄无声息地朝着那扇门走去。终于，她走到了门后，心忽然跳得厉害，几乎就要撞破她的胸腔。

在这一刻，隔着门，她心里那微妙的感觉越发强烈。她抬起手，慢慢地打开了门。

门外，一道人影映入了她的眼帘。

束慎徽不知是何时回来的，就这样立在门外，如走廊里的一根廊柱。

她没说话，他也没立刻说话。隔着一道门槛，两人在月影中对望了片刻，他的身影忽然微微动了一下。

"是我吵醒你了吗？"他低声问道。

姜含元闻到了一丝淡淡的酒气。她没有回他的问话，只看着他。

他又沉默了片刻，身影再次动了一动："你明早就要走了，有件事，我想教你知道。"

她仍未应答。

"上回在王府里，你问我的事，你可还有印象？"他自顾自地继续说道，"那次我没想清楚，应不出来。如今我知道答案了，就是不知道你是否还愿意听我回答。"

他说话的速度忽然加快，仿佛不想给她留出打断的机会。

"我当日冒险去寻她、救她，并不仅仅因她是姜祖望的女儿，名叫姜含元。

我去寻她、救她，因她也是我的王妃——我娶的妻。姜祖望之女和我的王妃，她们是同一人。

"那夜你还问我，是否对你有所上心……"

他顿了顿，凝视着门里始终一言不发的她："是。我想我的心中已经有了你。"

他说完最后的一句话，院中再次归于静默。

又一阵清风掠过庭院，树影婆娑。月光仿佛被熔炼了的银子，白汪汪地随风铺到了庭院前的一片空地上。

他的眼底也仿佛流着微微的亮光，他看着她，仿佛在等着什么，可等了片刻，始终未见她有反应。他的身影又动了一下，他再次开口，声音已变得沉闷含糊："罢了。晚上我也喝了些酒，方才是想着你明早要走了，便寻了过来，和你说一声。"

他一顿，仿佛突然想起了什么似的，语气随之变得轻快："实是对不住，樊敬今晚竟喝醉了，回来不便，只能宿在那边了。不过你放心，主家是老熟人，会照顾好他。明早他应当会醒，不至于影响你的出行。那么你休息吧，我不扰你了。回去后多加保重。"

他抬手揉了揉自己的额，自我解嘲似的朝她笑了一笑，随即往后退了一步，转身就要迈步离去。

"站住！"他身后忽然传来女子的轻呼之声。

束慎徽感到心猛地一跳，立刻停步，慢慢地回过头。

她还立在门内的那片月影里，身影朦胧，一双眼眸却若含着光华，映了月色。她轻轻地哼了一声："你半夜寻来，当真再没有别的话要说了？"

束慎徽一怔，忽然，只觉胸腔里的情潮翻涌，再也无法遏制了。

他亲自陪游，又唤来钱塘最会唱曲的美娇娘，将那不速之客留在了别处。回来后，他独自在漆黑的湖畔徘徊良久，终于如愿勾出了她，和她说了那么多的话，难道真的只是为了方才最后一句显得自己极有风度的"保重"吗？

不是的。

那些早已在他心底翻来覆去不知多少遍的话，被胸腔里的情潮推着上涌，一路涌到了他的喉头。他凝视着她，用已然变得沙哑的嗓，低低地一字一顿地道:"阿元,我不想你明日就走!我要你留下来,多陪我几日!"

姜含元一脚踩上门槛,如一只小老虎似的猛地朝他扑了过去。她伸出双臂搂住他的脖颈,又仿佛恨极了他似的,张口狠狠地咬住了他的嘴。

束慎徽感到唇被她咬得生疼,似乎就要破皮出血。然而反应过来之后,他竟被这来自她的惩罚给刺激得浑身冒出了鸡皮疙瘩。他心中涌出了澎湃的狂喜,身体更是因激动而微微战栗。

他站在如水的月光下,忍着痛,一动不动,任她抱住自己咬,享受着她施加给他的这世上最为残忍也最为宝贵的惩罚。片刻后,当感觉到她放轻了力道喘息起来,他开始他的报复。他抬臂将她推到门框之上按住,低下头,狠狠地吻住了她的嘴。

她什么都不懂,却叫他在她的身上吃到了大苦头。他被她折磨得威风尽失、尊严扫地,性子更是喜怒不定、反复无常。他白日无心做事,夜间不能安寝,她却像个没事人一样。倘若不是今夜他屈服了,找她求好,侥幸又勾动了她,难道明早她当真就要弃了他回雁门,从此和他变成陌路人?

她会的。她是铁血无情的女将军——她杀过的人比他还要多。

她就是个冷心冷肠的人。

他的心里骤然涌出了一股强烈的爱恨交加之感。他正在纠缠着她,忍不住恨恨地咬了一下她柔软的舌,听到她发出一道含含糊糊的吃痛之声。她开始挣扎,仿佛想挣开他。他岂会让她如愿?他一把将这被自己压在门上亲吻着的人抱起,跨入门槛,抬脚踢上了门。

今夜他要好好地留她,让她忘记雁门,忘记女将军的身份。什么大魏,什么朝堂,在他这里也暂且全都退到一旁。

他只想留她,叫她永远也不想离开他!

月下满湖的连江水,无声无息地漫涨,漫过一片生满茵茵绿草的低矮野岸。起自湖心处的暖湿夜风掠过湖面,攀上山坡,吹进庭院,穿过摇曳的繁枝,涌入一扇月窗,直扑殿深之处,卷得一道锦帐狂舞,露出了帘后的朦胧情景。一张雕牙阔榻上,人影交缠起伏,云翻雨覆,水声幽咽。

束慎徽紧咬着牙,展开一双能拉满铁弓的手臂,紧紧地箍住她,化身悍猛的战士，纵马驰骋，撞阵冲军。

她是他红了眼要征服攻取的阵地，也是他心甘情愿臣服膜拜的将军。他恨不能将她一寸寸掰开揉碎，拆吃入腹，以惩罚她的无情和冷酷，却又只想竭尽全力地讨好她、照顾她，纵然卑微也是不顾，只为换取她对他的几分垂怜。

他们相互冷落对方已长达月余，今夜得以再次亲密无间，那种极度满足的酣畅淋漓之感前所未有，甚至远胜此前在文林阁里度过的那一夜。亲热结束后，束慎徽满身热汗，只觉胸腔里的心跳得如催战的疾鼓，却还是搂着她，片刻也不愿撒手。

喘息稍稍平复，他睁开一双还发红的眼，转头看向身旁的人，将她搂得更紧，令她的身子再次和他紧紧相贴。

"阿元……阿元……兕兕……兕兕……"

姜含元听到他在她耳边胡乱地叫着她。他一边亲吻她，一边含含混混地说起了话："昨夜我看见火的时候，担心极了，是真的……我怕你出事……"

她正闭着眼，身子因尚未散尽的余韵全然松软着，又体会到了男子唇舌温柔地游移在肌肤上的感觉。

她又何尝不是如此？她听到了，迷迷糊糊地在心里想。

那时她正盘坐在古塔的塔顶之上，当火光映入眼帘，脑海中的第一个念头便是他怎么样了。固然以他的身份，她相信他身边的人一定会在第一时间护他周全，但依然控制不住地担心，恨不能插翅飞回。她沿着塔梯奔下，恨它窄小而盘旋，阻碍了她的步伐。等不及一层层地走到塔底，她就从塔窗中直接跃了下去。当她终于赶回，获悉他没事，还没来得及松口气，又得知他去火场找她了。

姜含元的脑海中浮现出了昨夜的那一幕。

他听到了她的呼唤之声，猛地转头，在火光里遥遥地和她四目相对。他向她奔来，用勒痛她的力量将她抱住，却始终一言不发。

他不会知道的，那样一个无声的、粗暴的短暂拥抱，反而胜过世上所有的言语，竟然直击人心，令那颗想要断情绝爱的心也开始为之动摇。

姜含元感到他又将自己翻转，令她趴卧在枕上。她还懒洋洋的，不想动弹，便任他折腾。

男子不再像方才那样急促而猛烈地索求。他变成了一个耐心且富有手段的猎手，慢慢地拈弄撩拨，享受当中的乐趣。他压住她的背，轻咬她的耳垂，在她的耳边吹风，低声抱怨起了樊敬。

"我是当真没想到他会这么早就来……本还盼他在路上走差道，最好一直都不要来。我料他是无家无室之人，否则怎会如此拆人，问刘向，果然如此……"

姜含元的面颊压在枕上，她被他这带了几分无赖的话勾得唇角微微翘了一翘。

对她极好的樊叔啊……只道她是被迫入的长安，以为她一心想要早日回去，这才不辞辛劳提早赶来接她。他却不知，他口中的小女君的心，再也做不到坚硬如铁了。

事情脱离了她的计划。从昨夜火场里他的那个拥抱开始，到樊叔的从天而降，再到太皇太妃那叫她也有几分猝不及防的安排，她看起来依旧稳稳当当，仿佛什么都没改变，然而在她的心里，有东西已挣脱禁锢，从禁锢开裂的缝隙间，悄悄地爬了出来。

她做不回从前那个无情无欲的姜含元了。

他似乎对她的沉默感到不满，唇离开了她的耳，起先绵绵密密地落在她的颈和肩背之上，而后忽然张嘴，冷不防地咬住了她的肩。她感到又痛又痒，忍不住缩了缩肩，抬臂推他。他用手牢牢地抓住她的手，不允她反抗，继续用齿咬着她的肩骨。

姜含元终于忍不住了。

"你做什么哪？！"她叱了他一声。

他低低地笑了起来，松齿，一下子从她汗湿的后背上滑了上去，再次附唇在她耳边，开始央求："兕兕，兕兕，我想你对我好，不想你离开。我盼着接你的人一直都不要来。你明早不要走，在这里再陪我些天。等我的那些人到了扬州，你再回去，好不好？"

姜含元慢慢地睁眸，转头看他。他霸占了她的背，微微歪头，用下巴支在她的肩上，双目一眨不眨地凝视着她。

月光淡淡，夜色朦胧。她听着耳边的央求声，看着这张和她亲密无间的男子的脸，只觉得自己的心像是溺了水，再也无法自拔。

"你不信吗？我心里当真有你。我从没有对别的女子这般上心过。"

他探头朝她靠近，用汗湿的额抵着她同样潮热的额，温柔地轻轻蹭她，向她表白心迹。

姜含元信了他。在他今夜安静地站在门外,用那样一种隐忍而急切的语气对她说他想明白了,他的心里有了她的时候,她就信了。

甚至不用他开口,就在昨夜,他从火场里奔向她,将她紧紧拥住的那一刻,她就已经感觉到了他为她而"怦怦"搏动的心。

哪怕他曾喜欢过别的女子,想过娶别的女子为妻,那又怎样?无关紧要。

也是在那一刻,姜含元忽然福至心灵。她知道了自己今夜到底是在等什么,又到底几次误听了清风穿院的"窸窣"之声。

她是在等他的脚步声,在等他来让她再留几天。

只要他开了口,她不会不答应他。她的心灵总是在严厉地提醒她、告诉她,这个曾入了她少时梦境的男子是不可能真正属于她并和她走到最后的。她的心灵敦促她,让她照着既定的目标坚定前行,继续做一个驰骋沙场、以杀伤敌人为目的的将军。然而她的脚步变得迟缓,在前行的路上徘徊,背叛了她的心灵。

她从有记忆开始,日复一日,年复一年,一直带着几分自虐似的钢铁般的意志。这种意志造就了今日的她——她从不知放纵为何物。

如果她留下,只是多留几天,就能叫他得到满足,而她也能获得快乐,为什么就不能将人世间的是非曲直全部置之度外,贪欢一次?

就当樊叔还没有到,他们还可以再共度一段时间,在这山温水软的江南……

他还在等着她的回复,用那张出现在她梦里的俊脸蹭着她的脸:"兕兕,兕兕……"

她听到他在她耳畔絮絮叨叨地责怪她:"你太狠心了。今夜我若不来求你,你就要弃我而去了,是不是?"

他胡说八道。他今夜何曾求过她?难道不是她被他月光下的那双纠结而压抑的、欲语还休的眼眸给打动,对他狠不下心,主动开口让他挽留她的吗?

但是她没法辩解,也无从辩解。

他贴了过来,继续纠缠着她:"你答应我……"

她的心完全地软了下去,软得一塌糊涂。她说:"好。"

男人立刻笑了起来。夜色暧昧，她不能完全看清他的笑颜，但他的眼睛在闪闪发亮。他仿佛奖赏似的亲了她一下，接着，用掺杂了几分命令的口吻说："那么，我母亲送你的华鬟，还有我的聘刀，你都要带去！"

这时，她仿佛一个正在水里挣扎的快要溺毙的人，灵台里的最后一丝清明冒了出来，提醒她这一次不似从前。

如果这一次在如此亲密的情境之下答应了他，那么就意味着，她已决定将自己的余生和这个男子系在一起，除非死亡。

这是一辈子的郑重承诺。

此刻，她可以吗？仅仅凭着少时的一场邂逅、几个月的相处，以及今夜因面临离别而迸发出的冲动，因两情相悦、身躯相互交缠而得到的快乐？

她静静地趴在枕上，侧着脸望着身后那张在夜色里朦朦胧胧的面容。

他等了片刻，忽然笑了起来，柔声安慰她："你肯留下多陪我几日，我便很高兴了。来日方长，你当我没说吧！"

姜含元暗暗地松了口气，不但如此，心中竟还因他的宽容和大度，生出了几分愧疚和感激之情。她将双臂撑在枕上，支起上半身，转过头，又主动去亲他的嘴，以此来表达她此刻的心情。

他享受着来自她的难得的讨好，忽然想起在仙泉宫里她拒绝他，说她不喜欢的那一幕。他的眸色渐渐转为阴沉，他用双手缓缓抚了她片刻，忽然身体发力，将她压在了枕上。

她毫无防备，闷哼一声，随后，轻轻的喘息之声再次渐渐响起。

洒在窗前地上的月光缓缓斜移，风不知何时悄然止息，帐幔静静垂落，挡住了帐后那一对如梦如幻的纠缠身影。

这夜做了大梦的人，还有一位。

樊敬这一醉，直到第二天的中午才醒来。他发现自己竟睡在昨夜光顾的雅舍里，不但如此，身旁还躺着一名女子，竟是昨夜唱曲的娇娘。

他只记得昨晚酒席之上，她抱着琵琶，仿佛频频望他，眼眸顾盼，仿若含情。他长年驻守边地，不曾见过如此的江南娇娘，又大约是喝多了，也看了她几眼，如此而已。

此刻醒来，他大惊失色，实在是不明白自己怎醉得如此厉害，竟做出了这般叫人尴尬的失礼之事。

昨夜同席的摄政王和刘向都早已不见了人。他连声告罪，道回去之后便叫人给她送来钱帛，请她勿怪。谁知娇娘非但不恼，反而含情脉脉，叫他莫怕，说自己名叫红叶，住在谢家巷，进巷口往里一直走，门口有株枣树的地方便是她的家。她和她年老的假母住在一起，家中别无他人，请他勿忘昨夜恩情，若是得空，记得过去找她。说完，她穿了衣裳，嫣然一笑，抱着琵琶姗姗去了。

樊敬目瞪口呆，等这娇娘走了，想起正事，慌慌张张地赶往行宫，一路上心里又是惭愧又是懊悔，又有几分说不清的滋味，只怕自己耽误了小女君的行程。然而，待他终于赶回行宫下的山麓处，却见周围静悄悄的，只暗处有几个岗哨而已，并不见预备出行的人马。他越发惶恐，疾步往行宫去，却看见刘向站在半道，仿佛正在等着自己。

刘向迎上前问道："昨夜休息得如何？"

樊敬摆手道："竟醉得不省人事，出了大丑，教摄政王和刘将军见笑了。"

刘向不以为意，笑道："樊将军言重了。美人重英雄，如此好事，兄弟我是盼都盼不到的。"

樊敬闻言越发羞惭。昨夜的事被刘向知道倒没什么，但若是小女君也知道了……

刘向见樊敬眺望着行宫的方向欲言又止、神色焦急不安，咳了一声，压低声正色道："樊将军不必焦急。王妃临时有事，改了行程，要等过了这个月底才能走了。算起来还有六七日的空闲，摄政王叫我再带你四处走走。此地处处是风景，可游玩的地方无数。我也是头回来，本没这样的机会，这回全是沾了你的光。"

樊敬这才松了口气，心里暗呼侥幸。但昨夜出了那样的意外，今天他怎还敢再出去？他便出言婉拒，只说自己在这里等着。刘向再三邀约，见他态度坚决，最后只好作罢。两人又叙话片刻，这才分别。

就这样，樊敬带着手下人留了下来。过了几天，他渐渐发现摄政王和小女君竟似被关在行宫里，半步也没出来，也不知到底在忙着什么事。

他外表粗犷，实则心思细密，否则，云落城的老城主也不会派他去守护姜含元长大。

那夜的意外过后，这几日无事，他渐渐定下心来，若有所悟。

摄政王姿貌出众，小女君难道是和他处出了感情？

莫非自己提前到来，大煞风景，小女君虽不想走，然面皮薄，被他催促，推却不了？

他更不是驽钝之人。自雅舍回来后，他便心知肚明，一切应都是摄政王对他的破格厚待。他也终于完全明白过来，为何刘向力邀自己外出。

摄政王和小女君在行宫里难舍难分，他蹲在外面守着叫什么事？

他懊恼不已，当天便外出，去打发剩下的几天时间。

午后，张宝隔门传进来一句话，道樊将军外出游玩了。

束慎徽笑着说道："不容易，他总算是想明白了。"

他说这话的时候，两人正在窗畔，对着满窗的湖光山色。姜含元坐在他的腿上，他正手把手地带着她写字。

大白天的，他的身上只披了件薄薄的白绢中衣，连衣带也不系。她穿的是青竹轻罗夏衫，长发未理。两人皆是衣衫不整。原来他们接连几日未曾外出，只是腻在一块儿，日夜不分，索性连穿衣也省去了。

姜含元听到樊敬终于出去游玩了，不再整日守在这里只等着自己，方松了口气，心里又觉得颇是对不住他，犹如自己背叛了他们的信任，执笔的手停了一停。

"想什么呢？"他立刻觉察到她的失神，微微欺身靠近她，胸轻轻贴于她的背，张嘴亲昵地含住她的耳垂。

姜含元怕痒，躲了躲，避开他的嘴。他仿佛窥到了她的心思，低声笑道："你莫管樊敬。我体恤他不易，如此长途跋涉、日夜兼程地早早来接你，岂会慢待于他？说不定等你要走，他反而不想走了。"

姜含元不解，扭头问道："你是何意？"

他只笑而不语，低头嗅了嗅她的发香，亲吻她的脖颈。亲吻沿着背下来，被她的衣领挡住了，他就用牙齿叼着，将那衣领从她肩上扯落，让她露出大半的背，再沿她背上的那道伤痕，细细地啄吻下去。

姜含元如何还能写字，手一抖，笔锋都不知道歪到哪里去了——又实是这几日日夜颠倒，两人也才睡醒没多久，她不想他又这么纠缠自己，便命他走开，不用他这样教她写字。

　　方才本来也是他非要她这样坐他的腿上的。他再挨着她捣乱，莫说写字，怕是等下又要转到榻上去了。

　　她以为他会继续耍无赖，不料对峙片刻后，他叹了口气，竟真的老老实实地撒开了她，转到窗畔的一张榻上，斜靠上去，变得安静。

　　姜含元摆脱了人，舒了口气，拉好衣裳，自顾自地继续习字。

　　这几天除了那种事，他教她写字也成了两人的一种乐趣。不得不说，虽十次里有七八次，到最后免不了要把字写到床榻上去，但经他指点，姜含元确实觉得自己开了窍，每回执笔都觉得自己于笔法似有新的领悟，习字劲头也就更大。

　　她起先以为他是疲了才会如此听话，正求之不得，但再片刻后，渐渐觉得他仿佛不对。他虽然闭目静卧，情绪却好似有些低落——她感觉得出来。

　　她看了他几次，疑心他恼自己方才拒他。男人竟也如此小气，未免令她感到好笑，又觉几分无奈。

　　她正想放下笔过去哄哄。这时，门外又传来张宝的通传之声，道钱塘郡守和县令来了，被刘向的人拦在山麓。那些人询问摄政王殿下是否已经到了，若是到了，他们请求拜见。

　　束慎徽立刻睁眸，下榻走到窗边，探身朝外望了一眼。此处视野绝佳，山麓的景象一览无余。果然，他远远看见那里来了大队的人马，几个身着官服的人站在山麓，正张望着行宫的方向。

　　虽然这趟束慎徽是微服提早到来，当地官民毫不知情，但先是一向深居不出的庄太皇太妃来此住了两日，接着几天行宫里有人频繁进出，本地县令自然也有所耳闻，怀疑摄政王提早到来微服私访。那县令不敢贸然闯来，便将消息送到上司那里。郡守闻讯，昨晚连夜赶赴至此，今日两人一道前来，试着叩问宫门。

　　束慎徽皱了皱眉，给姜含元披了件衣裳，走了出去，打开门道："叫人都回去。就说我不在，去了江都，下月一路南下，到时再到钱塘。"

张宝见他衣衫不整，都不敢往里多瞧一眼，躬身应"是"，转身一溜烟地跑了。

被这样一打岔，姜含元也没心情写字了，见他走了回来，仿佛有点儿不高兴，知他不愿被人打扰，便哄他："你躺下，我剥菱角给你吃。"

虽时令才初夏，但江南已有鲜菱上市，只是量少稀见罢了。和盛夏多粉肉的黑菱相比，当季鲜菱红壳，剥开后肉甜嫩多汁，别有口感。

他依言躺了下去。姜含元果然坐到他的身旁，剥了一颗菱角送到他的嘴边，喂给他吃。他才吃了两颗，随风又传来一阵嘈杂声。见他又皱了皱眉，她便起身，正要过去关窗，忽然被他一把抓住手。

她回头，见他从榻上一跃而起："我们换个清静地方！"

姜含元一怔，又听他道："此处是别想安生了，我带你去湖上游玩。正好你来了之后，我都没领你出去玩过。"

说完，他连声催她穿衣，又出去叫来了人，吩咐去准备船只。

这几天，外面湖光山色美不胜收，两人却寸步未出，一直待在行宫内。他这说来就来，忽然兴致勃勃，姜含元也就随他了。两人很快穿衣整理完毕，仆婢也准备好了外出游湖要携的一应什物。

束慎徽领着姜含元从行宫后门的一条便道下去，走到底，直通湖畔。湖边停了一艘画舫，两人上去，见刘向带了几人同行。船夫起桨，画舫徐徐离岸。

今日艳阳高照，正适合出游。只见近岸的水面之上，漂满了大小船只，除了一些要在湖上讨生活的渔舟小船，余下的都是携妓出游的当地富人和文人雅士。拨弦和歌与吟诗作对之声此起彼伏，随风回荡于湖面之上，好一派太平景象。

刘向等人都在画舫下层，束慎徽和姜含元单独在上层的舫阁之中。他靠在设于窗边的一张榻上，让姜含元坐在他的怀中。这回是他服侍姜含元，给她剥嫩菱吃，又喂她樱桃。

渐渐地，船到湖心，凉风习习，十分舒适。姜含元昨夜没睡好觉，此刻吃了些东西，有些犯困，不知不觉就睡了过去。待醒来，她发现自己还在束慎徽的怀里，抬头见他正低着头，仿佛一直在看她睡觉似的。

他微微一笑："你醒了？"

姜含元坐起身，环顾窗外，发现竟是傍晚了，不但如此，天色也是大变，从午后的艳阳高照转成了阴天。湖上乌云密布，风有些大，空气潮闷，仿佛就要下雨，四周也不见别的船只了。

她忙道："怎不叫醒我？天要变了，回了吧！"

他看了一眼窗外的乌云天，懒洋洋地躺了下去，道："不急，慢慢回去就是了。"

他的情绪好似又低落了下去，她感觉得出来。想起白天他被自己赶开后也是如此，她便靠了过去，问道："你今天是怎么了？"

他看了她片刻，道："昨晚得了消息，大队人马上了水路，下月初顺水便至江都扬州。我不能叫人在那里等我。"最后，他慢吞吞地说道，"最晚三日后，我也要动身了。"

也就是说，三日后，她就能动身北上了。姜含元一时也沉默下去。

他又看了她片刻，拍了拍身旁的空位。她会意，爬了过去。他伸臂搂住她，静静地抱了她片刻，忽然道："囡囡，你喜欢江南吗？"

姜含元点头。

"那你有没有想过，再晚些走？"

姜含元明白了，他应当是希望她再和他同去江都。她仰头，和他四目相对。他将她搂得更紧，叹了口气："我实是舍不得你就如此走了……"

姜含元心里矛盾不已，纠结了半晌，终于还是说道："我是行伍之人，离开军营太久，怕忘记握刀的感觉。"

他沉默了下去。

姜含元搂着他的脖颈亲了亲他，解释道："我也不舍得和你分开，只是……"她一顿，"终须一别。但此去雁门，我会想着殿下的。"

他凝视她片刻，忽然笑了起来："罢了。你是该回去的，我知你的志向。我收回方才的话。"

湖深处传来了雷声，很快，豆大的雨点落了下来，"哗哗"地砸在画舫的棚顶之上。水面上更是起了狂风，浪头翻涌，船身微微晃动。

他看了一眼外面，回头又笑道："下大雨了，我要躲的那些人应当走了。回吧！"说完，他探身出窗，迎着狂风朝下层发了声令。

画舫劈水前行，回到了白天出发的后山湖岸。这时天已漆黑，大雨瓢泼，一行人直接上山入宫，快到宫门前时，刘向的一名手下上来道："将军，程卫率来了一封急信！"

刘向飞快地转头望了一眼摄政王，见摄政王正亲自替王妃打着伞，恍若未闻。摄政王双目望着前方湿漉漉的石阶，护她上去，口里还说道："当心脚滑。"

刘向收回视线，站在原地目送摄政王和王妃入内，随即转身匆匆离去。

方才刘向和他手下人的对话，姜含元也听到了。

程卫率便是当日长安春赛争夺六军冠军却惜败的程冲。此次南下，程冲并不在随行之列，今日送信给刘向，想是另有要事。

此事和自身无关，她自然也不会留意。

今晚这雨实在是大，风又肆虐，不过短短一段路，束慎徽也将雨具倾斜到她这边了，然而待进入宫门，她的半身已是湿了，他更是全身湿透。两人像是一对刚出水的落汤鸡，对望一眼，不约而同地笑了起来。

行宫中早有宫人来迎，鉴春阁里很快备好了浴汤。两人都是湿身，进去后，他拉她一起洗浴，姜含元便也随他，共浴之时少不得又是一番折腾。待最后出来，他似乎乏了，和她一起吃了些饭食，抱着她倒头便睡了过去。

姜含元白天睡过了，一时睡不着。她在充盈双耳的狂风骤雨声里细细地辨着枕畔人沉稳的呼吸之声，想到再过几天就要与他分开，下回再见不知是何时了，又想到他今日欲留自己又作罢的一幕，心中又是一阵纠结，便如此思量了许久，渐渐夜深，困倦袭来，她睡了过去，却睡得不深。

一阵带着潮湿之气的夜风，暗暗从阁门的方向涌来，撩动榻前的一片帘帐。她睁眼，发现榻上只剩自己，束慎徽不知去了哪里。

她等了片刻，不见他回，起身下榻，发现他的衣物也不见了，猜他应该是穿衣走了出去。她听着外面的疾风骤雨之声，有些不放心，也穿了衣裳，打开虚掩的门走了出去，问附近值夜的宫人。宫人说，摄政王方出来不久，好似是往明暄殿那边去了，不叫人跟去。

明暄殿是行宫里的书阁，他半夜不睡，独自去那里做什么？难道是醒来后心情依然不佳，又不想惊动她，就去书斋消磨时间？

姜含元迟疑了一下，也叫人不用跟，往明暄殿走去。她穿过雨廊，渐渐走近，果然远远看见阁内透出灯火之色。

她到了近前，见阁门虚掩，正要推门入内，却听到里面传出一阵说话之声。

此刻夜雨依然未歇，"哗哗"地打在她身后不远处的庭院里的芭蕉叶上。里头人说的是什么，她一时听不清楚，但对人声很熟悉——那是刘向。

原来他在和刘向议事。

既然他有事，她自然不便入内，也不好留下。她正要转身离去，忽然又听到刘向的声音传入耳中。刘向说话的声音不大，夹杂着风雨声，她也没完全听清，但依稀听到了"无生"二字。

姜含元一怔，以为自己听错，停下了脚步。

殿阁之内，束慎徽坐在案后，手里握着一本书，正就着案前的烛火看书。

刘向站在摄政王的身前，已禀完了程冲信中带来的消息。他屏息等了片刻，见座上的摄政王半晌没有应话，依旧微微低头，视线一直落在手中的书卷之上。他小心地看了一眼摄政王的脸色，迟疑了一下，又道："那无生应是水土不服。敢问殿下，该如何处置？"

一阵风雨扑来，撞开了书阁西面一扇没有关牢的窗户。窗"哐哐"地撞着窗柱，雨水"哗哗"扑入，风吹得阁内烛火乱晃，几欲熄灭。

刘向急忙上去将窗户闭合，又走了回来。

束慎徽的视线扫过面前那又转为明亮的烛焰，他冷冷地道："病了就治。治不好，死了，那便就地埋了。这样的事，也要来问我？"

他的神色极是冷漠，他又道："王妃回雁门前，给我把事情了结。以后我不想再听到任何有关这个和尚的消息。"说完，他摆了摆手。

刘向退了出去，匆匆回到行宫外的一处值夜之所，找到那个还在等着自己的人，低声吩咐了几句。那人应"是"，随即套上蓑衣，戴了雨笠，向刘向行了一礼便离去，身影很快消失在了夜雨当中。

刘向看着人走了，在原地站了片刻，抬头望了一眼黑漆漆的天，想着这雨要下到何时才会停。他转过身，正要回自己住的地方去睡，突然吃了一惊，脚步随之一顿。

姜含元竟然站在他身后的不远处，正在看着他。他很快反应过来，快步上前，若无其事地见礼道："王妃怎在这里？"

姜含元道："你随我来。"

她转身而去。刘向只好跟上她，忐忑不安地随她来到一个无人的走廊角落。姜含元站定，微笑道："刘叔，别的我也不问，我只想知道那个僧人如今在哪里？"

刘向才见完摄政王，转头看见王妃在身后，心中便知不妙，此刻听到她开口便问无生，越发证实猜想。

早在动身出长安之前，刘向便已奉命暗中派人赶去云落，以主持讲经为由，将那个独居于云落城外摩崖洞中的年轻僧人送去岭南流刑之地——此事便是由程冲负责的。不料，大约是行路过急，无生又惯居北方，水土不服，没到地方就身染重疾，一病不起。程冲眼见无生要熬不住了，怕他死在路上，只能先停下，遣人发来急信询问上司。

虽然此事内情到底如何，刘向并非全然清楚，只是心中隐隐有猜测而已，但对此事不能让王妃知晓这一点再清楚不过。他压下心中的愧疚，只能下跪叩首道："王妃恕罪。卑职不知王妃此言何意。"

天空墨黑，夜雨随了斜风，不时从檐头卷入。刘向跪在走廊上，一动不动，少顷，半边肩膀便被雨打湿。

姜含元看着他，点了点头："你去吧。"

刘向的后背已冒出了热汗，他应了两声，起身后也不敢看她，低头匆匆离去。然而他才转过廊角，脚步再次一顿。

"殿下！"他慌忙后退几步，避到侧旁。

姜含元转过头，见束慎徽站在走廊的拐角之处。两人四目相对。

他迈步走了过来，将一件外氅披在了她的肩上，随即伸来一臂，轻轻揽住她的腰，柔声说道："此间有雨，你衣裳都湿了。回去睡觉吧。"

姜含元便如此被身畔的男子带回了寝阁。

他命庭中的值夜宫人全部散去，闭了门，走到她的身前，抬手为她解氅。他微笑着，用带着几分责备的宠溺口吻低声抱怨："不小的人了，怎像个小娃娃似的半夜不睡觉，出去乱跑？外头风大雨急，你没瞧见？"

他解了氅，又取来帕巾，细心地为她擦拭着沾在她脸庞和颈项上的雨水。姜含元立定不动。

"为何如此行事？"她盯着面前这张若无其事的、带着笑意的脸，问道。

他抬眸看了她一眼，没回答，继续替她擦脸。她扬手，一把推开他。

"我听到了你和刘向说的话！为什么这么对待无生？一个僧人而已，他何罪之有？"

他和她那双隐隐闪烁着怒气的眼眸对视片刻，脸上的笑容渐渐消失。

"他不是沙门比丘吗？"他轻轻地哼了一声，掷了手中巾帕，"据说他年纪轻轻便悟大道，是位得道高僧，那待在石头洞里做什么？遣他去该去之地，做和尚该做的事，岂不更好？"

姜含元怒极："说得好听！随后监视他，将他看管起来，夺他自由，叫他生不如死，是不是？你的这一套，你当我不知？这就是你所谓的他该去的地方？何况他已经快要死在这条你送他去的路上了！"

他也未否认，紧闭着双唇，将视线落在她的脸上，似在审视她。

片刻后，他漠然地道："他既是出家之人，当知一切诸报，皆从业起。若他真死了，也是他的命。"

姜含元的双手已是控制不住地在微微发抖了，她看着面前这个冷酷得如同陌生人的男子，几乎无法相信，就在片刻之前，自己还曾和他耳鬓厮磨、亲密无间。她为他所惑，为了即将到来的分离而暗自纠结，无比惆怅，甚至生平第一次对自己将来的愿景生出了动摇。她开始考虑，是否可以真的将自己的余生和这个男子系在一起。

此刻她再看他，看着面前这张熟悉又突然陌生无比的脸，忽然想起母亲，想起皇城里那个至今仍然高高在上、或许永远都将如此的大长公主，想起他也并不只是束慎徽。

她被他展露出来的柔情迷惑，忘记了他也是天家之人。那种视人命为草芥的残忍，本就是流淌在他们所谓的高贵血脉里的与生俱来的共性。而他，只会比别人更加残忍。这一点，她在当初独自前往京城探他之时便已亲眼见到，只是后来昏了头脑，忘记了而已。

她本已握紧双手，紧得成拳，最后，拳又慢慢地松了下来。

"那么，他到底犯了何罪，哪里冒犯到了你，你要对他施加如此惩罚？"她极力控制着情绪，再次发问。

她想不通，真的想不通。

他的双唇依旧紧闭，就在她以为他或许不会回答的时候，忽然听他问道："年初，在离开云落城动身入长安的前一夜，你都做了什么？"

姜含元起先没有明白他的意思，定定地看着他的眼睛。这双眼眸看似平静，眸子里却透着几分她看不懂的莫测之色。她更知道，他既然问出了如此一句话，便绝不可能真的会如他语气中表现出来的那般平静。

她继续看他，突然间，犹如醍醐灌顶："你是何意？你不会是以为我与无生有苟且之事？"

他不说话，只看着她。姜含元芒刺在背，面色因那施加在自己身上的误解而迅速涨红。

她立刻说道："你误会了！动身前夜，我确实是在他那里过夜的。但我发誓，绝没有你以为的那种事！他是我的朋友！我承认，当时因为即将到来的婚事，我心里有些乱。他是一个有智慧的人，他的开解和诵经声能教我得到心中的平静，所以每当我去云落，就会去找他。那天晚上我也去了，什么事都没有！就和以前一样，我和他说了几句心事，他诵经给我听。后来我睡了过去，醒来后天没亮便走了。这就是全部经过！也是这几年我和他的全部关系！"

他依然沉默。她以为自己已经解释清楚了，但他望着她的眼神非但没有半分缓和，不知为何竟仿佛还多了几分阴沉。

她的心跳得厉害："你这么瞧我做什么？你不信吗？你若执意误会，将你的想象加诸我身上，断定我是放荡之人，羞辱我便罢！我认，但他不是！他和世人不同。他精通佛法，智慧高远，是为度人而生的。他心性简纯，更无半分私欲。他居于摩崖山的这几年，日夜苦修，潜心译经，为城民看病，解除痛苦。他绝不是你以为的那种人！"

她说完，见他目光闪烁，竟嗤笑了一声，仿佛她说的话是什么笑话似的。

"兕兕，我的兕兕。"束慎徽叫了两声她的乳名，用一种听起来很是古怪的语调，"原来你也有如此高看之人？他竟成了圣人？只有他开解诵经，你才能安心？可惜了——"

姜含元一把攥住他的手臂，打断了他的嘲讽："我只将他视为友人！你要我如何才肯信？你到底将他发去了哪里？他已经病得快要死了。你相信我，放过他吧。若真有错，那也是我的错，是我将他带到云落，是我找他说话，要他诵经给我听的！他何其无辜！"

束慎徽将视线从她紧紧攥住自己手臂的手上挪开，落到她充满了焦急和担忧的脸上，看了她片刻后才慢慢地道："咒咒，我可以信你对我说的话。但那个和尚，我告诉你，他绝不无辜。

"他倘若真如你所言，毫无私心，那么当初西行回来被你所救，伤好之后就应当接受护国寺对他的邀约，去往我大魏国都长安。彼处才是最适合他宣法的地方。唯在长安，他的声音才能传播到更多更远的地方，就连译经，也只有在集天下英才于一城的长安，他才能得到更多的助手和便利！莫和我讲他不知晓！他是西域高僧洞法的关门弟子。洞法来中土后选择的落脚之处，便是当年的晋国国都洛阳。就是在那里，洞法才能大量译经，宣讲法理，普度众生。如今这个洞法的得意弟子，若真如你所言，是一心向佛之人，会不知如今哪里才是他最该去的地方？他却偏偏舍了长安，停在那种荒野石洞，一停就是数年。他不是为你，还能为了谁？你竟和我说他没有半分的私心？"

束慎徽冷笑了一声："也就只有你，天真无知，才会被他蒙蔽！你如今是大魏的摄政王妃。我告诉你，就算他的身上没有任何别的罪，光是凭这一条也足够了！名为出家，六根不净！我岂能容他再留在你身旁欺瞒你，玷污你的名声？"

束慎徽顿了一顿，语气再次转为冷淡："就这样吧，这是我能做出的对他最好的安排。若他真如你所言，那么高僧度人，天下何处不能度？难道只能在云落城里？"

他竟然将无生断成一个如此不堪之人。姜含元听得头皮发麻，片刻前才勉强压下去的愤怒再次涌上心头，再也抑制不住。

"束慎徽！"她怒声直接喊他的名字，"你完全是在以己度人！你到底将无生发到哪里去了？无生就快要死了！"

他却冷眼看她，一言不发。姜含元咬牙，双手再次紧紧握拳，指节"咯咯"作响。

他瞥她一眼:"怎的?直呼我名就罢了,你还要和我动手不成?"说完,他抬起下巴点了点殿阁西侧,"我的佩剑就在那里,你去拿。"

姜含元闭了闭目,深吸了一口气,猝然转身朝外走去。

"站住!"她的身后传来他的喝声。

"你去哪里?再找刘向?我告诉你,莫说刘向没这个胆,就算他有胆和你说了,你若敢去,我立刻要了那无生的命!"

伴着这声音,一道闪电掠过窗外,紧跟着一阵雷声在后山山头炸裂,震得窗棂簌簌抖动,暴雨如注,疾疾打在窗上。

姜含元停步,立了片刻,慢慢地转头看着她的枕边之人。此刻,他的眼中再看不到半分往昔的温柔,只剩下了冷漠。

姜含元知道,他说的是真的。

她听着殿阁之上的"隆隆"天雷之声,看着面前这个手握生杀之权的人,心中的怒气慢慢地化作了一片冰冷。

她怔立良久,回了身,走到他的身前,在他吃惊的眼神之中,缓缓双膝落地,朝他跪了下去,叩首。叩毕,她直起身,依然跪着,抬起了眼。

"殿下,倘若你真不能放过他,那我恳求你吩咐一声,叫你的人尽量不要苛待他,好好为他治病,留他的命。他不该就这样死去。他只是我的友人,从前如此,将来也是如此。"

她看着面前男子的眼睛,一字一顿地说道。

"你生杀予夺,人命在你的眼中犹如蝼蚁。我不一样。我本是个不祥之人,我的母亲因我丧生,如今……我不愿唯一的友人也因我获罪,就这样死去。

"我姜含元,借着今夜天雷发誓,我不会再去找无生。我也发誓,我之余生无论长短,也无论往后身在何方,我既做过了摄政王妃,即便将来不再是王妃,宁可孤独终老,也绝不会做任何会令这头衔蒙羞之事!

"我是军人,倘有违誓言,叫我他日战死沙场,身首异处,有如——"

她霍然从地上起身,走到殿阁西侧的案前,一手抽出他搁于剑座上的佩剑,另一手攥住自己的长发,欲挥剑将发从齐肩处削去。

她挥剑的速度迅若窗外闪电,待束慎徽追上,剑已到她发旁。他来不及从她手中夺剑,劈手强行握住了剑锋,这才堪堪止住剑势。

她的几根长发被剑刃擦断，缓缓飘落，接着，有殷红的血迅速从握着剑的指缝间渗出，滴落在她的肩上。

姜含元吃了一惊，迅速抬眼，对上了他正紧紧皱着的眉眼。她知他掌心已被剑刃割破，一时顾不得别的，迈步便要奔出去叫人送伤药，却听身后传来一个声音："死不了！"

她停步，回头，只听"锵"的一声，他掷了剑，从自己的白绢中衣上撕下一角，两三下缠裹住正在流血的手掌。随即他盯着她，阴沉沉地看了她许久，忽然冷冷地道："你知不知道，让你卑微又决绝至此的那个人，到底是什么人？"

不待姜含元答，束慎徽又自顾自地道："四年前，也就是先帝中平四年秋，他从西域归来，被你所救。往前回溯六年，圣武大崇三十六年三月，他持度牒西出。再往前推十一年，大崇二十五年，那一年的七月，洛阳慈悲寺里多了一个法号叫无生的沙弥。我能查到的关于你这位好友的生平，到此为止。"

他说到"好友"二字，语气略重，似含讥嘲。

"这个无生，六岁之前，姓甚名谁，来自何方，家族何处，竟然查不到半点儿线索，就像是从地底钻出来的。一个能被洞法收为关门弟子的人，没有过往的痕迹。兕兕你说，可能吗？

"唯一的可能，就是他的过往被人刻意掩盖。"

姜含元怔怔地望着他，心里想着他是何时盯上的无生，竟将无生的过往查得如此清楚，自己却浑然不觉。

"那一年发生了什么事，你应该知道。晋都被破，末代晋室被灭。当时城乱起火，大火烧了几日几夜。皇甫一族直系中确定走脱的，只有当时不在晋都的太子皇甫雄。他和一拨残党逃去北方，投奔狄人。据我所知，他如今已是病死。另外一个下落不明最后被当作死去的是晋帝幼子，名皇甫止，时年六岁。据说他天生异骨，有相士断言其乃圣人之相。那时晋室已是日薄西山，他的出生便被晋室视为复兴之兆，举国宣扬。洛阳城破之日，晋帝将国玺交与他，命人带他逃走。走投无路之下，他被人负着投水，后来再无下落。我若猜测得没错，如今的这个无生，就是当年那个投水的晋国皇子！兕兕！"束慎徽唤她一声，盯着她道，"你说，我该如何对他？"

姜含元已被他的话震得惊呆了。她失神良久，视线从那只垂落的缠着白绢的手上扫过，猝然回了神："你怀疑他的身份，便如此对他？"

束慎徽冷哼一声："就算他不是晋室皇子，只是一个和尚，我也断不能容他留在云落损你名声。更何况，他可能还有这种身份。当年晋国那一批跟着皇甫雄出逃北狄的残党至今仍在，不自量力，妄图与虎谋皮，做梦都想借狄人复辟。那本不过是群跳梁小丑罢了，不足挂齿，但牵涉狄人，我大魏正在备战，我岂能不闻不问？

"兕兕，我告诉你，不管他是不是真的一心向佛，他的身份就是罪。我没直接要了他的命，只是将他遣走看管起来，已是看在你的面上对他格外开恩！"

姜含元沉默了良久，慢慢地道："无生是世外之人，我相信他。"

她抬起眼眸，望向对面之人："但国事为大。倘若他当真就是你口中的皇甫止，殿下可以凭自己的心意处置，哪怕他什么都没做，怀璧其罪，你杀了他，我也不能说半个不好，更不能阻止。我为方才的无知和无礼向你请罪。但是——"姜含元凝视着对面的男子，轻声问道，"你方才为什么不和我说清楚？"

他不言。

"你试探我？你要看我如何反应？"她再次问道。

他双眉鸦黑，视线落在她的脸上，神色阴鸷得宛如此刻风雨肆虐的夜。

"云落满城的人是怎么看你和那和尚的，你自己半分也不知？"他冷冷地反问了一句，"关于此事，我本想给彼此都留个体面，更不必拿出来讲，免得惹你闲气。我自己把事情了结掉，也就罢了。"

他一顿，待再次开口，语气已几乎是咬牙切齿："而你！你说你和他无苟且之事，我信你。但他对你到底如何重要？我对你哪里不好？我自问处处讨你欢心，委曲求全，你却至今不为所动。倒是今夜为了一个所谓的友人，高傲如你竟自甘屈贱，决绝到了如此地步，实在令我始料未及，大开眼界！"

他的气息有些不稳，话音戛然而止，脸色极是僵硬。那只胡乱缠着白绢的伤手已染满了渗出的血，鲜血再次凝聚，从他的指缝间慢慢地滴落在地，他却一动不动，恍若未觉。

闪电不绝，又一道闷雷从后山滚来，仿佛炸裂在二人的头顶之上。

今夜，行宫之外，仿佛要将江南一年的雨都给下尽了。

她看着他，只一直看着，苍白面容在一道掠过窗外的闪电的映照下，泛着惨淡的幽蓝之色。

"你哑了？你没话了？"伴着一阵紧随闪电炸响的雷声，他突然厉声喝道。

她只闭着唇，一言不发。束慎徽也不再开口了，垂手任血缓缓地滴在地上，积成了一摊猩红。

也不知过了多久，窗外又起了一声惊雷。他盯着面前之人，待雷声过后，再次开口，慢慢地吐出八个字："目盲心塞，不知好歹！"

他微微动了一动僵硬的肩膀。

"我母亲送你的东西，你若是实在不想要，我也不便拿去还她——你丢了便是！就这样吧，你可以回雁门了。"

他说完最后一句话，握了握那只被割伤的手，神色已转为冷漠，没再看她一眼，迈步从她身旁走了过去。他大步出了殿阁，开门而去。

门未再关，狂风涌入，将门吹得不停地拍打门框，发出巨大的令人心惊肉跳的撞击声。帐幔满天狂卷，他行经的地面之上留了一道断断续续的血迹。殿阁里的烛火忽然被风吹灭。姜含元陷入了一片黑暗，什么也看不见了。

他就这样走了，头也没回。

天明，风雨停歇，天空如洗，朝阳如火，映照着湖光山色，竟又是个晴好天。若非庭院里满地还来不及扫除的断枝落叶和山麓骤然涨到几乎没过堤岸的湖水，谁也无法想象，昨夜这里竟然经历了一个风雨大作之夜。

樊敬宿在谢家巷那门口有棵枣树的院中，却是雷电不闻，一早被刘向派去的人叫起，方匆匆赶回，才得知摄政王已出发去往江都扬州了。据说摄政王临时有事，要提早过去，而刘向暂时留在行宫，为王妃送行。

樊敬十分惭愧，连声赔罪，说自己耽误了他的行程。

"刘将军，你也快些追上去吧，王妃这边我会打理。今日收拾好，我们便也上路了。"

刘向笑称无妨，将事转达给樊敬后，转头看了一眼行宫方向。

昨夜在王妃被摄政王带走之后，刘向便知事情要不妙了。两人一个是他要效忠的主上，一个是有着旧恩的大将军之女，他岂敢走掉，后来暗暗等在附近，听着风雨雷电之声，心里只盼两人无事。如此，他才能安心。

可惜，天从来都不遂人愿。后来摄政王一个人从寝阁里大步而出，虽面色平静，但刘向清楚地感觉到了来自摄政王的隐忍的愤怒。不但如此，不知何故，摄政王的一只手竟受了伤，淌血不停。后来摄政王去了书阁，天没亮，没等风雨停歇就动身往江都去了。

前几天庄太皇太妃走后，摄政王夫妇忽然又不走了，连着几个日夜在行宫里闭门不出，因何事体，早有家室的刘向自然心知肚明。新婚不久便要分离，小夫妇难舍难分，乃人之常情。他也暗暗为二人感到高兴，不料横生变故。

摄政王和小女君到底何以为那个无生起龃龉，摄政王何以失态至此，刘向此刻虽然依旧不能完全明白，但猜测必是和"情爱"二字脱不了干系。世上那些痴男怨女之事，他一向不明所以，更看不懂，但看这样子，摄政王夫妇必是闹没好了。他自责至极，总觉得是他的罪，是他昨夜的过失。

刘向入了行宫，等待拜别王妃。不过片刻，他听到一阵脚步之声，抬头看见姜含元走了出来。姜含元已是出行的装扮，束发男衣，干净利落。她唇边带着笑意，除了脸色略显苍白之外，看起来和平常没什么两样。

刘向见她和摄政王不同，仿佛无事，心里才稍稍好过了些，道："小女君回去后多加保重，代卑职向大将军问个好。"

他顿了一顿，又看了她一眼，终究还是什么都没说，只恭敬地朝她行了一礼，转身退去。

张宝也要和刘向同去，来向王妃辞别，哭丧着脸道："奴婢虽是不全之身，却也有男儿之心……王妃若是不嫌弃奴婢没用，就带奴婢一起过去。奴婢不能打仗，好歹会伺候人。王妃杀敌回来，奴婢给王妃端茶送水暖被窝。"

姜含元笑道："我那里用不到你，你好生服侍殿下也是一样。去吧。"

张宝无可奈何，趴地上朝她磕了几个头，抹着眼一步三回头，依依不舍地去了。

姜含元立在石阶上，望着刘向和张宝等人下了山，直至他们的身影渐渐消失，才回身入内。

今日的动身和那日的留下一样极是突然，樊敬措手不及。但类似的情况，在军营里司空见惯，他很快整装完毕，叫人去请王妃。

宫人来传话时，姜含元正独坐在鉴春阁的南窗之畔。行装早已打点完毕，都拿出去了，还剩最后一件，她久久地看着。

"王妃，樊将军说，可动身了。"

门外，宫人等了片刻，以为她没听到，又稍稍提高音量禀了一遍。

姜含元回过神，站了起来。

见姜含元走出来，樊敬上前迎她。他想到自己昨夜竟又误事，不免再次羞惭不安，向她请罪。

姜含元笑道："是殿下的事情来得突然，和樊叔你无关。我们走了。"

说完，她迈步出宫。

一行人下得山阶，姜含元从士兵手中接过缰绳，翻身上马，才挽缰催马，却看见前方湖畔路口的一株垂杨柳旁，有一辆本地小家妇人出门惯坐的覆青小骡车。

一个小厮赶着车，被行宫的守卫拦了进不来，停在那里。小厮翘首张望，忽然看见一拨人马，眼睛一亮，招手喊道："樊郎君！我家小娘子来送你了！"

姜含元听到了声音，起先没回过神，不知这小厮口中的"樊郎君"是何许人也，顺着小厮张望的方向看去，发现竟是樊敬。

他才来没几天，哪里认识的女子，便有了如此交情？她不免疑惑地看着樊敬。

樊敬昨日出去，起先独自沿湖闲走，颇有无地可去之感。他又不便回行宫，自然就想到了几日前给他留了住址的女子。他当时走得匆忙，至今没给对方送去钱帛，于理不合，正好无事，便备了钱物，找过去叩门，交给出来开门的假母。红叶的假母见他来了，十分欣喜，热情地邀他入内。

雁门城中自然也有类似的处所。大营军纪严明，但平常无战事时，每月也会休假一日，到了那日，憋了一个月的军汉难免入城，登门送钱。但他向来律己，除了伴护女君，闲暇时便是处理军务，从未踏进过这种地方。那夜他是醉酒不知，此刻又怎会入内，便婉拒而去。

他再回湖边游荡了片刻，感到腹中饥饿，想寻个地方坐下，烫一壶酒，磨到天黑便可回了。忽然，水上漂来一叶篷舟，船里坐的不是别人，竟是那名叫红叶的女子。她盈盈而笑，邀他上船。

那夜他醉了酒，实是想不起来经过如何，昨夜却是大不相同。窗外风雨交加，屋内软玉温香，她极是温柔可爱，带给他这半辈子都没体会过的感觉。偏这一早，他又走得匆匆忙忙，心里自然是有遗憾不舍，但也只能这样了。

一桩露水情缘而已，他万万没有想到，她竟会赶来相送。

樊敬对上小女君投来的视线，一时面红耳赤。好在他满脸胡须，旁人也看不大出来他的窘迫之色。他知那女子应在车中，想去又开不了口，正讷讷不知该如何向小女君解释。

这时，姜含元看见骡车车窗开了一半，露出一张年轻女子的姣好面容，那女子正含情脉脉地望着她身边的樊叔。她忽然顿悟，想起昨日张宝禀说樊敬外出之后束慎徽对她说的那句话。当时那话没头没尾的，她没听明白，此刻全都明白了过来。她一下子笑了，低声道："樊叔你快去，勿叫人空跑一趟。我在前头等你。"

樊敬不再推却，下马快步走了过去。

姜含元往前骑了一段路，回过头，望了一眼身后那座她居了数日的行宫。

江南夏木郁郁葱葱，它被掩映于其间，矗在半山之上。视线扫过，远远地，她看见樊叔和那女子站在湖畔。那女子好似递给他一个食篮，低声和他说话，也不知道说了什么。大约是附近还有其他人在的缘故，樊叔看着依然拘谨，但看着那女子的目光很温柔，和她认识的那个威猛严肃的军中大胡子樊叔大不一样。

姜含元真的为她的樊叔感到欢喜。

行伍生涯固然是金戈铁马，气吞山河，男儿立志补天裂，但在功和名的背后，更多是长年的孤寂和苦寒，若逢战事，更是随时须有马革裹尸的准备。

纵然今日分离在即，但等再回雁门，以后他若也是夜深无眠，在连营的军角声中回忆今日欢情，心中应该不会再感孤独。

她微微翘起嘴角，看着看着，忽然感到脸庞上有些湿冷，这才惊觉，竟是眼中滚下了一滴泪。

她又看见那女子往樊叔的袖中塞了一块手帕，随即低头快步登上了骡车。

樊叔目送那小骡车缓缓而去，收目，朝着她这边走了过来。

姜含元立刻偏过脸，迅速地抬手擦去了面上的泪痕，随即挽缰，双腿夹紧马腹。她不再回头，纵马迎风朝前疾驰而去。

离开边地，到长安，再到江南，满打满算也不过半年的时间，她却感觉漫长得仿佛已经过去了半辈子。如今，她只想早日回去。樊敬见她归心似箭，自然带人全力配合。一行人一路北上，披星戴月，疾行赶路，入夜若逢驿站，便居驿站，若无，便露宿道旁野地。就这样，在七月中旬，他们回到了雁门。

这天已是傍晚，她的父亲在雁门城的都护府里。她没有立刻入城见他，而是和樊敬说了一声，独自转道，纵马到了铁剑崖前。

晚霞漫天，黑色的山崖静静地耸立在老地方，一切都是原来的样子。她登上崖头，迎风立了片刻，猛地纵身跃下，沉入潭底。

最后，她慢慢地浮出水面，深深地呼吸了一口熟悉的空气，睁开了湿漉漉的眼睛。

她曾经发誓，再也不会哭泣。发过的誓言，她不会忘记。

那一天，她在江南落下的泪，不是哭泣的眼泪。

一切都已回到正轨了。

此行北上，她为赶路，惹了满身的尘土。她在水中洗去尘埃，上了岸，披了先前脱下的干衣，一边拧着长发里的水，一边朝着自己的坐骑走去。

"将军——"这时，她听到有人高声呼唤。

她转过头，远远地看见有人骑马朝着自己冲了过来——是杨虎。

她停了步。

前月，樊敬动身南下去接长宁将军，杨虎便蠢蠢欲动。早几天，杨虎寻了个差事，从青木营来到此处，为的就是迎她归营。

将军常来此处沐浴，或从崖头跃下，杨虎见怪不怪，以为这是她的喜好。他看见了她，下马便狂奔而去，快到近前才发现她仿佛刚从水里上来，正在拧着湿发。他急忙停步，硬生生地将脸扭到一旁，眼睛盯着旁处，急急地嚷道："将军！方才收到信报，白水部王得了狄人助力，叛乱生事，大赫王给大将军送了信！大将军叫你回去！"

杨虎说大将军去往大营预备升帐，姜含元径直赶去。

她在雁门大营里有一间自己的营房。她以最快的速度更衣披甲，随即来到中军大帐。入内，她看见父亲姜祖望已在座，大营里的十几名四品以上的高级将官也全都到位。

半年未见，众人看见她，纷纷从座上起身，包括她的父亲姜祖望。姜含元起先一怔，随即反应过来，在姜祖望要领人向她行礼时，疾步上前，一把将他托住。

"大将军！诸位叔伯，诸位将军！军中没有摄政王妃，只有长宁！不必多礼。"

姜祖望却并没听从，神色肃穆："摄政王妃初到，理应受拜。"

他说完，朝着自己的女儿行了一个军中拜礼，周围的将官也跟着他行礼。

姜含元明白了，不再阻拦，站着受完礼，待父亲归座，又上前如往日那样行礼："长宁今日归营，请大将军遣用！"

姜祖望望着女儿，微微颔首，示意她入座。姜含元又向几位年长的老将军问了安，众人忙都还礼，脸上带笑，神色很是欣喜。姜含元这才坐下。

人到齐，大营参军将情况介绍了一遍。

四月，趁着大赫王去往长安的机会，白水部王欺王子萧礼先年少，联合此前联姻的亲家伏人部，密谋叛乱。没想到萧礼先虽然年轻，却极有能力，预先察知，及时镇压，两部非但没讨到什么好处，反而损兵折将，仓皇逃走。

就在上个月，这两部卷土重来。这回作乱的却不只是两部的残余势力，他们还得到了北狄南王府的支持。南王府出兵，与两部组成联军，总计约三万人马，打了回去。大赫的局面立刻发生剧变——剩下的六部里，势力最弱的武强和高弓两部很快陷落，而中丘、紫山两部因恐惧北狄武力，举棋不定，不肯全力作战，就剩大赫王和鹿山两部在奋力抵抗。大赫王一边竭力应对，一边派人分别向长安和雁门行营两处发去求救的消息。

不久之后，魏狄之间必有一场大战。现在这个时间点，北狄在大赫滋事，目的显而易见。倘若大赫沦陷，一旦魏狄大战开打，大魏虽打通了青木原防线，但相应地又将会从八部所在的方向被撕开口子，到时多线作战，兵力分散，对大魏极为不利。

不仅如此，若此次叫狄人计划得逞，对于大魏的军心，更是一种震慑。

大魏必须出兵，并且必须取胜，此战名为助力大赫，实则如同魏狄大战之前的一场预演。对这一点，此刻身在中军大帐里的每一个人，心里都一清二楚。

姜祖望环视座下道："今日距大赫王发信已过去十二天。大赫王的人马总计万余，叛军得到助力，兵力达大赫王的三倍之数。若我所料不错，大赫王为保全力量，会撤退到其经营多年、易守难攻的枫叶城，但也支撑不了多久。出兵援救，迫在眉睫。

"好在两个月前，朝廷特许我自行调用兵将，以应对突发情况，上意连同兵符，已一并送到。唯一必须定下的事，便是如何尽快救援。诸位有话便讲。"

他话音落下，原本神色有些紧张的众将纷纷松了口气。

要知道，这种情况不同于往常边线上的常规冲突，倘若朝廷没有下令，即便是大将军姜祖望，也不能擅自出兵。

而今情况紧急，事出突然，按照往常，等朝廷命令下达，即便是最快的八百里加急，消息一个来回恐怕也要半个月。而等半个月后出兵，再加上路上耗费的时间，待大魏兵马到了，大赫王那边恐怕早就城破人亡了。

原来大将军已有朝廷的特许，朝廷对大将军的信任程度可见一斑。众人欣喜，再无顾虑，纷纷开口。

几乎没什么争论，很快，包括姜祖望在内，所有人达成了一致，确定了一条出兵的路径——从灵丘出发，往东行军，沿着被北狄所占的幽州和大魏的边界，往枫叶城去。

唯一的也是最大的问题是，狄人必防范大魏出兵援助，定会在沿途加以阻拦。

幽州南线的主动权在狄人的手中，随处都是狄人可以利用的据点。众人圈出几处最有可能遭遇阻拦的地点之后，剩下的问题就是如何瓦解狄人的防线，以最快的速度穿过去。

这绝不是件容易的事，乃是一块极大的硬骨头。

"我们出兵三万，最慢也要在一个月内——八月中旬前，抵达枫叶城！否则，便是到了，恐怕也已于事无补。"

当姜祖望说出这句话后,讨论激烈的大帐中倏然安静了下来,众人彼此相望。

这样绝佳的立功机会,谁不想争?但争过来后,倘若最后大军被拦截在半路,铩羽而归,且不说个人荣辱,对大局的负面影响和责任,可不是谁都能轻易承担的。

沉寂了片刻后,忽然,一个人大声道:"末将愿意领兵出战!"

站起发话的是一名年约四旬的大将,浓眉阔鼻,面上有一道伤疤。

此人是宣威将军周庆。他是一名身经百战的沙场老将,也是姜祖望最为器重的麾下将领之一,作战狠勇,富有经验,在军中颇有威望。

姜祖望心中的领军人选本也是周庆,但周庆有一处不足,便是容易轻敌冒进,而此次任务不但艰巨,更是只能成功,不许失败。

姜祖望略一沉吟,又将视线投向座下的另外一人:"周庆为主将,你为行军副将。你二人须精诚协作。谨记,一个月是我能给你们的最长期限,其间务必抵达枫叶城!"

他任命的这名副将名叫张密,心思缜密,平日和周庆相和,有过数次配合领军的经历。两人取长补短,问题应当不大,就看路上到底要走多少天了。

两人起身领命。姜祖望颔首,命两人点选人马,明早立刻出发。

事情议定,领了重任的周庆、张密二人神色凝重,不敢有半分的耽误,立刻下去准备。

"含元,你留下。"姜祖望叫住了女儿。

大将军父女的关系生疏,军中上下皆知,但这回女将军远嫁长安,走了半年,今日才回,父女自然有话要说。大帐内剩余的人也纷纷告退,很快只剩下父女二人。

姜祖望望着女儿,问道:"路上是否顺利?"

"顺利。"

姜祖望点头,迟疑了一下,悄悄窥了一眼女儿的神色,又问道:"摄政王一切可好?"

"甚好,如今摄政王正在南巡。"

姜祖望又沉默了片刻,脸上露出一缕笑意:"樊敬说你回来的路上赶得很急。你也累了吧，早些去歇了吧。"

姜含元应"是"，起身向姜祖望行了一礼，转身朝帐外走去。姜祖望望着她的背影，忽见她停了脚步，转过头说道："我还有一事。"

姜祖望立刻道："你说！"

"刘向刘叔，叫我代他向父亲致安。"

姜祖望一怔。他方才听女儿说有事，心提了一下，暗暗有些期待，没想到却是这样一句话。他顿了一顿，脸上再次露出笑容："爹知道了，你去吧。"

姜含元走出中军大帐，朝着自己的营帐走去。

天已经黑了，大营中燃起火把。路上遇到的士兵纷纷向她问安，她一路点头，回到了自己休息的地方。

杨虎方才一直在大帐外守着，满心期待，却获悉这出战的机会落到了别人的身上，不免失望。他在路上不敢说，就只唉声叹气，快走到她的营帐前时，实在忍不住了，小声嘀咕："将军，如此机会，将军为何不替青木营争上一争？将军你走了这些时日，大家一天也没偷懒，日日操练，就盼着出战呢！"

姜含元停步，转头看向他："我走之前，你自己应承的，在我回来前每日早操比别人多两刻钟，有无做到？"

杨虎拍了一下胸脯："这还要问？我说得出，自然做得到！将军若不信，尽管去问！"

他此刻表情慷慨，实则早就已经叫苦不迭。但当初的大话是自己说的，他不愿食言，所以就越发天天盼着她回，好早日救自己脱离苦海。

姜含元颔首："很好！我带来了你家人托我捎的家书和衣物，去看看吧！"

杨虎惊喜不已，一时也就放下了错失请战机会的遗憾，连声道谢，飞快地跑走了。

打发走了杨虎，姜含元入了营帐。

帐内陈设简单，仅一床、一案、一凳，并一口箱笼和一些日常所用的必备杂物而已。她燃了火烛，卸去甲衣，独坐案前，看着烛火出神，良久才慢慢躺了下去，闭目。

夜渐深。亥时，远处南营的方向传来一阵营角之声。她知那里此刻火把通明，三万将士正在为明早的行军连夜做着紧张的准备。

至此，她一直在脑海中思索的事情也渐渐有了清晰的脉络。她睁了眼，走出营帐，站在黑夜之中，将视线投向北方夜空下的那片漆黑的群山和旷野。她又立了片刻，全部思考完毕，不再犹豫，转身入帐，片刻后再次出来，往大帐走去。

这个时辰，姜祖望还没休息。他视察了整装待发的三万兵马，回来后又马不停蹄地伏案亲自提笔草拟关于出兵的奏报，将详细方案呈给他的女婿——当朝的摄政王。

姜含元走到中军大帐之外，出于习惯停了脚步，正要叫执戟卫士替自己通报一声，忽然听到帐内传出了一阵咳嗽声。她停了一下，想等他咳停，不料咳嗽声不仅未停，反而越来越凶，声音似乎很是痛苦，在一声猛烈的咳嗽后，又似乎被极力地压制了下去。

姜含元直觉不对，猛地上前一把掀开帐门，看见父亲俯身趴在案上，烛火中的身影佝偻而委顿。

"出去！不是吩咐过，没我应允，不得擅自入内！"姜祖望极力压下胸中涌出的痛楚，带了几分怒意，低声喝道。

他说话间抬头，却见帐门口站的竟是女儿，吃了一惊，立刻反应过来，站起身挡在案侧，取帕转头，迅速拭了一下嘴角，随即回脸微笑道："兕兕是你？这么晚了还不睡觉，何事？"

姜含元没有回答。她快步走到他近旁，视线落在了被他挡在身后的地面上。

地面之上，竟是一摊血迹。

姜含元惊骇，伸手过去，强行将姜祖望藏在袖中的那块巾帕夺来展开，盯着上面沾的一块血痕，慢慢地抬起头，望向面前的人："为何瞒着人？为何不就医？"

她知道父亲早年胸部中过冷箭，伤及肺腑，缠绵病榻许久。但这些年，她看他全无异样，便以为旧伤早已痊愈。她万万没有想到，实情竟是如此。

姜祖望缓缓坐了回去，微笑道："不必担心。只是旧年老伤，最近偶然又犯而已，我在吃药了，过几天就好。你勿外传，免得惹出不必要的担心。"

朝廷正在预备大战，若是这种时候传出主帅身体有碍的消息，于军心何等不利。

姜含元自然知道这一点。她看着父亲，一时心绪纷乱，却不知该说什么才好。

姜祖望再次朝着女儿一笑："咒咒你放心，爹知道轻重，绝不敢耽误朝廷的头等大事！"

他看起来已恢复了精神，坐得笔直，目光炯炯地望着她："你来寻我，何事？"

姜含元回了神，只得暂时按下心绪，打起精神道："关于今日议定的驰援之事，我有一想法，能讲吗？"

姜祖望颔首："你说。"

姜含元先将之前炽舒乔装悄然潜入长安，又盯上自己，后来断臂逃生的事简单讲了一遍。

"可以断定，当日他必是侥幸逃回去了。今日的八部之乱，应当就是他的手笔。他前次险些丧命，这回要么不动，既然出了手，便是势在必得，必会计划周详，全力以赴。"

她望着神色变得极为凝重的父亲："周庆、张密二人领兵走南线前往枫叶城，我无异议。这是最合常规，也最合理的行军路线。但八部能打的只有大赫王本部和鹿山两部。大将军有无考虑过，万一枫叶城撑不住，还没等到南线援军到达，便先陷落了呢？"

姜祖望微蹙眉头："你的话不无道理，我何尝没有考虑过，但没办法。最近探子传来消息，对面北境异动，应当就是炽舒有意牵制。不管他虚实如何，防线必须有人，以防万一。三万人马不能再多，给他们一个月也已是极限，只希望枫叶城那边能撑得住。"

"大将军，我另有一条路线。"

姜含元走到舆图之前，抬手在上面画了一段线路，道："北线。可派一支轻骑，从高柳塞入幽燕，避开狄人的重兵把守，沿如今被狄人废弃的塞垣一路东去，袭取安龙塞。只要这支轻骑出了塞口，就再无阻挡，可直达枫叶城！

"如果计划成功，他们的行军时间半个月便够！到达后，此支轻骑可助枫叶城防守，再等南线军队会合。如此，计划更稳妥些。"

姜祖望一怔，从座上站了起来，快步来到舆图前看了一眼，摇头道："太冒险了。出了高柳就是狄人占住的地界。虽然你指的长城一带如今已被废弃，周边荒野，应当没有守军，但这是在他们的地盘里行军，如虎口拔牙。这太危险了！况且——"他指着女儿方才画出的路线，"这里是从前的晋国之地。我朝舆图对其山关、水流，还有塞点等标注残缺不全，不能用作参考。就这样插入，如同无眼无目，不可！"

姜含元道："关于这一带，我知道准确的路线。"

姜祖望一怔，望着女儿问道："你从哪里知晓？"

姜含元想起新婚不久后的那夜，束慎徽拉她去书房给她看的舆图和巨大的沙盘，说："摄政王殿下有晋人所献的舆图。他给我看过。虽是从前的舆图，但大致的地理方位不会有大的改动，完全可以用作行军参考。"

她记性极佳，一闭眼，沙盘便在脑海里清晰浮现，无一遗漏。她再次指着舆图，将图上没有的补全，有误的纠正，最后道："大将军，你相信我。如此大事，倘若没有把握，我是不会贸然开口的！"

女儿用兵向来大胆而谨慎，又计划周密，对这一点姜祖望再清楚不过。这也是他当年没有避嫌，大胆重用女儿的缘故。这种军事上的天分，可遇而不可求。

此刻他不得不承认，自己也被女儿提出的这个冒险却又并非毫无可行性的计划给打动了。更何况，如此之巧，她竟还有旧日晋国舆图的加持，如有天助。

他绝不是拘泥于套路之人，沉默了片刻，点头道："倒也不是完全不可行。我再考虑考虑，看如何执行，派谁合适。"

"如果大将军信任我，我愿领青木营两千轻骑，走这条北线。"姜含元立刻说道。

"不行！"姜祖望想都没想就断然否决，"你不能去！我承认，你这个计划可行，但风险过大——"

"大将军！青木营的官兵中，不少人在这些年里学会了狄人语言，到时乔装入境，随机应变，这是别的营没有的优势。除此之外，轻骑突袭也是青木营所长，何况我还熟悉道路。倘若大将军也认为计划可行，我想不出来你有何理由不派青木营去执行！"

姜祖望一时语塞。他避开女儿的视线，低声道："咒咒，不是爹不信任你的能力，而是……"他一顿，"而是你如今是摄政王妃，身份贵重……"

"大将军，你的麾下若是容不下今日之我，你何必要我回来？你接纳我回，却又以这种理由不让我参战，恕我无法接受。况且，我之所以力请出战，也非为了邀功，而是出于大局考虑。这个计划，非我自夸，我想不出来军中有谁比我更适合去执行！"

姜含元说完，见父亲沉默了下去，慢慢地背过身，面向那张舆图站了良久，也不知到底在想什么。而后他又缓缓回头，看着她，好似在端详她，目光微微闪烁。最后，他仿佛终于下定了决心，突然回身。

"也好，就照你所求！你点两千轻骑穿过北线，另外，尽快给我呈上具体的执行方案！"

姜含元松了口气，取出预先写好文书报，双手奉上："我已备好。请大将军阅览，予以批准。"

姜祖望暗叹一口气，接过一目十行地阅毕，颔首："去做准备吧！还有！"他凝视着女儿的面容，"咒咒，此行凶险，你一定要万分小心。若遇意外，能避则避，宁可迟些天，你也不可为了赶时间，令自己陷入险地。"

姜含元应"是"，转身走了几步，又停下脚步。她回过头，见父亲又站回到了舆图前，正凝神而望。案头的烛火映照着他的背影，她看着这道身影，第一次感觉卸下战甲的父亲再也不复高大，竟如此苍老、消瘦。

"咒咒你还有事？"姜祖望觉察她的目光，转头问道。

姜含元终于道："大将军请保重身体。"她顿了一顿，又添了一句，"摄政王南巡，事若顺利，明年或启战事。"

姜祖望颔首："我会的。"

姜含元的视线扫过案旁地面上的那摊血渍，她闭了口，心事重重，正要转身出去，又见父亲迟疑了一下，忽然朝自己走了过来，停在她的跟前。

"咒咒，爹真的没想到，先前你才成婚么些天就送来了消息，说要回。摄政王……到底待你如何？"他看着烛光里女儿额前的一缕青丝，暗暗咬了咬牙，低声问道。

姜含元沉默着。

做父亲的仿佛意识到了什么，接着解释："爹无能，起初没能拦下婚事，要你自己开口答应嫁去，本也没资格再问你这些了。但爹的意思是，你若后悔了，将来想再留下，等出关这一战后，爹必会想办法，拼尽全力帮你……"

"父亲你误会了。"姜含元抬起头，露出笑容，"摄政王待我真的很好。他极有教养，彬彬有礼，处处为我考虑，对我包容有加。他是个极好的人。我之所以能这么快回来，也全是出于他的体谅。"

她迎上来自父亲的目光："新婚之夜我便和他言明，想尽快回雁门，他慷慨应允。便是如此，我方能得偿所愿，早早归来。"

女儿说起摄政王的好时，言语真挚，眼中若有明光，不见半分勉强之色。

姜祖望终于松了口气，也随之欣喜起来，连连点头道："好，好，这样就好！是爹老糊涂了，错想了摄政王，方才胡说八道，咒咒你勿怪。你去休息吧，好好休息，明日再做准备也不迟。爹把手头的一点儿事做完，也去休息！"

姜含元低低地应了声"是"。姜祖望目送女儿出帐而去，转身回到案后，将方才拟了一半的奏章凑到火烛前点燃，又另起一文，呈奏新的南北两线同时驰援的出兵方案。

写到女儿将亲自率轻骑从北线插入敌境之时，姜祖望提笔沉吟了一下，添了一笔，解释说她虽年岁不算大，但从军多年，屡次作战，经验不比军中老人差多少，委派她去执行乃因她是最合适的人选。他又说，身为主帅，他对她是放心的，也请摄政王放心，静待捷报。

姜祖望写完，从头看了一遍，将奏章封入信筒打上火漆。

他咳了两声，止住咳后，随即叫人，下令以八百里加急，即刻将奏报送出。

第七章　宫中塞外

　　有道是偷得浮生半日闲。

　　然而，束慎徽终究还是弃了"偷"来的尚未度完的几日"闲"，在那个大雨瓢泼的夜，甚至等不到雨小些，就踏上了去往江都的路。

　　他那只挡了剑的手，后来被刘向重新包扎过，虽然止住了血，伤口却在一阵阵地抽痛，就好像他的心。

　　上路之后，他仍沉浸在昨夜那事带给他的情绪里，完全无法自拔。

　　她每次找和尚到底都说什么？她在和尚那里才能得心中安稳，睡得着觉？她竟然为了别人向他下跪，甚至做出断发的决绝之事！

　　然而，都这样了，哪怕她上前再假惺惺地问一声他的手痛不痛，他或许还会对她留有最后一丝感情，而现在，什么都没了！

　　就这样吧，她可以回雁门了。

　　那句话，他不只是说给她听，更是说给他自己听的。

　　他被各种情绪折磨着，时而愤懑，时而沮丧，时而懊悔，时而又是不屑，最后，觉得自己的心肠彻底地冷了下去。就这样，几日之后，他入了江都，注意力才终于得以转移，开始忙他的事。

　　淮扬得天独厚的地理和物产，令其自古便是天下的繁盛之地，如今更是有幸成为当朝摄政王南巡的首站。据前方信报称，再过几日摄政王一行人就能到。这些时日，本地的刺史、郡守和各县官员早早地便忙碌起了接驾之事。他们岂知，摄政王本尊早和大队脱离，微服而至。

束慎徽放慢脚程，如先前一样下到沿途各县，视察桑田耕种之事。

这一日，一行人途经永兴县。

刘向手中有南巡沿途各州县的地方志，说永兴县的户口不足万，又远离官道，地方偏远，骑马也要走半日。他问摄政王是否略过此地。

束慎徽坐在马背上，眺望永兴县的方向，忽然想起什么，问道："县令是否名叫高清源？"

刘向看了一眼资料，一怔，抬头道："正是。"他忍不住问，"殿下怎会知晓？"

束慎徽没答，只道："去看看吧。"

摄政王既开口，路便是再远，刘向也必跟从。

他们早上出发，午后才到了一座挨着县城的村庄。将其余的随从和坐骑都留在了道上，束慎徽和刘向入村，只见稻田青青，农人正忙着稼穑之事。只是昨日下了场雨，田间村道泥泞不堪，完全没有下脚之地。

束慎徽踩着泥路前行，刘向在他身后跟着。不过片刻，两人足下便沾满了污泥。经过一片稻田，前方是河岸，刘向见摄政王停步四顾，立了片刻，忽然朝着河岸走去。

刘向也跟了上去，却不料他只停在河边，抬目望着前方。刘向循着他的视线望了过去。

河面宽阔，前方河口最阔处宽达二三十丈，沿着两侧的长岸，有淘挖泥沙、疏浚河道和修筑长堤的痕迹，但不知为何，河堤仿佛筑了一半就停了，沿岸堆了些竹排、泥沙、石犀等物。河边空荡荡的，不见一人。

刘向对水利农事无甚了解，但也看了出来，本地地势低洼，如今还好，若到汛期，上游下水，这里恐怕就要水漫河岸，倒灌农田。

这时，不远处走来一个挑着水桶的白发老农，停在河边甩桶舀满了水，提水上岸，不防岸泥松软，吃不住劲，又赤脚湿滑，站不稳。眼看着老农就要被水桶栽进河里，这时忽然有一只手一把将他拉住了。

拉回了人，刘向跟着伸手将老农的两只水桶一并提了上来，送上了岸，方放了下来。

老农站稳脚，惊魂甫定，见是个脸生的黑脸汉子出手相帮，一旁还站着一个青年人，对自己招呼道："老丈可受惊了？"

青年头戴一顶青斗笠，穿一身半新不旧的衣裳，看着像是县城里的读书人。农人不禁拘谨，忙朝两人弯腰："小老儿无事。多谢二位相帮！"

束慎徽含笑点头，又问："敢问老丈，本地这两年年成如何？官府赋税几成？日子可还过得下去？"

那黑脸汉子看着倒像个农夫的模样，但这个读书人不是本地人，操一口官话，又问这个，老农不禁面露犹疑之色。

束慎徽笑道："我二人是从外地来的，今日偶然路过。早就听闻淮扬富庶甲天下，想来寻个营生，看能否落脚度日。"

老农见他笑容和气，放下了戒备："小郎君问这个啊。这几年官府倒是没加赋税，紧巴紧巴，再难总归还是过得下去的。怕就怕老天爷不让人安生。去年县里就淹了一回，收成只得好年成的七八分。交完皇粮，全家勒紧肚皮，借粮才度了过来。但愿今年老天爷开眼，别再泛水闹灾。"

说完，他看了一眼身畔的河面，忧心忡忡。

束慎徽指着不远处的残堤，问道："那是怎么回事？看着像是修了一半又停了？"

老农顺着他所指的方向扭头望了一眼，越发愁眉苦脸，叹气道："别提了，就为这个，县尊都得罪了上头的人，惹祸上身，也不知怎样了。"

束慎徽道："老丈可否说得详细些？"

老农仿佛有些害怕了，看了一眼四周，摆了摆手，只说自己要去浇垄，挑了担子，急急忙忙地走了。

束慎徽望着老农匆匆离去的背影，叫刘向寻人打听详情。

刘向虽也操着外地口音，但凭着和农人相似的粗骨架子和黧黑脸膛儿，没费什么劲就达成了目的。

本县地势低洼，到八九月东南飓风过境，常闹水灾，但因地处偏远，户口不多，在江都治下的众多郡县当中不显，是个下县，便一直未被上面重视。本地县令高清源三年前到任，是个干事的人，见河道多年未曾疏浚，堤坝年久失修，大水一来形同无物，到任不久便请求州府拨款，疏浚河道、加筑坝堰。

地方每年都有水部拨下来的相关款项，但州官蒋正一拖再拖，只说别处更是要紧，始终不予批复。高清源等了两年多，知是没指望了，想在离任前帮本地解决这个问题，便发动县民筹集钱粮、轮流出工。县民苦河道已久，县尊带头，自然踊跃响应。疏浚了河道，高清源又找来河工，勘察地形，加筑堤坝。

谁知半个月前，上面忽然来了一道停工令，说在这里修筑围堰会坏掉邻县下游的脉气，邻县上去告状了。而实情应是那个蒋正听到了些外头对他的非议，认为是高清源散布出去的，且高清源又绕过他，发动县民自行筑堤，岂不是在打他的脸？他怀恨在心，遂找了借口下令停工。

据说当日，高清源就在这修了一半的堤坝旁监工，接到上令，愤怒不已，当场大骂蒋正吞了朝廷拨的水工款，说要等摄政王南巡到此去告状。

"方才那老丈说高清源惹祸上身。他如今在何处？"束慎徽听完问道。

"有村民关心，曾去县衙看过，却见大门紧闭，道是几天前蒋正斥他犯上之罪，令他闭门思过，不许参与迎驾。"

束慎徽站在残堤前沉默。在附近田间劳作的农人不时朝这个立在河边头戴斗笠的书生投来好奇的目光。

许久，他又踩着泥泞，出村而去。

傍晚，下人送来一碗饭食，县令高清源无心吃，坐在县衙内的官堂里，眉头紧锁，心情沉重地发呆。

高清源的父亲曾是地方水吏，他从小跟随父亲迁任，目睹过泛滥的大水如何破坏农田、祸害民生。出仕为官后，他便立志要为百姓做些实事，没想到此番却遭受如此阻挠和打压。几天前，他又收到顶头上司的话，称摄政王此番南巡来此是为北伐大计，本地应当上下齐心、共显合力，他若敢拿这种小事破坏大好局面，坏了摄政王的兴致，便自己当心。

这已是赤裸裸的威胁了，不但如此，他还因那日言语犯上，被暂时停职，失去了前去迎驾的资格。

高清源最初只是一个小吏。二十岁的时候，他的父亲殉职，他承袭了父职，多年来在各地来回调任，主管水工，一干就是二十年。三年前，得赖朝廷下旨，地方可凭考绩破格擢升胥吏，他受到一位赏识他的上官的推举，这才终于从吏转官，来到此处做了县令。

那天在堤坝旁，他一时激愤，确实说要寻摄政王告状。但他从前并无接近中枢的机会，也不知当今的摄政王到底是个怎样的人，此番南巡是真为民情，还是好大喜功，为了宣扬朝廷的恩德。

何况现在，就算他真的想再提着脑袋闯去告状，也没那个机会了。县衙外有人把他盯得牢牢的——他已被软禁。只要摄政王一天不走，他怕是就要在这里被关一天了。

但是，若真就这样屈服，将修了一半的河堤扔在那里，前功尽弃，日后他以何面目去面对全县乡老？

高清源苦闷无比，在官堂里来回踱步，正焦灼无计之时，忽然听到堂外传来一阵嘈杂声，仿佛有人正在打斗。

他奔出几步，看见县衙的门竟开了。只见一个汉子闯入，头也没回地抬脚朝着追上来阻拦的人踹去，一脚一个。那几人连声惨叫，飞了出去，横七竖八地倒地，不停地呻吟，瞧着似是折臂断骨，伤得不轻。

汉子摆脱了人，便朝高清源这边继续大步走来。

高清源看得心惊肉跳。他起初以为那是蒋正派来杀自己的人，惊骇于蒋正的胆大包天，再一看，却发现那几个被踹飞的人好似就是蒋正派来盯他的爪牙，一时倒是糊涂了。

那人到了近前，是个黑脸大汉，停步问道："你是本地县令高清源？"

高清源反应了过来，反问："你是何人？"

那人来到近前，附耳低声对高清源说了句话。高清源惊呆了，还半信半疑，看了一眼县衙大门的方向，迟疑了一下，问道："敢问……足下又是何人？"

那人掏出随身腰牌，朝高清源亮了一下。那腰牌是黄铜质地，上方正中镂刻怒目螭首，四周牙边，正面正中以阳文篆刻"禁军司"的字样，背面是阴文小字"大魏奉旨造作，出京用"。

高清源看到此物，知其断无伪造之可能，再无怀疑，心中一阵惶恐，又一阵狂喜，朝着面前这人躬身道谢，迈步朝外狂奔而去。他走得太急，跨门槛的时候被绊了一下，扑摔在地，却丝毫也不觉得疼，爬起来便又疾步朝前，奔出了县衙大门。他看见一个身着常服的青年男子站在外面，正负手而立，身形如松，目光湛然。青年看见他出现，望了过来。

高清源自然知道当朝摄政王年不过二十五，正当强健，此刻看到面前这人，又望见离他不远处立着的一队随从，心知这位定是南巡的中枢之首。

高清源激动万分，上去跪地呼道："摄政王在上，下官永兴县令高清源接驾来迟，望摄政王恕罪！"

他说完叩首。

束慎徽命他起身。高清源也知自己不可过于失态，极力压下激动之情，慢慢起身。

束慎徽凝目于他，忽然，面上露出了微笑："本王记得你的名字。三年前，朝廷曾破格擢升一批能吏，当时的吏部公文便是本王亲自批下去的，当中有你，言令尊早年为治水而抛躯，你子承父业，擅水工。当时本王看过，至今留有印象。"

束慎徽又颔首道："你果然未负朝廷对你的信任。本王深感欣慰。"

高清源再次惊呆了。他万万没有想到，三年前那样一件小事，自己的名字夹在三百人的名录里，摄政王日理万机，竟然至今没有忘记。

此刻，他已激动得整个人都在发抖，眼中更是热泪盈眶。他才刚起身，便又跪倒在地，重重叩首，哽咽道："摄政王谬赞！下官有负摄政王的信任，来此三年，时至今日，治下的一条祸河竟依然未能修好，还要劳累殿下南巡途中于百忙中过问，是下官的罪！"

他来此为官三年，清廉守正，爱民如子。这段时日，他因为修河堤的事开罪了上官，县民无不为他抱屈，更是担心他，这几天时常有人来县衙门口张望。方才刘向破门而入，此刻又是这一番动静，周围早已来了许多人。听到高清源这话，周围百姓方知竟是摄政王亲临，全都跟着高清源下跪，有只顾磕头的，有为县尊辩白的，有胆大控诉州官的，一时间，县衙外纷乱一片。

束慎徽示意高清源领百姓起身，道："天子爱民。本王此行南巡，是代替天子牧民，做天子的眼和耳。你们再偏再远，也是天子之民，朝廷岂会区分对待？尔等立刻复工，务必赶在今岁汛期到来之前，将堤堰修缮完毕，所需的河工款项，三日内必会下拨！"

周围顿时欢腾之声不绝，高清源领着县民叩谢摄政王之恩，不顾天将傍晚，立刻赶去河堤，准备复工之事。

第三天，刺史和太守率本地几百名大小官员和士绅名流，终于在码头等到了南巡的队伍，却独独不见摄政王。两边各自吃惊，到处地找，这才知道摄政王竟早已来了，此刻就在永兴县的河边。据说摄政王已在此停留数日，亲自监工。

众人大惊失色，赶了过去，到的时候，只见沿岸民夫往来，工地热火朝天，县令高清源正伴着摄政王在巡河。

本地官员个个惶恐，没想到摄政王不但提前到来，竟还下到这种偏远的小县里，纷纷拥上前拜见。摄政王当场便命人扒去了蒋正的官帽和袍服，擢升高清源为东南河道特使，总管东南各地州县水事，又下令严查贪腐，查出截留水工款项的官员，有一个治一个，罪加一等，绝不姑息。

摄政王在江都总共停留了半个月，除了陆陆续续擢升高清源和另外十几名素有清誉、肯做实事的官员之外，还杀了三名和蒋正勾结惹出巨大民愤的当地官员以儆效尤。雨露和雷霆并举过后，摄政王一行在江都民众的一片赞颂声中离开江都继续南下，便如此一路巡视，惩治贪官，提拔能吏，差不多两个月后，于七月底抵达钱塘。

本地官员早就风闻摄政王一路南巡做的事，人人都知他务实严苛，那句"代天子牧民，做天子的眼和耳"更是尽人皆知。虽说一路下来，摄政王确实擢升了不少人，但也真有被砍脑袋的，谁知道下一个会不会轮到自己。接到人后，一众官员战战兢兢，当地各界早在几个月前就准备好的各种排场活儿也全都取消。大魏每年都会为官员发放新的袍服，但迎接摄政王的那日，人人穿着旧袍，不知道的还以为如今大魏朝廷破产，连官员的衣服都发不出来了。

但谁也没想到，摄政王在当地巡视三日之后，竟忽然在行宫下的湖畔设了百叟宴，邀全城年满七十的老叟前来赴宴，连摆三日宴席。他又放出话，称朝廷北伐，特邀长者赴宴，希望能得善策。此外，不只赴宴的长者，所有人——无论何等身份，士、农、工、商，哪怕是和尚、道士——皆可上言。

满城几十万人，起先谁也不信，直到第二天有个冒失的铁匠冒了出来，称自己打造了一套前后护心镜，刀枪不入，可以助力军士作战。听了下人的禀告，摄政王便叫他拿来看。那护心镜，结实确实是结实，但套上之后，如同前后挂了两个大铁锅，走快些便"哐哐"作响，自然是不得用，惹来满堂大笑。摄政王却没有责备铁匠，反而赐了铁匠奖赏，还赠他墨宝，亲笔给他题了匾额曰"天下第一"——这铁匠是第一个敢响应上策之人，可不就是天下第一吗？

众人才知原来摄政王竟如此亲民。

这下不得了了，满城的人蜂拥而至，提什么建议的都有，当中大部分自然是不可用的，更不乏异想天开的胡言乱语，如那"天下第一"铁匠的"大铁锅"。摄政王当然不可能一一接见。但确实也有些白身所献之策有几分见地，遇到这些人，摄政王便亲自召见对谈，对当中的佼佼者不吝嘉奖，甚至破格赐予功名。

这些人多出身于东南一带的士族，就算如今家族败落，但到底还是有几分底子的，同门更是遍布天下。他们得到如此殊遇，无不深感荣耀，才短短几天，为朝廷这一场出关之战歌功颂德的文章蔚然成风，北伐变成了民心所向。

到了第三天傍晚的最后一场宴席，行宫下的湖边已挨挨挤挤到处是人，湖上也挤满了大小船只，舷挨着舷，连得宛若平地，孩童竟可以在湖上来回奔走。

是夜，倘若不是行宫之下地方有限，钱塘城中当真是万人空巷。正当群情激动之时，只听一艘船上有人高声大呼："殿下！草民代民请命，我东南百姓为表忠心，心甘情愿为朝廷的北伐大计多纳钱粮！请朝廷恩准！"

这话被人一路传开，很快，方才还激动着的各路人马转眼全部哑了下去。众人扭头望去，见发话的竟是一位本地的富商。那人高高地站在自家的船头之上说完话，又朝着行宫的方向，把头磕得"砰砰"作响。

摄政王正坐在半山行宫前的一座观景台上，周围陪坐着本地的官员。在那里，他能看到山下的众人，而众人仰望时，也能瞧见他今夜峨冠博带的身影。

富商的话很快被传到了摄政王的耳中。这时，整个湖畔已彻底安静下来，万人之众竟是鸦雀无声。

起先，摄政王仍坐着。片刻后，在万众瞩目中，他缓缓站了起来，朝前走了几步，高声对众人说道："今夜良辰，皇帝陛下虽坐于紫宫，未能亲耳听到如此赤诚之言,但必能感知诸位乡老对朝廷的忠心。本王亦是深受感动。"

他顿了一顿,环顾四周,再次开口:"此次出京之前,皇帝陛下对本王有诸多叮嘱,其中一条,永不加赋!

"陛下再三叮嘱,叫本王务必将此条传达给天下的子民,好叫人人知悉。太平之时如此,纵然逢遇国战,一如从前。朝廷便是再难,也不会叫天下百姓,叫尔等东南子民,再多受半分的赋税!"

他的声音醇厚而清朗,威严而平和,从高至低,由近及远,自山腰传到山麓,又随风飘散到湖面和四周。

人人仰头,屏息望着半山腰上的那道身影。

"古之圣贤有言,'行远道者,假于车马,济江海者,因于舟楫',而今朝廷也是一样。朝廷要做事,须有天下子民的托载。尔等子民,各司其职,种田者多耕,养蚕者出丝,行商者易货,将尔等该缴的税赋及早缴纳,归于国库,此便为对朝廷最大的忠心,亦是对北伐之计的最大支持!"

他的话音落下,短暂的寂静过后,山下和湖面之上响起了一阵阵"万岁万岁万万岁"的呼喊之声,过后,又是"千岁千岁千千岁"的呼喊声,声音在山水之间回荡,震撼人心。这当中的心悦诚服,不言而喻。

摄政王言毕,含笑归座。

待山下的呼喊之声停下,太守来到摄政王身畔,进言道:"民心所向,东南各地的士农工商,人人都想为朝廷出一份力。朝廷既然永不加赋,何不接受捐赠,免得冷了大家的心。为表嘉奖,可将捐赠人纳入荣册,再对当中的踊跃积极之人给予一定的奖励,譬如授予荣衔。"

太守说完,周围人无不附议,摄政王亦颔首。太守立刻命人将话传了下去。

方才那富商热血上头冒出一句话后,山下无数人心里"咯噔"一下,就怕摄政王顺着那人的话点头,早就在心里将那富商骂得狗血喷头了。当中好些地主和豪族都已打定主意,倘若朝廷当真加征赋税,便想法子将多出来的税赋转嫁到佃农的头上——这种不得好的营生,他们是不愿意干的。待此刻他们又听说可以捐赠,朝廷会相应地嘉奖、授予荣衔,那就完全不一样了。

消息才刚被传开,现场的不少人便心动了,方才那富商更是第一个跳了起来，说自己要捐赠十万两白银，唯一的请求就是摄政王也能赐他墨宝，给他家新落成的园子题上一块匾额。

摄政王叫人将那富商带上来，不但亲口嘉奖，应允题匾，还叫人将他记录在册、授荣衔。如此，倘若皇帝陛下或是摄政王再次南巡，此人便有资格和官员一道面见。

富商感激涕零，趴下一口气磕了十几个头，而后在众人羡慕的目光之中扬扬得意地离去。

随后，摄政王亲自向那些老叟敬了一杯酒，方结束了今夜的宴席，在阵阵恭送声中反身入了行宫。刘向紧紧跟随摄政王。

说实话，今夜的种种场面几乎在束慎徽的预料之中。之所以说"几乎"，是因为中间确也有个意外：其实原本刘向暗中安排了一个人在高潮时站出来提议加赋，然后由摄政王否决，然而那人还没开口，竟有本地富商自己先说了。

明日起，东南的文人恐怕又要忙碌一阵了。

刘向不禁对摄政王越发佩服。他送摄政王入内，看着宫门关闭，又转身出去，亲自指挥人员疏散山下的百姓。

厚重的宫门在身后紧紧关闭，所有的嘈杂之声也悉数被挡在了外面，束慎徽脸上的笑意随之消失。

他径直回到这趟回来后住的寝殿——他不再住两个月前曾住过的鉴春阁，而是住进了西殿。

还没到休息的时间，他便坐到案后，习惯性地翻开了从长安用快马递送到这里的奏报。当抬起右手时，他又想起了一个人。

他停手，慢慢地翻转右手，看着自己手掌上的那道伤痕。

她已经离开两个月了，应当早就回到雁门了。

今夜此刻，他回到了这个地方，而她现在在哪里？她是在雁门大营，还是在青木营？她在做什么？她是纵马驰骋，身畔随着她的将士，还是已经歇息，卧在了营帐之中？

她回去之后，恐怕根本就没再想到他，他却又想到了她。怪这道抹不去的伤痕，总是叫他看见，他既看见了，怎么可能不想起她？

束慎徽的心情再一次郁闷起来。他放下手里的奏报，缓缓地捏紧手掌，捏紧了，又松开，松开，再捏紧，仿佛这样就能尽快将这道伤痕抹平……

忽然，他的手一顿，他想起了一样东西。

他迟疑了一下，本不想去，但最后还是按捺不住，出了西殿，来到两个月前和她一起住过的鉴春阁，推门走了进去。

宫人燃起烛火，退出。他环顾一圈，随即打开各种抽屉，将所有可以放物件的地方都翻找了一遍，没看见想找的东西。

他又将负责打扫此间的宫人唤来，问道："两个月前王妃走后，你收拾这里时，有无看到一只匣子？"

他描述了一下匣子的尺寸和样式。

宫人回道："未曾见到。"

束慎徽命人出去，慢慢地走到南窗之前，推开窗户望了出去。

那东西被她带走了吗？

不，不，不可能！她那样一个绝情的人，既然都听他那样说了，必然是将它抛了。极有可能，她在离开的时候，随手将东西抛在了山麓的那片湖里……

他极力忍下立刻命人下水寻个究竟的冲动，望着山麓的方向。

聚在山麓和湖边的人群已在刘向和一班人的指挥下，有序地缓缓散去。远处灯火点点，掺着笑声的嘈杂声被夜风送入行宫。

束慎徽站了片刻，缓缓回头，又环顾了一下四周。一切都是先前的样子，雕牙的床榻、垂落的帐幔、窗前的美人榻、榻上的矮几……

最后，他和衣躺到了那张曾经和她一起睡过的床榻上。

睡吧。

他乏了，很乏。

他闭眼，静心，片刻过后，仿佛闻到了帐中一缕残留下来的来自她的气息。

这时，有人轻轻叩门，他不应，不想刚捕捉到的这种感觉被驱走。但门外那人继续叩门，仿佛他不开门便不罢休似的。

他倏然睁开眼，带着怒气从榻上翻身而起，大步走过去一把打开了门。

刘向站在门外。

"何事？"见是刘向，他压了怒气，但语气依然有些不善。

刘向忙行礼道:"卑职扰殿下休息了。方才收到一封来自雁门姜大将军的急件,卑职想着应当十分重要,不敢耽误,便送了过来。请殿下亲览。"

一封打着火漆的信件被双手奉上,恭敬地呈到了束慎徽的面前。

束慎徽看了信件一眼,神色转为凝重,接过信,转身入内,走到燃着灯火的案旁,启漆开封。

他的视线落在被取出的奏报之上,刚开始,他一目十行,神色平静。

炽舒没死,搅乱了八部,事虽突然,但也不算什么大的意外。至于姜祖望在收到大赫王的求救后立刻派兵驰援,这也符合束慎徽的预期。

先前他之所以将兵权完全下放到姜祖望的手上,除了投桃报李,也是考虑到北狄极有可能会在大魏出关前抢先发难。军情如火情,他给予姜祖望更多的自主权,就是为了让姜祖望能在第一时间做出反应,避免因为消息来回传递而贻误军机。

但是当他再看下去的时候,他的目光倏然凝住,心脏更是一阵狂跳。他几乎不敢相信自己的眼睛,盯着奏报上的最后一段内容,眼底迅速蒙上了一片阴霾。

在那夜和姜含元床榻夜谈,彼此明了了共同的心愿之后,束慎徽以朝廷的名义派人给姜祖望送去了兵符和敕命。虽然当时并没有言明,但束慎徽相信,姜祖望的心里必定有数——既然他的女儿已经嫁给了摄政王,那么,即便摄政王又放她回军营,他应当也不会再派她去执行危险的任务了。

对于这一点,束慎徽认为根本就无须明说。以姜祖望的老练,他怎么可能不明白?但束慎徽万万没有想到,姜祖望竟敢如此行事!

看奏报的日期,应当是她回雁门后没多久。她才刚疲惫地奔波回去,之前又负气和他争执了一场,怕是心情和身体还没恢复过来,姜祖望竟立刻派她去走那样一条深入狄人腹地的险路!

就算是她自己要求的,姜祖望难道就不会拒绝?他是大将军,倘若不松口,他的女儿就算再倔强,也断不可能自己领符上路!

束慎徽一阵气急,只恨关山阻隔,无法插翅而去。他一把掷了奏报,转头朝外厉声喝道:"刘向!"

信件是从雁门加急送来的,刘向出身雁门大营,心里自然有些记挂,所以方才亲自送来，等摄政王接了后也没立刻离开，就在近旁候着。他突然听到摄政王的召唤，且声音带着怒气，他的心"咯噔"一跳，立刻快步上前，推门而入。

"殿下有何吩咐？"

"立刻给我八百里加急！传我令到雁门！叫姜祖望……"束慎徽忽然顿住，僵硬地停了下来。

刘向等了片刻，见摄政王一动不动，眼睛盯着案上那封不知写了何事的奏报，脸色很是难看，不禁越发替姜祖望担心起来。

须知，所谓八百里加急，只有在传递突发军情或不亚于这种程度的重大消息时方可使用。

看摄政王的神情，他的失态又好似不是出于军情——对这一点，刘向很确定。无论多紧急的军情，哪怕是北狄现在就大军压境突袭雁门，刘向觉得摄政王也不会露出这么难看的表情。他忍不住猜测，是姜祖望递送来了什么得罪摄政王的消息。

刘向屏息等待了片刻，又试探着问道："殿下，姜大将军怎的了？"

他问完，却见摄政王依然没有反应，也不敢再开口。又等了片刻，他终于见摄政王朝着自己摆了摆手，知道摄政王的意思，只得压下满腹的疑惑和不安，低头退了出去。

束慎徽缓缓地坐了下去，望着奏报上的最后一段话，目光凝住，一动不动。

起初那阵气急过去后，他便顿悟了。即便此刻她仍未出发，依然谁都阻止不了她——如果她真是最合适的人选的话，姜祖望不行，至于他自己……

于公，他是摄政王；于私……他又何来的资格？

对一个不久前刚和自己交恶至此的人，她回到心心念念的雁门之后，过得如鱼得水，恐怕早就已经将他抛在了脑后。

他压下心中忽然涌出的浓烈的酸涩之感，又缓缓站了起来，走到窗前，微微仰头，望着夜空伫立了良久。

今夜他又回到了此间，行宫之外，月似蛾眉，繁花漫卷，湖上隐隐飘荡着悦耳的笙歌曲调。

她呢？她在何处饮马，又在何处拔刀？

数千里外的北地，荒丘旷野，月黑风高。姜含元和她的两千轻骑已深入幽州腹地，正沿着长城，借夜色掩护，在荒山旷野之中前行，疾驰若飞。

出高柳塞后，再越过一片边界模糊的地带，次日，姜含元和她的人就完全进入了敌境。

雄伟起伏的山脉之间，铺展着辽阔的荒野和沃美的草场，城池点点，星罗棋布。这里本是故晋之地，自几十年前起却渐渐被狄人蚕食，边境一路南退，最后到了如今的雁门一线。

在狄人占据了中原的北方门户后，那道从古赵国和古燕国始便矗立在北地、见证过无数烽火的长长墙垣也就彻底地失去了作用。几十年下来，到了如今，除了少数几处仍设塞点用作消息或是物资的传递，其余地段便任风沙侵蚀，墙体坍塌。

昔日的狼烟兵墙，如今变作了荒野里的颓垣和弃地，却也成了姜含元的行军引导和掩护。

这是他们出发后的第八个夜晚了。

刚开始，因行经的都是荒野之地，纵马一天也看不到一个人影，他们每天能走三百里。但从两天前开始，根据舆图的提示，他们渐渐接近幽州南王府所在的燕郡，果然，路上的意外多了起来。

就在当天傍晚，姜含元带着人如先前那样循着一段废墙前行之时，收到了在前探路的张骏的警示。在距离他们不过几里的地方，出现了一支几十人的狄兵小队，正在朝他们而来。

以两千精骑对付几十人，自然不费吹灰之力，但他们这支人马此刻在南王府的附近活动，消灭狄兵更不是他们的主要目的，因而只要能避免正面冲突，绝对要尽量避免。

姜含元当机立断，下令停止行动，队伍全部收拢，安抚好坐骑，紧贴墙根，静待那一队人经过。当时，双方距离最近时仅有二三十丈，姜含元甚至能隔着墙听到随风传来的对方的说话之声。

那应该是一支正在进行日常巡逻的小队。他们分毫也未觉察，就在距离他们不远的一段废弃城墙的另一侧竟藏了一支两千人的军队。

那一场遭遇过去之后，姜含元立刻便对行动计划做了调整，改成白天藏匿，夜间行动。

舆图显示，就在燕郡往北不过几百里的地方，还有另外一座城池。他们要想从两城的中间地带穿过去，白天上路的风险太大。

姜含元的麾下从来都是绝对执行她的命令。他们白天分成了几拨，以相互之间能够联系的距离分散开来，隐藏在林子、山坳、荒草场等所有可以寻得到的藏身之处，天黑后集合继续前行。他们就这样昼伏夜出，耐心前行。

虽然耽搁了路上的时间，但众人这样的谨慎很快就被证明是非常有必要的。应该是大赫方向正在交战的原因，他们在这一带的路上遇到了越来越多的往来信使和斥候，有时夜间也会遭遇。这个晚上，他们凭着谨慎，在通宵行了一夜之后，终于在天明时将最危险的中间地带抛在了身后。

在第九天的白天，他们再次进入了荒野区。照这个速度继续前行，倘若没有意外，三天之后，他们将到达安龙塞。

安龙塞是早年晋国修筑起来用以防备北狄的关塞，是从北线行军通往八部的必经之地，也是姜含元这个计划里最大的不确定因素和绕不开的阻碍，是必须拿下的关卡。北狄军队前往八部，走的应当也是安龙塞，因此那里必然会有驻军。姜含元估计驻军人数应当不会很多，但也不可能叫自己手到擒来。

姜含元和麾下的两千人马已做好了打硬仗的准备。在这个前提下，最好的法子自然是攻其不备，打一场奇袭。姜含元给自己留了三天的时间，三天内必须拿下安龙塞，否则不但枫叶城可能危急，他们此行携带的补给也将耗尽。

只要他们顺利通过安龙塞，八部的枫叶城就近在眼前了。

当天晚上，这一支轻骑继续循着废弃的长城东进。到夜间亥时许，天气大变，下起了雨。

昨夜行军一夜，今天白天又只休息了半天，此刻时间已是不早，众人已显疲态，本就该找地方歇了，何况又突然下雨。但附近和目力所及的远处遍是光秃秃的野地，乱石丛生，树木稀少，并没有适合避雨过夜的地方。

雨越下越大，很快，人人从头到脚湿透，马蹄也开始打滑，人困马乏之态尽显。张骏带人回来，说附近都已看过，没有适合避雨歇脚的地方。

"罢了！将军不用找了！这么点儿雨算什么？再朝前走就是！大队停在这里，雨也不会小！"杨虎抹了一把脸上的雨水，大声说道。

其余人也是这个意思，纷纷附和。

姜含元沉默间忽然记起舆图上的一处地方。她微微仰头，看了一眼头顶那片漆黑的天，道："从这里往西南，再过去十来里路，应当有个故晋的兵驿，为附近长城烽台的驻军所设，如今必定已被废弃。雨太大了，路不远，还是过去看看！"

众人其实已经疲惫不堪，方才以为没有可以过夜的地方，自然选择继续前行。现在将军说可能有落脚之地，他们求之不得。命令很快被传递下去，众将士整队，跟着姜含元朝西南方向找去。快到的时候，依旧是张骏带着手下先去探路。

雨越下越大，众人开始感到身上发冷，又等了片刻，只见张骏纵马奔了回来。他喊道："将军！前面确实有个废弃的兵驿，地方不小，大家挤挤，可以过夜。兵驿后面还有一片林子，正好可以拴马！"

姜含元闻言松了口气，杨虎等人也是喜笑颜开。众人振奋起来，跟着张骏加快马速，很快来到了那座兵驿。

确实如张骏所言，这个地方很大，四四方方，前后分隔。四周本还有围墙，但因年久失修，有几处墙体坍塌，里面也到处漏雨。不过，总比在外面直接淋雨要好得多。

将士平常训练有素，到了宿地忙而不乱，先是各自安置坐骑，喂饱马匹，然后才是自己。

每个人逢战外出时都随身携一只行囊，行囊是用防水油布制成的，内有火石、干粮、衣物等必备之物，系在马背之上。但在今夜这种并不能保证安全的情况下，为了让每个人能在最短的时间里对可能到来的异常状况做出最快的反应并及时离开，姜含元不允许他们带着行囊这种累赘。

姜含元下令，只取必不可少的干粮和兵器，其余物品一律留在马背上。怕火光引来意外，除了短时间的照明，他们连火也不生。入内后，众人各自拧去衣物里的水，再吃些干粮，随即熄火，分批守夜，其余人就地而卧。

姜含元熟稔地处理了身上的湿衣，随即靠坐在最内的角落里。杨虎横卧在她几步之外的地上，背对着她，用自己的身体给她圈了一块相对空的地方。在他的身旁是一个个的战友，众人行路乏累，此刻倒下，很快就陆续睡了过去。

姜含元对这样的过夜方式司空见惯。此刻她也感到疲乏了，在黑暗里坐了片刻，听到耳边传来士兵的鼾声，也躺了下去，好让自己尽快入睡。

樊敬亲自出去守夜了，让她休息。

她闭了眼睛，耳边雨声"哗哗"不绝。或是这相似的雨夜袭扰了她的心境，她一时竟然无法入睡。

她必须睡了，若是不睡，明天就没有足够的精力继续行军。她慢慢地呼吸了几口气。

她身畔是两千枕戈待旦的将士，他们对她无比信任，将性命交给了她。

枫叶城里的人，此刻或正在浴血奋战，亟盼大魏援军的到来。

她很快便驱散了脑海里的杂念，继续闭目。片刻后，慢慢地，困意如愿袭来，她睡了过去。

约莫半夜时分，忽然，她的耳中传入了一个尖锐的哨声。这是外面守夜人发出的警示，表示有紧急情况。

姜含元猛地惊醒，倏然睁眼。她脚边的杨虎也迅速地醒了过来，从地上一跃而起，冲着地上的伙伴喝道："有情况！醒来！"

一个值夜士兵疾奔而入，喊道："将军，后面来了一拨人马，仿佛是狄人！外头下雨，他们没有点火把，我们发现得晚，此刻距离我们已经不到两里地了！他们看着像是运送粮草的车队，应也是想来此处过夜的！"

这时，睡在驿内的士兵已全部惊醒，纷纷抓刀。姜含元出去，攀上一道坍塌了一半的围墙，朝着白天来的方向望了一眼。

黑夜里，雨幕之中，果然有一队看着像是车队的人马正在向着这边行来。

"是否立刻离开？"樊敬问她。

这一拨人马约莫三百人，距离他们已经很近了。

姜含元高高而立，环顾四周。

除了不远处那片不大的林子，周围全是旷野，视野毫无遮挡，两千人带着马匹，想就这样离开而不被对方发现，把握不大。

"不。"她从墙头一跃而下。"所有人立刻消除自己的痕迹，撤到林子里去，等他们安顿了，再找机会离开。"

樊敬传令下去。士兵们很快从驿内退出，借着夜雨的掩护，无声无息地散入数丈之外的那片林子里，消失不见。

这些天，狄人和八部叛军组成的联军正在攻打枫叶城，战况胶着，损耗比预想的要大。这是一支往枫叶城运送辎重的车队，运送之物主要是弓箭。因为前线催得急，运送的人马已在路上接连走了几个日夜，疲惫不堪。今夜又遇雨，他们正巧知道附近有这样一座兵驿，便临时拐了过来。

姜含元藏身在林中，士兵埋伏在她身后。她紧紧地注视着前方不远处。

那队人马靠近了废驿，在一名千夫长的指挥下，将长长的装载着辎重的车队停在驿前。随即那几百人拥入驿内，很快，里面亮起火光，传出杂乱的来回走动的脚步声，声音清晰入耳。

姜含元耐心地等待着。过了约两刻钟，雨小了，驿内的动静渐渐消失，最后彻底安静下来，里头的人应当都睡了。

这时，雨也停了。

姜含元又等了两刻钟，望向埋伏在她身旁的张骏。

张骏会意，潜伏过去。片刻后，他摸了回来，低声说道："确定。外面只有两个卫兵，一左一右守在驿前，其余人都在里头。"

姜含元召来杨虎和崔久："去把人干掉。"

两人点头，一东一西，分别绕着坍塌的围墙，无声无息地潜到了废驿早就没了门板的大门左右两侧。

门前燃着火把，两个身材壮硕的狄人士兵怀里抱着刀，站在前方土台的两端，不时走来走去。

杨虎和崔久分别藏身在两侧的断墙后，远远地对望了一眼，做了个约定一起行动的手势。三息后，两人立刻纵身而出，如猛虎一般朝着前方那两名守卫扑去。

杨虎握着一把匕首。那狄兵莫说反抗，几乎还没来得及觉察，便被从后探来的利刃一刀割断了喉咙。直到血溅了出来，那狄兵才惊骇地反应过来，下意识地张口想要狂呼，却又被一只强有力的手紧紧捂住嘴，根本发不出半点儿声音。

那狄兵竟也强悍，都这样了依然奋力挣扭，企图拔刀，然而又如何拔得出来？狄兵挣扎间，刀掉落下去，杨虎伸出一脚钩住刀鞘，免得刀坠地发出动静，再用双手端住身前还没死绝的狄兵的头，猛地发力朝侧旁扭了一下。

伴着发自皮肉里的沉闷的骨裂之声，那狄兵被生生地扭断了脖子，终于气绝，躯体这才完全地软在了地上。

杨虎一得手，立刻连人带刀将尸首拖到了方才藏身的断墙后，置于黑暗的角落里。随后他转头望向伙伴，见崔久也得手了，两人再比了一个撤退的手势，各自迅速反身。

不料意外横生，就在这个时候，前方竟又忽然出现了一队人马。一行人骑着高头战马，马蹄过处泥浆飞溅，风一般卷到了废驿的近前。

当先那人看见停在驿前的辎重车队，操着狄人语言，转头冲着里面大声地咆哮："千夫长！滚出来！"

此人身穿一副犀甲，头戴一顶绘着狰狞兽面的兜鍪，顶上插着黑色雉羽——这是狄军中高级将官才有的装扮。

咆哮声落，废驿内一阵骚乱。很快，千夫长睡眼惺忪地奔了出来，一边跑一边慌慌张张地套着衣物，应是刚从睡梦里惊醒。人奔到将官的马前，还没站定，一鞭子便兜头抽了下来。

"你这废物，东西竟然还没送到！南王对钦隆将军下了死命令，一个月内必须拿下八部！现在萧家父子带着人马躲进了枫叶城，前线急需军资，你们竟在这里偷懒！"

将官一边叱骂，一边挥鞭抽个不停。千夫长的脸上被抽出了几道血淋淋的鞭痕，他扑跪在地，不停地磕头，一声也不敢争辩，只回过头，喊手下立刻整装上路。

将官鞭笞了千夫长几下，又扫了一眼废驿的周围，不禁再次勃然大怒，又是一鞭抽了下去，指着辎重车痛骂道："只顾睡觉！放着辎重，连个值夜的人都没有？！魏人细作时常入境刺探，你是不知？！"

千夫长忍着疼痛回头看了一眼身后，方觉察守夜的人不见了，大声吼那两个守夜士兵的名字，却没有得到回应，便命人去找。很快，士兵在断墙后找到尸首，拖了出来。千夫长大惊，立刻带着手下到四周探察。

来催军资的将官也收了皮鞭，下马蹲下身，亲自检查了地上那两具尸首的伤处，随即起身，谨慎地观察了一下四周，最后将目光落到不远处的林子里。

　　那个方向漆黑一片，此刻，野风呼啸过林，若有千军万马正暗藏于内。

　　直觉令这名将官心生不安。他停步，呼来千夫长，命其带人过去察看，又对身旁一名背着箭囊的随从喝道："放鸣镝！"

　　随从立刻抓取长弓，抽出一支哨箭，搭上弓，向着头顶振臂拉弓。

　　这种哨箭是在鸣镝的基础上改制而成的，箭杆以兽骨制成，中空，周身钻有小孔，射出去后会发出异常尖锐的哨声，在狄军中惯常被用作警示险情、召唤伙伴。不但如此，狄军还从各营遴选专人训练发射哨箭，就是为了发射哨箭之时能有更响亮的声音。

　　就如此刻，夜深人静，一支鸣镝若由受过训练的人发射，足以将示警声传到十里之外。

　　意外来得太快。杨虎距这些人最近，已来不及回到林中，更担心自己会将这些狄人的注意力引到林子里去，当即停止撤退，就地趴伏下去，却没想到那狄人将官精明如斯。

　　附近不知还有多少狄兵，倘若被招来，后果不堪设想。

　　杨虎在那随从的十几步外，一时无法扑到近前阻止，身上更未携弓箭。眼看狄兵就要放箭了，他从地上跃起前冲，掷出了匕首。

　　匕首"噗"的一声插入狄兵的胸口，那士兵打了一个摆子，随即倒地，弓箭也随之掉落在地。

　　将官抬头，看见对面突然有一个装扮如同手下士兵的脸生男子从地上跃起，投匕之后还不罢休，没有半分停顿，继续朝背负鸣镝箭筒的受伤士兵扑去。他大骇，一边后退，一边大声召附近的手下上前放箭阻挡。他也是临危不乱，一把抓起掉落在自己近旁的弓和鸣镝，待要亲自发箭。

　　杨虎的手边再无任何可用的武器，他见状，目眦欲裂。

　　两个狄兵朝杨虎射箭，利箭"嗖嗖"地飞出，其中一支深深地插入杨虎的肩膀。杨虎红着眼一把拗断插在身上的箭杆，动作非但没有停顿，反而越发迅捷，势若疯虎，用尽全力纵身朝那狄人将官扑去。

　　纵然是同归于尽，他也必须将那能要命的鸣镝毁去。

这时，忽然传来一阵"呼呼"的风声，一柄臂长的虎头大刀连着刀鞘自他的斜后方飞出，向那将官猛掷而去，刀身回旋，最后重重地砸在了对方的面门之上。

那刀极是厚重，连着刀鞘足有三四十斤，又带着惊人的冲击力，那将官的鼻梁和面骨登时被砸得粉碎，半张脸凹了进去。他惨叫一声，仰面倒在了地上，手里的弓和鸣镝也飞了出去。

杨虎一怔，还没来得及回头看是怎么回事，就被身后的人一把扑倒在地。与此同时，又有几支利箭从他的头顶飞射过去。他再次抬头，见是樊敬上来了。

樊敬压着杨虎躲过飞矢，随即纵身扑上，从地上抓起那把方才来不及拔便连鞘掷出的刀。快刀出鞘，他转手就一刀朝地上那已然痛得无法睁目的将官砍去，顿时头颅滚了下来。他再挥一刀，又砍断了鸣镝和箭筒。

险情化解，樊敬直起身，目射凶光，提着血淋淋的刀又向那几个射箭的狄兵扑去。几个狄兵见这个穿着和自己相似的人满面胡须、悍猛惊人，连将官也没了头，一时间被骇得魂飞魄散，连连后退，转身就要奔逃，可没跑几步就被追上来的青木营士兵杀死了。

两千将士已从林中拥出，一阵厮杀过后，几百狄兵连同那个千夫长悉数被杀，一个也没留。大雨过后的泥泞地里污血横流，横七竖八地倒着尸首。

张骏从那断头狄将的尸体上翻出一面路牌，送到了姜含元的面前。她接过路牌看了看。路牌为木削而成，上面写着模仿中原文字而创的狄文。姜含元识得，这上面是这狄将的身份和名字——都尉昌海。为防造假，路牌上还烫有一个火漆印鉴。

都尉在狄国军中相当于大魏的常号将军，官位不低，没想到今夜竟在这里不明不白地做了刀下之鬼。

樊敬问她："将军，下面如何行动？"

姜含元望了一眼停着的辎重车队，道："今日已是第十天。我们若是扮成这支人马运送辎重，一路过去是会安全些，但速度太慢了，即便装上空车也是拖累。我担心枫叶城那边万一出事……"

她略一沉默，又道："继续全速前行，必须在半个月内赶到！这里也不能久留，收拾完立刻上路。"

樊敬应"是"，转身领人清扫现场，取了补给的口粮，更换了健壮的马匹，再将全部尸身连同车辆移到林中藏好。

杨虎和另外一些受了伤的士兵正在处置伤口——就数杨虎伤得最重。插入他肩头的箭镞带有倒钩，深深地嵌入筋肉，不能直接拔出，只能慢慢剔取。

杨虎坐在一堵断墙上，光着筋肉紧实的上身，由着随行军医拿刀替他剔开皮肉。杨虎的额上冒着豆大的冷汗，他咬着牙催促道："快点儿！你这慢腾腾的，在干什么？生个娃娃都能满地跑了！"

军医笑道："我的杨小将军！你倒是去生啊，生个我看看——"

说着，他趁杨虎不备，刀尖一撬，只听"叮"的一声，一枚染透了血的箭镞被剔了出来，掉到铁盘上，一团污血瞬间从伤口处涌了出来。

杨虎只觉疼痛钻心，大叫了一声。他正龇牙咧嘴，忽然看见姜含元朝着自己这边走来，立刻忍痛闭上了嘴。

姜含元问过另外十几人的伤势，确认都是皮肉小伤、并无大碍，安心了一些，最后走到杨虎的跟前，问他伤势如何。

军医替杨虎清洗了伤口，又麻利地上药裹伤，笑道："箭镞取出来了，所幸没有伤到关节。小将军皮肉厚实，养养就会好。"

姜含元领首，随即望向杨虎："很疼吧？樊叔说你为拦鸣镝奋不顾身，险些出事。"

杨虎见女将军眸带关切、言语温和，"腾"地暗自脸热，心"怦怦"地跳，只摇头说不疼，又道："怪我无能。若非樊将军及时将人击杀，拦下哨箭，此刻怎样还不知道。我也要谢他的救命之恩。"

樊敬平常总是冷着脸，对杨虎等一干年轻气盛的士兵处处加以压制。杨虎等人本对他颇有微词，在背后"老樊老樊"地叫，说他狐假虎威。此刻再回想方才那惊险的一幕，杨虎不但佩服得五体投地，更是羞愧，又感激不已。

"那是意外，和你没有半点儿干系，你的任务完成得极好。你没事就好，休息一下，等下就上路，没问题吧？"

"没问题！"杨虎大声说道。

姜含元拍了拍他的胳膊，转身离去。

天未亮，一行人便弃了废驿，马不停蹄地继续轻装朝着前方疾驰而去，歼了几拨狭路相逢的零星狄兵，一路直奔，隔日就抵达了安龙塞下。

奉命带着一千人马驻在此处的是一名从前投了狄国的晋国武将，名叫黄脩。黄脩听到手下来报，说昌海都尉领着一支要赶往枫叶城的人马到了，路牌已核对无误，此刻人就在瓮城外等着。

昌海都尉是钦隆将军手下的得力干将，钦隆将军又受到南王炽舒的重用，是此次攻打八部的最高指挥。他黄脩不过是一个投狄的汉官，平日就被人低看一等，此刻怎敢怠慢？他急忙整理衣冠，亲自奔出瓮城迎接，远远地就看见数丈之外停一队人马。

正中央的那人额覆面帘，挡了半张脸，面帘后露出一双眼睛和下半张脸，戴着绘有狰狞兽面的黑貅兜鍪，身披黑色犀甲，单手策缰，高高地坐在战马之上——正是昌海都尉的行头。在他的左右和后方是一群策马相随的骑士，个个身姿沉稳，神态森严。

这是一支奔驰千里、纵横周旋、勇破强敌的精锐骑兵，此刻纵然寂静无声，却散发着一种强烈的压迫感。

黄脩奔了几步，微微放缓脚步，待离得更近后却停了下来。他盯着对面当中那人露在覆面外的半张脸，又扫到对方右手握着的一杆长枪，突然失声道："你不是昌海都尉！"

他投狄多年，平日早就习惯用狄人的语言说话，但这一刻，因太过惊骇，下意识地竟脱口说出了他的母语。

姜含元掀起面帘，冷冷地道："我不是。"

黄脩惊呆，看着这张女子的脸，突然反应过来，嘶吼道："快关门！魏国人来了！！！"

他一边吼，一边要扭身奔回城门里。

姜含元抬起握着长枪的右臂，朝着前方之人振臂一投。长枪有如流星，从她的手中激射而出，猛地插入了这个故晋降将的胸膛。枪头染血，透胸而出，带着人"噔噔噔"地接连向前跟跄了七八步，最后钉在了他身前那扇仓皇关了一半的城门上。

长枪一出手，姜含元便纵马跟着冲了上去，转瞬到了城门前，弯腰伸臂一把握住枪杆，将枪从黄脩的胸膛里拔出，未做片刻停留，又挥枪挑开一个正在关门的士兵，再朝前用枪头猛地顶开城门，一马当先挺进瓮城。

黄脩一头栽倒在地上，胸前的破洞直往外喷血，嘴角吐出血沫。他尚在挣扎间，又被紧随姜含元冲入瓮城的两千战马踩在铁蹄之下，被踏成烂肉。

崔久带着弩兵，沿着踏道登上城楼，迅速控制住制高点，随即列队向关塞内闻讯拥出的狄兵放箭。

城楼上弩箭密集如雨，来一拨，射一拨，地上到处是中箭倒地、哀号不止的狄兵。城门附近，姜含元领着战士厮杀，很快就将瓮城里的狄兵全部杀死。大队人马再无阻碍，冲进关塞。

安龙塞的侧方便有一段筑于雄岭之上的长城，如今虽已被废弃，却可以为姜含元所用。她原本计划到了这里后，利用夜色攀上山岭、翻越长城，攻入安龙塞，如今因路上那番意外的遭遇，事情反而变得顺利。不过半日，安龙塞便被攻破，几百人被歼，剩余狄兵仓皇奔逃。

到了这里，即便南王府收到了她突入的消息，也无法阻拦。姜含元不再追杀逃兵，稍稍休整过后，率着轻骑径直奔赴已近在咫尺的枫叶城。

束慎徽又在钱塘停驻了几日，前后总计十天，终于结束了这趟南巡所有要办的事。

他是四月出的长安，一晃如今已入了八月，按照计划明早将动身回京。

走之前的这一日，他微服简从，去拜别自己的母亲。

庄太皇太妃居于城北的一座避暑名山中，这日天不亮，束慎徽便骑马动身，于响午抵达。山中幽静，空无一人。他循着林下的石阶往上，来到依山而建的宫庐前，门墙内隐隐可见殿阁屋角，苍木掩映，近旁是一间尼庵，晨钟暮鼓。这里正是这些年庄太皇太妃在此地的长居养身之所。

守卫为他开门。他入内来到庄太皇太妃所居的南屋，命同行的刘向等候在外，自己沿着步道穿过一个不大的植着疏落蜡梅的庭院，停在屋前的阶下。

早有人将他到来的消息递了进去，不料出来的却是那个先前随庄太皇太妃去了行宫的执事宦官。宦官先是恭恭敬敬地朝他行礼，随后复述了一遍庄太皇太妃的话："你的心意领了，回吧。"

束慎徽一怔,看了一眼门里。宦官传完话便知束慎徽必是要发问的,不待他开口,急忙走到他身旁等待。果然,束慎徽问道:"我母妃没有别的话?"

宦官躬身道:"确实没有,太皇太妃只说了这么一句话。"

"她是有事忙碌?"

宦官再次躬身:"禀殿下,奴婢不知。太皇太妃的话是由庄嬷嬷代为传出来的。"

束慎徽微蹙眉头,在阶下立了片刻,道:"你再替我传话进去。"他顿了一顿,"儿子这趟走了,下回不知何日才能再谢亲恩。儿子极为不舍,请母亲拨冗,予以面见。"

宦官应"是",匆匆反身入内。束慎徽独自等候在庭院中。

片刻后,那宦官再次匆匆出来。束慎徽看见他神色为难,便知结果。果然,宦官到了束慎徽的近前,躬身行礼,随后吞吞吐吐地道:"太皇太妃说,不好耽误殿下的事,叫殿下……自回……"

束慎徽沉默了,又于原地立了片刻,忽然撩起衣袍下摆,面朝通往里间的那扇门,双膝落在铺着青砖的地面上,跪了下去。

宦官吃惊:"殿下——"

他待要伸手扶束慎徽,却迟疑了一下,又缩回手,再次反身入内。

宦官的身影消失在门后便再未出现,庭院中只剩束慎徽一个人。

日影渐移,束慎徽耳边悄无声息,地上那道影子,从其右侧慢慢地移动到膝下,又慢慢地来到了左侧,延伸出去。

过了午,日头西斜,待到傍晚,隔壁庵中传来晚钟声,他已跪了差不多三个时辰了。

庭院的阶前没有树木荫蔽,起先烈日当头,他额上挂满了汗,衣裳湿透,紧紧地贴着他的后背,渐渐地,汗水干了,他的衣裳黏结在一起。他紧闭着干燥的唇,一动不动,始终跪着,双目望着前方的那扇门。

庄氏已不知暗暗来回走了多少遍了,最后一次出来,又在门后的暗处望了一眼那道夕阳下的身影,心疼得要命。

她匆匆回到庄太皇太妃的屋前,隔着门下跪恳求道:"太皇太妃!殿下已跪了半天了!他连一口水都没喝过!若是太皇太妃不见,他是不会起来的。殿下的脾气，太皇太妃难道不知？他会一直跪下去的。他的身子怎么吃得消？殿下这些年为国事操劳，殚精竭虑，并不容易，待这趟回去还是如此。婢子求太皇太妃，叫他进来可好……"

她说着，眼睛红了，声音也带了些哽咽。

门里沉寂了片刻，终于传出声音道："叫他进来。"

庄氏急忙叩谢，爬起来拭了拭眼角，转身快步而去。

束慎徽跪在夕阳下的青砖道上，用双膝承受着来自身体的全部压力。他的膝盖从一开始的疼痛难忍变成针刺般的痛，再到麻木，到了此刻，已经仿佛不是自己的了。

那扇门再次开启，他看见庄氏匆匆出来步下台阶，来到他的身旁。

"殿下起来吧！太皇太妃叫殿下进去了！"

束慎徽的肩膀微微动了一下，他慢慢地从地上起了身。

由于跪得太久，他刚起身的时候站立不住。见状，庄氏慌忙伸手，一把搀住了他，又大声叫人过来帮忙。

刘向一直等候在庭院之外。半天过去了，他透过那道虚掩着的门的缝隙，早看见摄政王跪在庭前台阶下。可他不敢入内，只作不知，在外徘徊，焦急等待。终于等到里头有人出来了，他见状，心一提，待要奔进去，又见那扇门后已匆匆抢出来几个宦官和宫女，扶的扶，揉膝的揉膝。

刘向止步，退了回去。

束慎徽闭目立了片刻，待腿脚的麻木感渐渐消去，朝庄氏点了点头，随即脱开扶持，迈步登上台阶，走了进去。

庄氏紧紧跟随，替他引路，又从一个迎来的老宫女的手上接过茶盏，让他先喝口水。束慎徽未接，径直入内。

门开着，金色的夕阳从西窗里斜射进来，庄太皇太妃就坐在一张矮榻上。束慎徽走到她的面前，再次下跪，恭敬叩首，低声说道："儿子不孝。是儿子的错，又惹母亲生气。请母亲息怒。"

庄太皇太妃看了他一眼，淡淡地道："你何错之有？"

束慎徽慢慢地抬头，对上了母亲投来的两道目光。他当然明白母亲为何不见他。

那日庄太皇太妃离去后，他和姜含元又留了下来。后来两人之间发生的种种，她就算不能全部知悉，应该多少也有所耳闻。

　　她是为姜含元惩罚他。

　　从那个和姜含元彻底决裂的狂风暴雨夜到现在，在这几个月的时间里，他表面看起来和往常一样，忙忙碌碌却有条不紊地做着身为大魏摄政王该做的每一件事，然而，他的内心极为压抑，有一根弦始终紧紧地绷着。他觉得自己完全可以控制那根弦，直到那日姜祖望的奏报到来，那根弦骤然绷断了。

　　全是他该受的——他愿意去受。这些施加在他身体上的苦和痛，仿佛正合了他的心意，能换来内心积郁的情绪的些许释放。

　　然而此刻，当听到母亲问他错在哪里，他心中竟然一时茫然，不知该从何说起。

　　那个雨夜过后，他愤怒而失望，其中也未必没有夹杂几分他绝对不会承认的无奈和怨艾。而种种心绪，从他收到姜祖望奏报的那一刻起，便全都不重要了，他的心里只剩下了懊悔和担忧。

　　他懊悔那夜自己不该一时失心疯似的去试探她。明知不会有如意的结果，他竟还是去做了。倘若那夜他忍了下来，就当什么事也无，直接告诉她那个和尚的身份疑点，那么现在，纵然关山阻隔，至少她还是他的……

　　他本应当谨守当初娶她时的想法。那时他将新房设在繁祉堂，就是想给自己保留一个最后能够独处的所在。若是情势一直允许，她也没有异议，那他就和她和和气气、举案齐眉地生活下去。

　　如今事情成了这样，非要说错，就错在他那夜没有忍住去试探了她；错在他被她迷住了；错在他太在乎她，希望她比现在更多地喜欢他，像他对她一样，心里有他，且只有他一个人，而不是和他同床共寝时醉梦里却还有别的什么人。

　　然而此刻，他不能对母亲诉她的不是，讲述那些她加诸给他的折磨——她嫁了他，梦里是别人；她因为他处置了那个人，反应激烈，甚至下跪断发。

　　他有何资格要求她如此？就因他当初是为了大魏而娶她？

　　慢慢地，他又闭紧了唇，只觉得手掌心突然又抽痛起来，痛得厉害，几乎无法忍受。

庄太皇太妃见他只是跪着一言不发，一副倔强到底的样子，本越发气恼，再看一眼，又见他脸色苍白，仿佛不舒服，想到他在烈日下跪了半天，寻思他莫非是中暑了。她又是无奈，又是心疼，便叫他起来，却见他没反应。

庄太皇太妃越发紧张，再顾不得生气，急忙起身叫来庄氏，将儿子扯了起来，命他坐下，又喂他喝水。她亲自用温水绞了面巾，坐到他的身旁，要替他擦脸。

束慎徽扭头避开了庄太皇太妃伸来的手，自己接过面巾擦了擦脸上的汗，低声道："我没事，母亲不必担心。"

太皇太妃收回手，盯着他看了一会儿，问道："兕兕平安回到雁门了吧？最近有她的消息吗？"

束慎徽顿了一顿，道："回了。"

他的目光投向窗外的斜阳，停了下来。

太皇太妃轻轻地叹了口气："我就不问你们为何好好的又起争执了，便是问了，你也不会和我说。"

她看着沉默的儿子，又道："你也莫怪我偏心。别的我不知道，不好说话，但听说那日你没等雨停天亮便丢下兕兕径自走了？你这样对兕兕，就是你的不是！

"不管那夜你们为何起争执，当初你娶她，没问过她愿不愿意，她便是心中有一万个不愿，也必须嫁入长安——你是如愿的。现在不管你对她有何不满，生她的气时，我希望你多想想，她是因何而嫁你为妇！

"该说的话，上次在行宫里我都已说了。我还是那句话，兕兕是个好孩子，你对她好，她不会负你。"

束慎徽从窗外收回视线，望向母亲，面露笑容，颔首道："这回我是真的记住了。确实是我的错，我会向兕兕赔罪，请母亲放心！"

庄太皇太妃摇了摇头，暗叹了一口气。

束慎徽被庄太皇太妃留下用了饭，于掌灯前依依不舍地拜别而去。庄太皇太妃送他到门外，停在阶上，目送儿子离去。

束慎徽的身影消失了，庄太皇太妃却依旧立着，久久舍不得转身入内。

庄氏在一旁静静地陪着，忽然听到庄太皇太妃低声道："兕兕当初入长安的心情，我大约是知道的。所以，我更心疼她。只是，我也真的是有私心在。为了我的儿子，我盼望兕兕能够……"

她顿了一顿，望向西北方的天空。此刻，那里是一片灿烂的余晖，在那片余晖之下，是一座遥远得看不见的皇城。

"无论将来会如何，倘若兕兕能够和他相伴，不离不弃，我便真的能放心了……"

庄氏扶住庄太皇太妃，柔声道："殿下和女将军天生良配，又都是慧人儿，便是有磕碰，也会很快想明白的。太皇太妃尽管安心，等下回殿下再带女将军过来，必是不一样的光景了。"

庄太皇太妃又沉默了片刻，面露笑容，点头道："你说得极是。我等着便是。"

刘向随束慎徽下山，见他面上笑意不复，眉宇间似有郁郁之色，便不敢多话，只带着人一路相随。待一行人骑马回城，走到行宫下的山麓，已是深夜。

"明早动身，你们去歇了吧。我有些热，在此处再吹吹风，等一下上去，你们不必管我。"束慎徽忽然说道，随即下马，把缰绳丢给随从，自顾自地往湖畔而去。

刘向见束慎徽站在湖畔，微微低头盯着湖面，也不知在想什么。湖水黑幽幽一片，看着有些瘆人。他怎敢从命，只吩咐手下散了，自己依然跟着，只是不敢靠得太近，站在十几步外。

束慎徽又抬起头望向北面的夜空，背影凝固，宛若塑像。

刘向一会儿想着今日摄政王吃了庄太皇太妃的闭门羹，跪了半日，一会儿又想着那夜摄政王举着被剑割伤的血淋淋的手走出来时的僵硬表情。

虽然直到此刻，他还是没完全想明白到底是怎么回事，但摄政王和王妃之间起了不小的冲突，这是显而易见的。这一切，都是源于那一夜他找摄政王说了那个无生和尚的事。

刘向压下心中的愧疚，看了一眼天色，上前几步，说道："殿下，实在是不早了。殿下去歇了吧。"

束慎徽依然没动。就在刘向无奈之时，束慎徽忽然开口了："你从前也是姜祖望的部下，据说王妃小时候就在军营里长大……你当时见过她吗？"

束慎徽没有回头。刘向一怔，很快反应过来，上前道："禀殿下，卑职确实见过。当年王妃很小，才六七岁就已到军营了。"

刘向说完，见摄政王似乎一怔，慢慢地回头看向自己。

"这么小？"

刘向颔首道："是。"

束慎徽沉默了片刻，再次问道："她小时候是怎样的？"

刘向道："王妃打小就不爱说话，刚来的时候也是一个玉雪女娃，年纪虽小，竟自己要和步卒一道操练。起先没有人当真，只以为她是一时兴之所至，没想到她天不亮起身，天黑入营，日日如此，风雨无阻。卑职从未见过心性如此坚忍之人，何况是一个女娃。不瞒殿下说，当时王妃就在卑职所领的步卒营里，胳膊和腿经常满是摔打出的青痕，卑职有时都觉于心不忍，她自己却毫不在意。后来卑职入了长安，未再和雁门往来。多年之后，卑职再听到王妃的消息，便是那一年她领兵夺回了青木原。"

他说完，见摄政王又回过头，视线落到眼前的那片湖水上。

半响，束慎徽低声道："原来你和她，还有如此渊源……"

他说着说着，话音消失了。

刘向看着摄政王沉郁的背影，犹豫了良久，又道："殿下，卑职斗胆，有句僭越之言，不知当不当讲。"

"你说。"束慎徽望着湖面。

"那日殿下走后，卑职送了王妃。殿下若还有话，纵然两地相隔，也可修书于她。王妃是大气之人，无论何事，应当不会计较。何况，王妃当初应也是仰慕殿下才嫁入王府的。"

束慎徽回头："你是何意？你怎知她仰慕我？"

刘向实在是被愧疚所困，盼望两人和好，自己方不至于成为罪人。他方才抑制不住说了那样一番话，此刻听到摄政王追问才惊觉失言，心猛地一跳，慌忙后退几步，低头道："是卑职自己胡乱猜的。殿下龙章凤姿，王妃岂有不倾心之理？"

束慎徽转身，双手负于身后，盯着刘向看了半响，道："你是有和她有关的事？安敢瞒我？！"

在刘向的眼里，摄政王身份高贵，也极有手段，对待身边之人一向宽厚，非拿捏架子的上位之人。更不用说自去年秋护国寺的事之后，刘向对摄政王实是生出了效忠之心。

也正是因为如此，刘向方才见摄政王深夜仍在湖畔驻足，似郁结于胸，才应他之问，讲了一些和小女君有关的事，问答之间又生了几分推心置腹之感，这才一时放松，脱口说出了那样一句话。

此刻气氛已是骤然不同，刘向心惊不已，摄政王的话音落下才反应过来，当即下跪。

去年秋兰太后寿辰，莫说护国寺里发生了外人根本没想到的朝堂剧变，即便当天什么事都没有，他也不能叫人知道，自己竟出于人情，私自放人入内——就算那个人是他看着长大的小女君，他笃定她不会有任何的祸心。

这种行为于他的职位而言，是莫大的忌讳，没想到此刻，他一时放松，又出于安慰之念，不慎露了一点儿口风就被察觉，遭到如此质问。

面对起疑的主上，刘向既不敢矢口否认，也不敢说出隐情，只能深深俯首，不敢与之对望。

束慎徽见刘向如此模样，再细想方才那句"王妃当初应也是仰慕殿下才嫁入王府的"，越发觉得此话意有所指。

和她相关的事，不问出来，他怎会罢休？

他看着跪地低头的刘向，命令道："抬起头来。"

他声音不大，听着也无怒意，但话语中的威严之感扑面而来。刘向慢慢地抬头，对上了摄政王直射而来的视线。

"讲！"

刘向再也没法躲避，只能一咬牙，将当初在护国寺执事时女将军找到他提出入寺请求的经过讲了一遍。

"当时卑职也听闻了殿下求亲的消息，原本不想答应，但王妃说想看一眼殿下。卑职见王妃孤身入京、风尘仆仆，想她只是为了婚事而来——女儿家的心情堪怜，绝无祸心，又碍于当中的情面，卑职便糊涂了，叫她扮成卑职的手下进去。后来寺中出了意外，殿下锄奸，卑职自顾不暇，也就没再去寻她。王妃应是自己走了。"

在刘向想来，小女君千里迢迢单骑赴京，只为来看一眼摄政王——这可是她亲口讲的。随后她回了雁门，又顺顺利利地嫁了过来，这不是满意，是什么？

怪只怪他自己方才说漏了嘴。然而，他看见随着自己的讲述，摄政王的脸色非但没有缓和，反而越来越难看，不禁冒出了满头的大汗。

"殿下恕罪！卑职也知自己当日的行径是重大失职，请殿下尽管处置，卑职甘心领罪！"

他说完，额头及地，不敢直身，等了半晌，却始终没听到摄政王开口。他微微抬头，见摄政王立在原地闭了目，神色僵冷，整个人竟似石头一般纹丝不动。

刘向以为摄政王是对自己愤怒失望至极，方会有如此反应，顿时心中一阵发冷，又一阵羞愧，朝着摄政王又磕了一个头。他也不等摄政王开口，自己取下帽冠放到地上，惨然道："卑职辜负了殿下的信任，请殿下息怒！卑职自己领罪——"

"刘向！"

突然，一个咬牙切齿的厉喝之声打断了刘向的话。刘向浑身一震，再次抬头，就见摄政王已睁眸，眼中似有怒火。

"去年秋的护国寺里！好啊！好你个刘向！"他似乎气得声音都在发抖，"去年秋的那日王妃便来过了！你竟然瞒我这么久？！"

刘向一怔。他本以为摄政王是为自己失职而愤怒，可听摄政王此刻的口气，竟好似是因自己没早告知此事才会如此愤怒？

刘向战战兢兢地道："殿下……殿下息怒……卑职之所以不敢告知殿下，一是罪臣也知不该，怕受问责；二是王妃婚前私窥殿下，必然也是不愿叫人知晓……"

摄政王的脸色又转为铁青。

刘向什么话也说不出来了，再次跪伏在地，只觉后背冷飕飕一片。片刻后，耳边响起了一阵快速远去的脚步之声，他抬起身，扭过头，见摄政王已朝着行宫去了。摄政王大步登上山阶，从几个值夜守卫的身旁匆匆走过，身影消失在了夜色之中。

若说束慎徽从小到大的这二十多年间，从未经历过如今夜这般的羞愤和尴尬，也是丝毫不为过。他做梦也没想到，去年秋季那日的护国寺里，竟然还隐藏了另外一个人！

她既是冲着他来的，当日必然就在他的近旁，只是她的隐匿手段极好，他也未能觉察罢了。

叫她看到了除去高王的情景，这倒无所谓，问题是后来他又偶遇了温婠，和温婠做了一番诀别。当时她应当也藏身在他附近，看到了那一幕，也听到了所有的话。对这一点，束慎徽极为肯定。

当刘向满脸沉痛地向他下跪请罪之时，他就闭着眼，一句句地回想当日他和他那位颇觉亏欠的恩师之女说过的话。他十分笃定，于温婠那样一个蕙质兰心的女子而言，她必会明白他那些用最温和、最不伤人的方式说出来的话的真正意思。往昔早已不可追，他早已不是少年时的安乐王，她会就此彻底放下。作为恩师的女儿、他少年时欣赏过的才情和美貌皆备的女子，她也配得他那样的对待。

但是在旁人听来，当时的情境，恐怕就是他为了联姻，被迫和有情之人劳燕分飞……

束慎徽实在没有力气再管刘向如何了。他忍着将刘向一脚踹进湖里的冲动，转身快步离去，登上山阶之时，他的手紧紧地握拳，后背一阵冷汗一阵热汗，人好似犯了疟疾，心慌气短。

也是直到今夜的此刻，他才回了神。他终于明白，为何婚后她对他和温婠总是抱着极力成全乃至撮合的态度；为何她嫁了过来，却根本没打算和他长久度日，连月刀都不愿带走。

他必须向她解释清楚！他要马上写信给她，纵然动用耗费极大人力的最高级别的八百里加急也在所不惜。他必须叫她明白，这世上的有些事，即便是亲眼所见、亲耳所闻，有时也未必是真的。他再不能叫她继续误会下去了！

"殿下回了？今日又送来了好些奏报！还有一封陛下的信。奴婢都放在殿下的书案上了。"

原本按照计划，摄政王傍晚便能归来，谁知直到深夜还未归。张宝正在行宫门口张望，忽然看见摄政王现身，急忙奔出去迎接。他正说着，却见摄政王望着前方，目不斜视地从他身旁经过，疾步登上石阶，匆匆往里而去。

束慎徽径直入了书房，一把摊开信笺，蘸墨捵笔，提起笔便开始写信。可他才写下"吾妻见字若面"几个字便停了笔，望着烛火出了神。

写信……有用吗？她会相信他在信里写的解释？

而且，此刻她应当正在八部作战。照他的预计，即便一切进展顺利，等到她能回来，最快也是几个月后的事了。而且，即便他的信能以最快的速度——预计六七日后——送到雁门，他也不能再命人继续将其发往战场。

在这个她正全神投入战事的紧要时刻，他怎能拿这种事去分她的心？

束慎徽慢慢地放下了笔。

那么……抛下这里的一切，趁现在自己还在此处，寻个借口立刻转道去往雁门，待她凯旋之日，亲口向她解释？！

从父皇去世之后，他再未做过如此肆意随心之事。皇兄在时，对他极为信任，处处倚重，他不是在朝廷办事，就是下到地方东奔西走，赈灾抚民。少帝继位后的这几年，他更是被朝政和案牍压得片刻也不得闲。

他曾对着向自己发问的少帝讲，皇宫于己而言，不是牢笼，而是责任。诚然他是如此认定的，将来注定要执掌皇宫的少帝更不能将其视为牢笼。身为摄政王，他必须以身作则，给少帝以正确的引导。

然而事实上，责任又何尝不是一种束缚？

现在，就是此刻，他要抛开所有加在自己身上的责任，去雁门找她！

束慎徽被这个念头刺激得浑身的血液都加快了流速。他的心"怦怦"地跳，不停地催促着他行动——但是，他真的可以吗？

他坐不住了，猛地站了起来，在行宫的书房里踱了几步，想象着她凯旋后忽然看到他就站在她面前时的情景，顿时感到一阵热血沸腾。他朝外迈步，正要叫人去把刘向叫来安排事情，忽然，脚步又迟缓了下来。

他想到了一件他方才因为太过震惊而忽略了的事：她为什么一个人私下悄悄入京来看他？

刘向说她是怀了少女的心事，所以千里迢迢只为来看他一眼。这种理由也就刘向自己相信，束慎徽是半点儿也不信的。

他停了脚步，再次闭目回想了一遍自己和温婠以及和少帝的对话。他对温婠讲了他十七岁起便立下的雄心——收复北方门户。他向少帝详述了他求娶姜祖望之女的利害。

他想着想着，原本滚烫的血凉了下去，最后，慢慢地归于冷静。

他明白了。

当初贤王从雁门回来，曾讲她似乎因为抗拒婚事失踪了一段时日，现在看来，她就是入京了。她原本应是不欲嫁的，但阴错阳差，应当就是在那日，知悉了他娶她的目的，想来也正合她的心愿，所以改了主意，便极为配合地嫁入长安，做了他的王妃。

当想明白前因后果，束慎徽方才因冲动而起的所有勇气，便再也不复存在了。就算他追去向她解释了他和温婠的事，又或者哪怕根本没有温婠这个人的存在，于他今日的困境又有何用？

大婚之初，她便洞彻一切，早已将他看透，他却分毫不知。他种种讨好她、想要维系关系的举动，在她的眼里，想来都是拙劣的把戏。她在意过他和温婠的事吗？根本没有，她心里的人本就不是他。只是因为两人有着共同的志向，她冷静地嫁了过来，出于大义成全了他。当将来目的达成的那一日，以她洒脱不羁的性子，这桩婚姻自然也就没有继续维持下去的必要了。

他还不如不知这件事！知道了，除了羞惭、尴尬、极度的沮丧，此事还能给他带来什么？

只是，倘若叫他当作什么都没发生，就这么压下，他却又觉得不甘，万分不甘。

他到底是去，还是不去？

这个下半夜，束慎徽就如此来回摇摆在两个选项之间，在书房里坐了一夜，直到案头的蜡烛熄灭也没有起身。最后，他是在一阵叩门声中惊醒。他睁眼，方惊觉自己竟仰在书案后的座上睡了过去。

此刻，窗外鸟声啁啾，天已是大亮。

他慢慢地坐起身，昨夜的种种思绪又浮上心头。他揉了揉涨痛的额头，叫人入内。

张宝推开门，小心地探头，看着他道："殿下，刘将军叫奴婢来问一声，殿下是照计划今日动身,还是推迟……"

束慎徽猛然想了起来,起身走到窗前朝外望去。

山麓处旌旗展动,队列整齐,密密麻麻地来了许多人,除了此行的随行官员,还有诸多自东南各地前来相送、等着摄政王最后面见的官员和士绅望族——这些人捐奉积极,此次出了真金白银,总数颇巨。

束慎徽闭了闭目,极力压下心中的躁郁之感,回过头,又看见摊在案头上的昨日送到的奏章和来自少帝的信。

他走回去,先是拿起奏章看了看,见都是和八部战事有关的内容,辅政的贤王等人已助少帝批复完毕,送来给他过目。他翻了翻,随即放下奏章,又拿起少帝的信函启封,待看完,他目光微动,蹙起了眉头。

他不再犹豫,迅速地收起心中的思绪,抬头吩咐道:"更衣!照计划动身,即刻回京!"

长安上空的天穹转暗,又一个夜幕降临。鼓楼方向传出夜鼓之声,皇宫的高墙之内,各宫宦官闻声而动,用竹竿高高地挑着火,一一点燃宫灯。

兰太后再次摆驾敦懿宫,陪伴敦懿太皇太妃用膳。饭后,她又亲自替太皇太妃奉茶——她最近常常如此侍奉。

李太皇太妃接过茶喝了一口:"太后最近常来,可是有事?"

兰太后便屏退了身边的人,笑道:"今日我来确实是有一点儿事,便是上回与您提过的皇帝立后的事。"

李太皇太妃没说话。

兰太后继续笑道:"上回在您这里商量过后,这些时日我便一直照着您的意思物色人选。这里有一份名单,请您过目,替我掌掌眼。"

她说着,取出一本名册呈给李太皇太妃。

不料李太皇太妃没接,自顾自地靠在一张软垫上,道:"给我看甚?你相中了哪家,说便是。"

兰太后收起名册,赔笑道:"那我便说了。我仔细比对,最后相中了一位。品性贞静,容貌端庄,家世家风无可挑剔,总之,德言容功没一处可叫人挑的。唯一就是——"

她一顿，又道："就是年岁比皇帝略长，今年十八岁。不过，皇帝那样的心性，您也知道，皇后稳重懂事些，于皇帝也是好事。"

李太皇太妃斜靠于榻，问道："是哪家的女儿？"

兰太后上前一步，坐到近旁替李太皇太妃捶着腿，觑着她的脸色道："不是别人，恰好是我兄弟兰荣的女儿。我之所以如此定夺，也是有考虑的。皇帝和他表姐从小相识，感情笃好，往后帝后同心，于后宫、于我大魏都有莫大的裨益。自然了，这只是我这边的考量。皇帝立后非一般之事，必须郑重对待，所以我今晚特意向您请教。"

李太皇太妃半闭了眼，过了片刻后道："天家无小事，不过，便是天家也讲人伦。你是皇帝的亲母太后，立后之事自然是你做主。你看好了的人，只要是对大魏有好处，对皇帝有助力，我有什么不可的地方？"

兰太后早就想好要立自己的侄女为后，又担心会受到阻力。敦懿宫里的这位虽不是明帝的亲母，却被明帝奉若亲母，说话自然是有些分量的，是她谋算中的重要助力。

此刻得李太皇太妃发话，兰太后心中欣喜，又陪着坐了片刻，见李太皇太妃面露倦色便告退，临走前道："那么事情就这么定了？过两日便是朝议，贤王和方清他们都在。到时候，我知会他们，叫礼部把事情做起来！"

李太皇太妃不言，仿佛睡着了，兰太后便退出了敦懿宫。

兰太后回到自己的寝宫，思虑着心中之事，恨不得朝议快些到来才好。

她已得到消息，摄政王结束了南巡，如今正在回京的路上，下月便会归来。

关于儿子立后一事，她已下定了决心，不容许任何人插手，与其再耽误下去横生枝节，不如趁着这个机会直接定下。如此，等摄政王回了，即便有异议也不能伸手了，除非他想公然和皇帝的母家撕破脸。若真那样做了，意味着什么，他自己应当也有数。

兰太后越想越兴奋，忽然听宫人传话，道皇帝陛下来了。她抬起头，就看见儿子走了进来。

兰太后坐着，等儿子上前朝自己行了礼，脸上露出慈爱的笑容。

儿子还穿着朝服，应是刚从御书房回来，她正想问他累不累，便听他开口问道:"母后又去敦懿宫了?做什么?"

兰太后听他的语气略冲,笑意消失,道:"怎的如此和我说话?"

束戡先前已有所耳闻,三皇叔出京后,太后似暗中忙起了给自己立后的事。一开始太后那边的口风极紧,什么消息也无,令他不知她到底相中了何人。加上三皇叔走后,他每天要做的事情骤增,他一时间也顾不上太后。上月,他留意到太后曾数次召兰荣的女儿入宫,心中便开始怀疑太后是相中了兰荣之女。

他的那位表姐年纪比他大了好几岁,容貌、才情皆平平不说,上回入宫被他撞见,性子也是唯唯诺诺,如同太后跟前的应声虫。

皇帝立后的依据不是他个人的喜好,束戡自然早就知道这个道理。但他根本无法想象,若是这位表姐被立为皇后,自己和她结成夫妻的景象。他对此极为抵触,但这种事也没法和别人讲。眼见太后最近天天往敦懿宫跑,他暗中焦心,亟盼三皇叔能早些回来,如此自己也算有了主心骨。

他暗中给还在南巡路上的三皇叔去了一封信,道太后似乎要立兰家女儿为后,请求三皇叔务必帮自己发声,打消太后的意图。算着时日,三皇叔的回信应该也快到了,他焦急等待着。今日晚间,他才在御书房里忙完事,就收到耳报,得知太后又去了敦懿宫,且待得比平常更久,出来之时还神色喜悦。

束戡深觉不妙。他实在忍不下去了,转到太后宫中,开口便直接发问。听到兰太后的语气中带着责备之意,他便朝自己的母亲行了一个告罪之礼:"敢问母后,方才去敦懿宫,所为何事?"

兰太后这才又露出笑容,示意儿子靠近些。见他不动,她微微咳了一声,道:"无事,不过是伺候用饭,又说了几句闲话而已。听说最近狄人在大赫八部起事,打起了仗?戡儿你很是操心吧?母后瞧你脸都瘦了。你饿不饿?母后这就叫人给你上些吃食。正好,咱们母子也许久没一道用饭了。"

说着,她转头唤人备膳。

束戡道自己方才在御书房吃过了,又瞪了她一眼,告退而去,心事重重地回了寝宫。

几名贴身服侍的宦官和宫女迎他入内,为他更衣。待解了衣带,脱外袍时,束戡忽然留意到跟前替他捧衣的宫女脸生,原本做这事的是另外一个宫女。他问了一声，得知那宫女今日被太后叫走了，道另外有用，重新派了人来替补。

从去年开始，他宫里的宫女，但凡生得齐整些的，陆陆续续地皆是不见了人。起初他也没在意，渐渐觉察后，知是兰太后的意思，心中虽觉不悦，却也忍了下去，毕竟他的心思也不在这上头。

今日被叫走的那个小宫女，原先是在御书房伺候的。他本也没留意，直到上个月无意间获悉她竟是雁门人氏。当时他就想到了三皇婶，看那小宫女便觉顺眼，于是将人换到了寝宫，有时会和她闲谈几句，问一些关于雁门的事。

他没有想到，就这样，兰太后竟也伸手把人给弄走了。

束戬勃然大怒，挥臂一把将刚脱下的朝衣掷在了地上，转身大步而出。周围的宦官和宫女惊惧，纷纷跪地。

束戬冲到寝宫门口时，一个宦官正疾步奔入，撞见他怒气冲冲地出来，急忙避让到一旁，禀道："陛下！摄政王殿下的信到了！"

宦官说完，双手将信呈上。

束戬最近天天都在焦急盼信，闻言眼睛一亮，急忙止了步，接过信，反身入了寝殿，立刻拆开。但等读完了信，他又大失所望。

三皇叔回信说自己已启程踏上归途，下月抵京。关于他去信提及的事，三皇叔安慰他，让他少安毋躁，更勿和太后等人起冲突。最后三皇叔叫他放心，说等自己回来之后，再详议。

束戬原本以为三皇叔会给他一个明确的表态反对立兰荣的女儿为后，如此一来，自己就有了底气和太后抗争。他没有想到，三皇叔的话竟也模棱两可，只在信里叫自己放心。

他如何能放得下心？

束戬愣怔，想起去年秋的护国寺里，自己愚昧无知，在根本不知女将军到底是何许人时，口出妄言加以诋毁。那时三皇叔和他讲，自己娶女将军是为大魏计。

三皇叔便是这样的一个人，毕竟连自己的婚姻都是如此。如今轮到皇帝了，倘若三皇叔也认定立兰家之女为后有利朝廷，一定会迫他这个皇帝点头。

束戬顿时感到心中一阵绝望，胡思乱想之际，忽然又想到了女将军。

他记得清清楚楚。四月间，他送三皇叔和她出京，她答应过他，会指点他的武功。当时他满心以为这趟南巡过后，她就会和三皇叔一道回来，却没有想到，原来她到钱塘探望过庄氏太皇太妃之后便直接回了雁门，如今又去了八部作战。

或是今夜情绪低落的缘故，他此刻再想到当日送别的一幕，忽然倍感失落。他终于明白了，当时三皇婶应他的话为何不直言"这趟回来"，可见她的计划是早就定好了的。

然而，三皇婶不和他讲便罢了，毕竟和他交情有限。三皇叔必然是知道的，竟也瞒了他，令他蒙在鼓里。直到八部战事消息送入长安，他方知晓她已回了雁门。

束戬心中有种遭到最信任之人欺瞒的淡淡伤感。诸多的情绪涌上心头，他生平头一回一夜无眠，辗转反侧。

隔日朝廷大议。最近的朝会上讲得最多的事，无非是八部的战事。恰好昨夜新送到了最新的战报，道由长宁将军统领的轻骑已插入幽州腹地，顺利从北线抵达枫叶城，如今正在全力援战。

大臣们无不喜笑颜开，当中的奉迎之辈纷纷进言，说一些北线旗开得胜仰赖皇帝和摄政王英明等诸如此类的话。朝会散后，贤王等人又随少帝转至西阁。

自摄政王出京后，这将近半年的时间里，每回朝会散后，少帝必会再召机要大臣聚到此处议事。一切都和摄政王在时一样，按部就班。少帝也极为勤勉，事必躬亲。但今日，少帝仿佛心不在焉，面色倦怠。贤王体谅少帝毕竟年少，连着几个月如此怕是太过辛苦，于是议了几件重要的事便提议散了。少帝一句话也无，起身离去。

送走少帝，贤王和方清正要离去，却见来了一个兰太后宫中的人，道太后有请。虽不知何事，但兰太后发了话，他们便急忙赶去，到了兰太后宫中，向座上的兰太后见礼。

兰太后命人赐座，先是笑吟吟地慰问，道这半年来仰仗两人辅佐皇帝。两人自谦辞谢，一番客套过后，便听兰太后说道："二位一位是宗老，一位是朝廷股肱。今日本宫将你二人请来，是有一事要交代。"

贤王和方清起身，应道："太后请讲。"

兰太后说："便是皇帝的立后之事。陛下年已十四，事关国体，须尽早立定皇后。我再三斟酌，选出最佳之人，便是兰荣之女。"

她看着贤王和方清略略一顿，再次开口已是加重了语气："兰荣之女，德言容功皆为上佳，是本宫谨慎考察过的，乃大魏皇后的不二人选！此事也绝非我一人之言，敦懿太皇太妃亦对此女赞许有加。此事便如此定下吧。你二人回去，知照礼部，命人立刻着手操办，昭告天下。"

兰太后语气坚决，还搬出了敦懿宫里的那位老圣母，选的又是兰家之女——兰荣乃少帝的嫡亲舅父，系亲上做亲。撇去这些不说，仅就太后择选兰家女儿为后这件事本身，确实也没有什么可指摘的地方。毕竟兰荣如今是朝廷重臣，品德、才干有口皆碑，且兰家声望一向极好。

是故，方清虽觉事情仓促了些，却也不敢贸然开口说话，只瞧向身旁的贤王。

贤王应道："太后所言极是，确实该为陛下考虑立后一事，只是也不必操之过急。如今八部起了战事，朝廷上下极为关注，此时并非立后良机，不如等战事过后，前线奏凯，到时再行商议，喜上加喜，岂不更好？"

兰太后面上的笑意消失，她淡淡地道："此事和前线战事有何干系？我也非是要即刻大婚，不过是叫礼部先行定下人选罢了！"

贤王复道："太后所言有理。不过，太后方才也说了，立后一项事关国体。兹事体大，以臣之见，还是等摄政王殿下归来之后再行议定，应当更为妥当。"

太后脸色骤变，声若尖锥："关于此事，敦懿太皇太妃都是点了头的！何况我身为太后，皇帝的亲母，替儿子立后，难道还做不了主？莫非是看我孤儿寡母，欺我无人主事？！"说着，她高声道："召胡博珉！"

礼部尚书胡博珉方才便被兰太后召来了，此刻匆匆入内，就听得太后吩咐他立刻下去操办册立兰家女为皇后的事宜。

辅政二臣，方清没说话，但贤王显然反对，何况上头还有一个没回来的摄政王。胡博珉不敢应是，也不敢不应，正低头迟疑时，只见贤王上前一步，道："太后息怒。老臣怎敢担如此罪名？摄政王出京前委任老臣辅政，老臣便只能斗胆进言。此事确实不好操之过急。立后之事固然是太后做主，又何妨等摄政王归来再行礼仪？实在是兹事体大，若出了差错，于陛下、于兰家之女，皆是不敬。"

贤王的语气绝无咄咄逼人之意，但他的态度极为明显，那便是坚决反对此刻便将事情定下。

兰太后没想到这宗室老儿平日不声不响，今日竟会出头。她感到意外之余，也怒不可遏，待要拍案而起，命礼部尚书照着己意立刻执行，然终究还是底气不足。她知如今的朝廷并非自己能够一手操纵的，终于强忍怒气，咬牙盯着贤王，冷冷地道："你言下之意，若摄政王不点头，我这个未亡人就不能替我的皇儿立后了？"

她的话音才落，殿门就被人猛地推开，发出"哐当"一声巨响。众人闻声转头，见竟是少帝来了。

少帝大步闯入宫殿，大声说道："母后！便是摄政王点了头，这件事，朕也绝不答应！"

贤王转身拜见。

方清和胡博珉见正主来了，还如此发话，知道自己终于不用被逼着表态了。须知，他们若不赞同，那就是公然开罪兰荣。兰荣毕竟是少帝的亲舅父，平日又和少帝颇为亲近。他们又不是贤王这样的皇室宗老，有这层多少叫人有几分忌惮的关系。此刻见状，两人暗中长长松了口气，急忙跟着上前拜见。

兰太后的脸上阴云密布。儿子站在她的面前，昂首怒目，这是丝毫也不给她留颜面的意思了。她勉强定住心神，维持着风度，说了句"下回再议"。

待外人走了，只剩母子二人，兰太后再也控制不住心底燃起的熊熊怒火，抬掌重重拍了几下坐榻。她手腕上戴的一只玉镯被砸碎，分崩成了几截，跌落在地。

她双目圆睁，鼻翼翕张，浑身发抖。她又霍然而起，径直走到束戬的面前，"啪"的一声，扬手一掌重重地扇在了儿子的脸上。

"你这不孝的东西！我生养你，你竟敢如此当众忤逆我！这件事不是我一个人的决定，敦懿太皇太妃也是点了头的！你莫处处和我作对。我告诉你，你的婚事，这个天下只有我能做主！兰家德厚位重，除了兰家之女，无人可担后位！便是摄政王。他一个外人也管不到你的婚事！"

束戬捂住脸,片刻后慢慢地放下了手。兰太后这才发现,原来自己指上戴的一枚戒指方才竟划到了他的面颊,此刻一道血丝缓缓地渗了出来。

兰太后顿时慌了,急忙上去伸手要摸儿子的脸。他却退了一步,目中若有怒火闪烁,又咬着牙,嘶哑着声音,一字一顿地道:"你爱给谁立后给谁立去!这个皇帝,我是当得够够的了!"

说罢,他猛地转头,大步疾奔而去。

兰太后喊着"戬儿"追了几步,待追到宫门之外,早不见他的身影了,急忙叫人追去看他去了哪里。片刻后,见宫人回来,说皇帝陛下回了寝宫,兰太后才稍稍松了口气。

方才盛怒之下失控打了儿子,还不慎划伤了他的脸,此刻气头过后,兰太后也是懊悔。只是想到事情进展不顺,自己竟然压不下贤王,儿子又那样当众叫她下不来台,她心里又是恼恨无比。

她只觉得脑袋"嗡嗡"地响,仿佛有一窝蜂在飞,被身边的人扶进寝殿,坐着发呆片刻,又打发人去儿子的寝宫看个究竟。得知皇帝安静无事,脸上的伤也处置过了,并无大碍,她这才稍稍放了心,打发心腹暗中出宫,去给兰家递话。

她的兄弟兰荣上月去了几百里外的皇陵监督修缮一事,如今还没回来。

这一夜,兰太后头痛了一晚上,宫人替她揉也没用。次日一早,天还没亮,她就打起精神起身,亲自去儿子的寝宫,想好言劝说一番。她到了皇帝的寝宫,见寝殿的门还闭着。

宫人说,皇帝昨晚睡前交代今早的朝会不去了,叫大臣自己理事。皇帝还说他要睡晚些,没他的召唤,不许任何人入内打扰。

兰太后本就担心他脸上的伤痕被大臣瞧见,万一被人知道是她所为,怕是不妥,因而求之不得。她吩咐人在殿外好生守着,若是皇帝起了就来叫自己,随后回宫坐等。可她左等右等,等到晌午,不知道打发人去问了多少遍,皇帝一直没有起身。她难免不放心,于是又亲自过去叩门喊人,没有得到回应,便推门。她叫人在外候着,自己入内走到儿子的床榻之前。

隔着一道帐幔,兰太后隐约瞧见儿子侧卧的身影一动不动,想是他仍在负气,便重重地咳了一声,说:"戬儿,母后错了。昨日才打了你,母后就后悔了。你是母后的儿子，我怎会存了对你不好的心？这回的婚事，我全是为你着想！将来待你亲政，谁才会死心塌地地效忠于你、做你的助力？你难道还不明白吗？"

兰太后说完，皇帝仍无半点儿反应。她便拉开帐幔走了进去，一边靠近床榻，一边哄道："你是不是怪母后把那宫女叫走了？是母后的错。你若是喜欢，母后这就把人送回来，叫她服侍你。"

兰太后一边说，一边伸手，慢慢地掀起蒙住了皇帝头脸的被角。突然，她那只手顿住，眼睛瞪得滚圆，整个人被定住一般。

少顷，等候在外的宫人听到里面传出撕心裂肺的号叫之声："来人——"

那声音是兰太后所发。

众人慌忙奔入，被眼前所见惊呆：龙床上哪里有少帝的身影？不过是被下塞起来的一团靠枕和衣物而已。

兰太后用一只手撑着床柱，勉强站立，脸色惨白，另一只手不住地发抖："快！去找皇帝……"气急攻心之下，她一头栽倒在地，晕了过去。

束慎徽是在事发后的第七天于归途中收到消息的，震惊之余心急如焚，抛下了大队人马，自己轻骑紧赶回京。两日后，他在沿途的驿站更换马匹休整，遇到了从长安出发赶来寻他的陈伦。

陈伦告诉束慎徽，少帝失踪之初，兰太后连贤王也瞒着，只说少帝身体不适，暂罢朝会，自己派人暗中到处去找，找遍皇宫，又找皇城。但皇城何其巨大，人口百万，她派的人一时之间如何能找得到？

兰太后始终没有皇帝的下落，更不见他自己归来，到了第二天的晚间，知是压不下去了，恐慌无比，不得已才求助贤王。后来贤王查明，那夜少帝应是潜出寝宫，藏进每日一早集中送出宫的运秽桶的车里，没有惊动任何人，也没叫宫卫看见，一个人顺利地混了出去。

皇帝出宫失了踪迹，身边又无人伴驾，这是何等重大的事故？贤王当时震惊无比，一边继续死死地压着消息，一边立刻派遣亲信扩大秘密寻找的范围。除了长安城内外，贤王又想到少帝可能是出京去找摄政王，便派陈伦上了路。

"殿下也勿过于担忧。陛下只身一人，自幼也未出过皇城，想来不至于走得太远。说不定下官出来的这些天贤王已寻到了陛下，或者陛下自己想通回了宫。"

陈伦见摄政王神情紧绷，怕他过于忧心，讲完了皇宫里的情况，又开口安慰，却见他一言不发地大步走出驿舍，翻身上马。陈伦知他是要继续赶路，急忙追了上去。

披星戴月，日夜兼程，一行人终于在九月的一日，入了长安。

这个时候，距少帝失踪已经过去了半个多月。束慎徽带着满身的风尘径直入宫，等待他的是忧心忡忡的贤王和方清等少数几个知晓了内情的大臣。而少帝束戬，从那日失踪后竟如石沉大海，至今仍没有任何有关他下落的消息。宫中噤声，至于对外，只说少帝罹患传人的疾病，不宜外出。

眼见过了这么久，皇帝还没有痊愈露脸，这种情况此前未曾有过。那些不知内情的大臣，有的担心焦急，有的起疑揣测，渐渐地难免有各种消息开始流传。

贤王说，这半个多月的时间里，已派人寻遍皇城所有可能的地方，如今正继续搜索京畿之地。

他们原本最大的希望是少帝奔着摄政王去了，如今希望落空，只能寄希望于少帝是负气出了京，如今正在长安附近散心。除此之外，他们也实在想不出来少帝到底还有可能去哪里。

贤王极为自责，道是自己无能，有负摄政王出京前的嘱托，惹出了如此大的混乱，危及国体。说着，他便要颤巍巍地向着束慎徽下拜谢罪。

出了此事后，兰太后一病不起，内宫和朝廷两边的事全部压在了贤王的肩上。贤王一边继续主持朝政安抚大臣，一边四处寻人，殚精竭虑，日夜担忧。他本就上了年纪，如此一番折腾下来，等到束慎徽回来，便有些支撑不住了，下拜之时，险些站立不住。

束慎徽上前一把将人托起，稳稳地扶住，温言安慰了一番，随即吩咐陈伦先送贤王回府休息，只道剩下的事全部交给他。

待贤王等人去了，他独自立在宣政殿的西阁之中，深深皱眉。他出神之际，外面传来一阵急促的脚步声。兰太后被宫人左右搀扶着从病榻上挣扎起身，赶了过来。

兰太后本极为注重仪容，平日但凡出现在人前，必定盛装打扮，雍容华贵，连眼神都仿佛镀过金光。然而不过短短半个多月而已，她就模样大变。她已几日食不下咽，此刻头发蓬乱，面色惨白，眼睛通红浮肿。从进来后，她的嘴唇就控制不住地一直在发抖，她仍穿着华丽的衣裳，却似丢了神魂，只剩下一具躯壳。

"三弟！"她叫了一声束慎徽，眼泪"唰"地流了下来，"你总算是回来了！我日盼夜盼！你快帮我想想，快想想戬儿可能去了哪里！都怪我！我不该和他争执的！但我是为了他好。我真是一心为了他好。他怎就不肯体谅我对他的心呢？"

兰太后流着眼泪，撒开搀扶着她的宫人，不顾体面地朝着束慎徽扑去，仿佛扑到了一根救命稻草，张开十根手指，钳子似的死死地攥着他的胳膊。她本已病得快要死了似的，此刻却不知道哪里来的力气，手指隔着衣袖，用极大的力道，深深地掐入了面前这青年男子有力的手臂之中。

"三弟，你快想！你快帮我想想！你一定要帮我找到戬儿！就当嫂子求你了！你一定……"她忽然停住，眼里又露出恐惧的光，"三弟你说，戬儿会不会已经出了意外？他一个人出宫，身边没人，会不会遇到恶人？他年纪还小，会不会自己想不开……"

她整个人瑟瑟发抖，几乎就要站立不住了。

束慎徽忍着厌恶，从她的指下拔出自己的手臂，叫人将这女人送回寝宫养病。兰太后这才稍微清醒了一些，慌忙又道："三弟，你千万不要对兰荣有所误解！那全是我的主张！他一心效力朝廷，对三弟你唯命是从！当时他都不在京城，什么都不知道……"

束慎徽偏头，通过窗户看见一名刘向的心腹朝着这边匆匆奔来，便丢下还在不停解释的兰太后，抬步出了西阁。

刘向跟随束慎徽才回长安就加入了搜寻少帝的行列，此刻送来了一个最新的消息。在城北渭水下游，有人发现了一具已死数日的浮尸，身高、年纪与要寻之人相似。但因天气还带暑热，浮尸在水里浸泡多日，导致面目浮肿破损，刘向一时不敢确认，第一时间封锁消息后，请摄政王立刻过去查看。

束慎徽如遭重锤，眼前一黑，顷刻间手心满是冷汗。他从皇宫的侧门出宫,悄然出城,纵马狂奔赶到了发现浮尸的地点。

岸边已支起密闭的帐幕,士兵驱走了附近不明所以赶来瞧热闹的闲人。刘向带着人马守在河边,远远地看见摄政王纵马而至,迈步去迎。

束慎徽一走进支在河畔的帐幕,视野中便扑入了一具被布覆盖着的尸体。他停在了入口处,一时竟无法挪步。他盯了尸体片刻,终于稳住心神,随即迈步走到尸体的近旁,蹲下身,伸手慢慢地掀了布。

刘向在外等候,心情沉重无比。他无法想象,倘若此刻帐内的那具尸首当真是少帝,大魏将何去何从,新一轮的云谲波诡又将如何上演……正胡思乱想着,他听见帐幕里传来脚步声,回头就见一道熟悉的身影从内走出。

刘向冲上去,却不敢发问,只望向摄政王,但见摄政王神色平静,朝自己微微摇了摇头。

刘向长长地松了口气,目送摄政王离去,当即吩咐人撤去帐幕,通知京兆尹过来处置这具无名浮尸。

侄儿从小养尊处优,细皮嫩肉,但腿上有一处被火燎过的旧伤,是幼时顽皮玩火所留。浮尸面目难辨,皮肤也经水浸泡变得肿胀,但仔细辨认,找不到有伤的痕迹。

那不是侄儿。

束慎徽朝着坐骑走去。这时,有人匆匆骑马赶到,看见了他,连坐骑都未停稳就翻身下马,朝他疾冲过来,到了近前扑跪在地,重重叩首。

"臣有罪!罪该万死!"

兰荣赶到了。

他是在少帝失踪后闻讯从监工的皇陵赶回来的。这段时间,他也带着人东奔西走,到处搜寻,已是连着几个晚上未曾合过眼了,此刻面容灰暗,神色憔悴,眼底满是红丝。他抬起头,额头已被河滩边的乱石扎破,渗皮出血。

"臣有罪!"他重复了一遍,跪在摄政王的面前哽咽道。当目光落到前方河边的帐幕上时,他眼中露出了惊惧之色。

"殿下,那里面的……"他顿住,竟没有勇气问完这句话。

束慎徽面沉似水,俯视了兰荣片刻,终于启唇淡淡地道:"不是。"

兰荣仿佛再也支撑不住,闻言瘫跪在地,一动不动。忽然又见摄政王已迈步从身旁走过，他振作精神爬起来，追上去再次跪地，拦住了摄政王。

"殿下！事已至此，臣自知罪责深重。一切都是臣的过错，臣绝不为自己开脱。臣只有一句话，臣绝不敢存立女为后的妄念！若是殿下不信，臣就起誓，若有半句谎言——"他转向渭水，朝着浩荡河面的滚滚水流，发下咒言，"便叫兰荣葬身在长安渭水之底，永生永世，不得超脱！"

束慎徽转头和兰荣对望了片刻，道："兰将军起吧。当务之急是先将人找到。"

兰荣急忙再次叩首，爬起来道："是！臣这就去！"

天黑时，束慎徽回到宫中。今日各处的消息陆续汇集，对皇帝的搜寻依然没有任何进展。

兰太后那边传来话，道太后连着几日水米未进，悲痛欲绝，白天回宫后情绪激动，又昏厥过去，太医正在救治。

又有话传入，大臣们听闻摄政王今日归来，纷纷赶到。这个时间宫门早已关闭，众人便在外面聚着。贤王闻讯而至，和方清一道，称摄政王南巡归来，路上辛劳，命官员先行散去，但众人不走，此刻依然聚在平日等待早朝的宫门之外。

束慎徽命人打开宫门，放人入内。

李祥春和张宝为他更衣。他闭目张臂，立在一面将人映得纤毫毕现的巨大金镜之前纹丝不动。李祥春用双手捧住头冠，最后为他稳稳地戴好。

"殿下，妥了。"李祥春低声说道。

他睁开眼眸，也未看镜中自己的形象，转身走了出去。

此刻虽是深夜，皇宫的宣政殿内却依然灯火通明。此间聚了几十位朝廷四品之上的京官，有的立在自己的位置上，闭目独自等待，有的三五成群，低声议论。就在一片嘈杂声中，随着"摄政王到"的传报声响起，杂音戛然而止。各怀心思的众人迅速归位，一回头，便见一道熟悉的身影出现在殿门之外。

白天方归京的摄政王到了。他身着朝服，在周围人的注视之中，以一贯沉稳矫健的步伐穿过殿堂。

众人齐齐向他行礼。亮若白昼的大殿之中，他端坐于位，面容端肃，神采奕奕。

少帝接连多日未曾露面，纵然宫中给出了他罹患恶疾不可见人的理由，但最近这些天，朝廷上下还是暗中有小道消息开始流传，怀疑少帝是出了某种不可言明的意外，这种意外甚至可能危及国体。

毕竟为了搜寻少帝，朝廷出动了大批六军士兵。这样的动静再如何保守秘密，以常规治安巡查为借口做掩饰，也不可能全然不被怀疑，导致众臣惶惑。

但是今夜此刻，摄政王归来露面，朝堂之上除了他的上首少了一个人外，其余一切与平常无异。如此景象，竟令这殿堂中的许多人如被喂了一颗定心丸，原本的焦急和惊慌之感顿消。

当中有些无所忌惮之人，在松了口气之余甚至忖度，即便真如自己猜测的那般天崩，若是摄政王顺势上位，其实对朝局也没有半分影响。

此刻立在这殿堂中的许多人早年也曾听闻，武帝在世之时似乎也曾考虑传位于安乐王。只是那时身为太子的明帝也是一位深得人心的储君，兄友弟恭，无一错处，武帝方打消了念头。

说句大不敬的话，就算那是毫无根据的传言，时至今日，比起位子上正坐着的少年，若真是那样，说不定对大魏更有利……

朝臣本都疑虑不安，自发赶来求见，但此刻，对着座上之人见礼过后，听他开口发问连夜聚集有何要事，竟都面面相觑，无一人出列发话，最后纷纷低下了头。

束慎徽便道："尔等大臣何以聚会，本王知悉。本王亦是归途之中获悉陛下感染恶疾一事，十分担忧，这才一路紧赶今日归京。陛下之疾一时无法痊愈，太医言之或会感染靠近之人，方连日罢朝。陛下如今正在养病。尔等关心陛下病情，本王明了。只是——"他继续说道，目光扫过面前一干沉默着的人，未做停顿，语气却陡然转重，"怎的我又听闻，尔等今夜聚集，并非只是出于对陛下的关爱，而是另有缘故？"

堂下依然无人发声，众人心下却是一紧，偌大殿堂之内，除了摄政王的说话声，再无半分杂音。

"纵然陛下因病不能理政，但朝堂之上尚有辅政贤王与中书令。他二人守护陛下，秉持朝政，兢兢业业，我今日看过，无一疏漏！这些时日是耽搁了尔等的天下大策，还是少发了尔等的炭薪米禄？尔等对此视而不见，反而听信一些不知是何险恶居心之人散播出来的谣言，连夜强行聚在宫外，喧扰陛下！莫非尔等是要做那唯恐天下不乱之人？"

摄政王神情之严厉，言语之诛心，极为罕见。他站了起来，已是声色俱厉："若是本王今夜不出，尔等是否就仗着法不责众，要在宫外强站，扰乱朝纲？"

众人被质问得懊悔不已，更是心惊无比。待他话音落下，殿中之人已是跪倒一片。众人纷纷请罪，道自己绝无祸心，今夜赶来除了关切皇帝陛下的病情，也是急着想要知道摄政王南巡的成果。

摄政王起初面色阴沉，等众人表态完毕，面色方缓和回来，道："本王此次南巡甚是顺利。具体如何，待随行大队归京，自会下放文书，到时尔等皆可阅知。今夜若无别事就散了，也不早了，明日还有朝会。"

一众大臣噤若寒蝉，齐声应"是"，再拜，退出宣政殿，出宫路上，再无人交头接耳，个个闭口不言，出了宫门各走各路，各自归家。

夜色下的皇宫，恢复了往日的寂静。

束慎徽又独自在空旷的大殿里立了良久，随后去了御书房。

这里是侄儿平日退朝之后批阅奏章的所在。宫人掌灯，他慢慢步入房中，目光落在桌椅案榻和堆叠的书册笔墨之上，脑海中浮现出侄儿刚继位的那一年于伏案中突然抬头向自己抱怨政务烦心的一幕，顿感心情无比沉重。

这都是他的过错，他教导失当。

倘若他回信之时少些高高在上的说教，多体谅侄儿的担忧和焦虑，或是直接告诉侄儿，自己绝不会允许兰家女儿为后这样的事情发生，那么说不定侄儿也不会一时想不开，丢下一切出走。

束慎徽压下纷乱的心绪，打起精神检查书房，希望能寻到有关侄儿去向的蛛丝马迹。然而什么都没有，侄儿当日负气出走，未曾留下只言片语。

天下之大，侄儿孤身一人，没有去找自己，到底会去哪里？

束慎徽立定之时，突然想到了一人，心脏微微颤了一下。

侄儿会不会胆大包天，独自去了雁门投奔她？她离京时，侄儿对她的态度和刚开始时已完全不同。

他极力压下这个近乎荒唐的想法，闭了目，回忆着当初侄儿送自己和她出京的一幕。当时她已上了马车，侄儿忽然上前，和她约定待她回来切磋武功。当时他就站在一旁，将侄儿的不舍看得一清二楚。

束慎徽的心在"怦怦"地跳，原本寒凉的血液仿佛被用力地翻搅起来，连发根处都在往外冒着热气。

他眸眸，走到少帝的书案前，那里还堆着一沓少帝出走当天送到的奏章。他飞快地翻了翻，刚翻开最上面的一本，视线便定住了。

那是一封雁门来的战报，道长宁将军从北线成功突入幽州腹地，已顺利抵达枫叶城！

"来人——"束慎徽猛地回头，高声喊人。

隔日，刘向传回消息。他派人快马查问了从长安出发去往雁门的沿途驿站，京兆境内的几个驿点皆无异常，但出京兆入北地郡后，一个名为武坡的驿点在十几天前的半夜时分曾闯入一个少年。

据驿长说，那少年手持一道发自宫中的命沿途驿点全力供给的敕令，声称自己执行朝廷要务，急需快马。当时驿长虽觉来人年岁偏小，但见对方气势极足，核对符印也完全吻合，不可能造假，便以为对方是宫廷派出的秘密公干之人，不敢多问，当即按照要求准备了快马和口粮，将人送走。

刘向最后说，根据描述，那个北上少年确系少帝无疑。

束慎徽稳住神，当即出宫入贤王府。他回来时已是下半夜，稍做准备，没停留，于凌晨四更时分带着一行人策马出城，随即踏着月色朝北方疾驰而去。

枫叶城的守城之战，到这一日，已持续了将近一个月的时间。

一个多月前，当获悉钦隆统领着人马发兵八部的时候，大赫王便知道仅凭自己所率和他能够完全掌握的鹿山两部的人马，绝无半分胜算。

钦隆是狄国当朝数一数二的猛将。不但如此，此人丧心病狂，毫无人性，素有"人屠"之名，叫人闻风丧胆。当年从故晋手中夺走幽州州府燕郡的便是此人。狄军入城后，士兵烧杀淫掠，无恶不作。据说屠城过后，晋人的尸体堆叠成山，最后只能放火焚烧，大火冲天，烧了七天七夜才熄灭。

南王府此次派钦隆前来，可见对这次发兵，抱了何等势在必得的决心。

当时大赫王便立刻派遣信使向雁门求助，前后总计派出三拨，没想到全都在半路被白水部王截杀。在最后一次发信的当天，他被迫带领人马，退入经营多年的枫叶城。

他唯一的希望，就是雁门援军早日到来。

照他的估算，如果这一回神明垂怜，消息能够送出，路上大约需要十天。雁门军队倘予以回应，立刻发兵，最快也要个把月的时间。也就是说，在一切都顺利的前提下，枫叶城必须坚守至少一个半月，才有可能盼到援军的到来。

钦隆领兵追到枫叶城，亲自坐镇，在城外扎营，指挥攻城。

对枫叶城中的军民来说，这是何等巨大的威慑和压力。但怀着援军即将到来的希望，凭借着枫叶城的牢固，城民在大赫王父子的率领下，硬是抵挡住了城外敌人组织的多次进攻。

倘若他们就这样坚持下去，守一个半月，纵然有些艰难，代价必然也会惨重，但也不是完全没有希望。可谁也没有想到，就在八天之前，守城进入第二十日的时候，城外停止了强攻，改在半夜时分突然朝城内发射箭杆上裹有浸润了火油的麻布的火箭。

二三十万支火箭，形成了一拨又一拨的箭林和火雨，从四面八方飞过城墙，射入城中。如今正是秋天，天干物燥，火攻持续了一夜，城内四面起火，大火蔓延，不但伤人无数，更是烧毁了许多民房。

在这场火攻中，大赫王也受了伤，伤情不算轻。不但如此，那一夜的火攻带来了另外一个堪称致命的后果：当夜风劲，大火蔓延开来，朝着城中的粮仓卷去。粮仓在下风口，萧礼先领人奋力抢救存粮，但火势蔓延得实在太快，最后抢出来的不过十之一二。存粮是守城的重要保证，城中的粮食原本足够军民坚持三四个月也没问题，如今却被付之一炬。

城里到处是无家可归的恐慌平民，城外敌人又借机发动猛攻。三天前，城门险些被破，萧礼先和负了伤的父亲一道登上城墙，领着一干忠诚勇士浴血抵抗，加上对方似乎缺箭，无法在攻城中发动杀伤力极大的箭阵，最后方暂时令狄军退兵。

但显然，城外的补给很快就会送到，而枫叶城内的口粮就要消耗殆尽，盼望中的雁门援军，在消息送到的前提下，算着时日最快也还要半个月才能到达。

口粮紧张，大赫王受伤，人心浮动，恐慌扩散，这样下去，枫叶城能不能再坚持半个月？

还有一种可能，萧礼先甚至不敢多想，那便是即便他这边还能坚守下去，谁知道援军到底何日到达？甚至，他们会不会到来也未可知。

这些天为了鼓舞士气，他对部下一再强调，雁门援军必会如期到达——实际上，他自己也完全没有底气。

城门附近的建筑在八天前的那场火攻中被夷为平地。中午，萧礼先在附近临时设的一处指挥所里，正向郎中询问着父亲的伤势。忽然，他听到城外传来阵阵尖锐的呼啸之声，顿时心中一紧，以为城外敌营又预备发动进攻。他迅速登上城墙，远远地看见敌营未动，远处缕缕灶烟升腾，敌人应当正在埋锅造饭。

在城门附近发出喧嚣声的不是别人，是白水部王的人，其中的领头者便是白水部王的儿子，名叫叶金。此人带着百余人，于城门外那片早被火烧得焦黑的空地上骑马来回奔驰，发出阵阵挑衅的呼啸之声。

叶金看见萧礼先出现在城墙上，高声说道："萧礼先！趁着昌海都尉还没到，我劝你和你那个老不死的父王及早打开城门，一起跪在地上叫我三声爷爷，再把你的妹妹献上。看在往日的情面上，我说不定会去钦隆将军面前求情，饶你父子贱命！否则，等昌海都尉回来，攻破了枫叶城，你们就是跪地舔我的脚，怕也是来不及了！"

大赫王女萧琳花素有美名，乃八部第一美人。叶金从前求婚被拒，一直怀恨在心，此刻借机出言羞辱。他的随从跟着狂笑，笑声里夹杂了污言秽语，随风传上城墙，委实不堪入耳。

城墙上的士兵无不愤怒，纷纷往下射箭。奈何那一干人纵马躲到了一个防御坡后，继续朝着城内大喊，除了羞辱萧家父子，更是散播恐吓之言。

"城里的人都听着！别以为你们当缩头乌龟我们就不知道，城内的粮草都已被烧光！我再告诉你们，魏国援军也到不了了！钦隆将军亲自前去阻击，魏国人全军覆没，如今全都死在了半道上！你们还在做梦，以为他们会来救你们？枫叶城守不住的！趁早打开城门，献上萧琳花，钦隆将军或还考虑饶了你们！否则，等到昌海都尉回来，你们全部死路一条！"

叶金此言并非完全是在恫吓。

狄国大将钦隆向来自负，此番出兵根本没将八部放在眼里，唯一顾忌的就是来自魏国方向的援军，但也并未过多上心。他原本计划尽快破城，然后掉转方向，对付路上的魏军，将那支人马截杀在半道上，送魏国一个下马威，以此对魏国宣战，不料枫叶城也不好啃，耽搁了快一个月的时间，竟迟迟没能拿下。他想起出兵前在南王面前夸下的海口，不免有些急躁。

此次发兵之前，他曾往枫叶城里派过细作，知道城中粮仓的方位。那夜，他便趁着风向对、风又大，改强攻为火攻。城内火光冲天过后，城外的大片野地上随风落了一层厚厚的没有烧尽的稻黍壳，从数量来看，应是出自粮仓。钦隆由此判断，城内存粮已被毁，萧家父子坚持不了多久了。随后，他又得到消息，那支雁门来的援军勇不可当，路上竟已连破两道自己设下的关卡，如今正往最后一关挺进。

在钦隆看来，由他攻打枫叶城里的萧家父子，是杀鸡用牛刀，自己此番出战的主要目标是消灭魏军。如今萧家父子如同被拔了爪牙的困兽，只要等到被他派回去的昌海催来了短缺的辎重，拿下枫叶城便是必然的事，他岂肯在此空等？

三天前，钦隆将攻城之事交给了麾下另外一个名叫苏鲁的都尉，命其统御包括白水部王父子在内的八部叛军，随后自己亲自赶去最后一关，要将魏人迎头截灭在半道之上。

枫叶城里的人马之所以能坚持到现在，最大的动力就是相信魏国援军很快就能赶到。此刻，叶金这个八部叛徒的言语被随风送来，钻进城墙上士兵的耳中。虽有头领呼喝，道叶金是在危言耸听，不可听信，然而众人心中难免还是感到恐慌，射箭的动作也随之慢了下来。城外叶金一伙人有所觉察，知攻心之计奏效，越发猖狂。

萧礼先立在城头，拉弓瞄准城外那道上蹿下跳的身影，正要将人射倒，忽然见远处的地平线上出现了一排骑兵，如游龙，又如一片硕大的乌云，黑压压的，正朝着枫叶城的方向快速铺展。

正午太阳当头，阳光刺目，又隔着些距离，萧礼先一时看不清那支骑兵的衣甲旗号，但对方是从狄军的后方而来，那边是幽州。

毫无疑问，这一队新赶到的人马应当就是叶金口中所提的昌海都尉的人了。

城外狄营里的反应也佐证了他的猜测。那支人马迅速奔近，已能够看见马上那些骑兵的服色，正是狄军无疑。狄营里起了一阵骚动，有人列队出去迎接。

叶金一伙人扭头张望了几眼，兴奋不已，狂吼道："昌海都尉回来了！昌海都尉带着补给后援回来了！枫叶城今日必破！萧家父子，受死吧！"

萧礼先知道很快又将有一场新的惨烈的攻防对战降临，甚至极有可能，这将是最后一场关乎全城人命运的生死之战。

他看着远处那支越来越近的狄人骑兵，压下心中涌出的无力感，也顾不得叶金这种无耻的叛徒了，放下弓箭，提起精神，号令守城士兵立刻加紧守备，随即转身沿着踏道奔下城墙。他正要呼唤人马备战，却看见大赫王身披战甲，在七八个族人和部将的随护之下，朝着城墙这边疾步而来。

大赫王因伤势不轻，休战的这几天一直在卧床养伤。萧礼先没想到他此刻竟然又身披战甲出来，奔到近前，一把扶住了人，说道："父王，这里交给我，你不用上去！"

大赫王道："这里有我，还有你的这些叔伯，不用你管！"

他望着儿子，又低声道："倘若我们能够守住，等到魏人到来，再好不过；但若实在等不到，我已为你准备了一队人马。一旦城破，你不要停留，立刻带着妹妹从西门杀出，投奔雁门。"

萧礼先起初惊呆，待反应过来，下意识地摇头，正要拒绝，忽觉手臂一痛。大赫王已紧紧地攥住了他的胳膊，厉声说道："这是我的命令，也是你叔伯们的意思！魏人有句话，留得青山在，不愁没柴烧！你留着命，带着妹妹走，说不定将来还有回来的机会！"

萧礼先望向大赫王身后的族老和部将，见众人皆神色肃穆地望着自己，知他们都已做好了随大赫王守城到最后一刻的准备。他眼眶一热，纵然心中万分不愿，却也无可奈何，红着眼，低声应"是"。

大赫王露出了一丝微笑，用力握了握儿子的臂膀，道："你不用回来了，立刻带着妹妹去做准备！"

萧礼先咬牙，朝着大赫王下跪，深深叩首，又向众人叩首。他起身，见妹妹肩上负弓，恰向这边奔来，便疾步迎了上去，一把抓住妹妹的手。

萧琳花望着不远处正在城门附近匆匆奔走、忙着运送武器的士兵们的身影，问道："哥哥，外面是不是又来了狄人？他们又要攻城了？"

萧礼先低声安慰道："莫怕。倘若情况不好，哥哥带你出城，去雁门。"

萧琳花一愣，顿悟："哥哥你是什么意思？是说万一城破，你便丢下父王，带我逃跑？"

萧礼先道："这是父王的命令。你快跟我来！"

萧琳花被兄长拽着，朝前跌跌撞撞地走了几步，回头看见城墙下正和部将安排事项的父亲的背影，眼睛一红，奋力甩开了萧礼先的手，道："我不走！我要和父王还有这里的人，守城战斗到最后一刻！"

"琳花！"萧礼先喝道，"听话！"

"不，我不走！"萧琳花面容苍白，神情却十分坚毅。

她弯腰猛地从靴中拔出一柄匕首，道："哥哥你走吧，八部将来还要靠你统领。我就不走了，免得路上成为你的累赘。我留下！我也能射箭！倘若真到了最后一刻，守不住了，我便自尽，绝不会落入敌手，令家族蒙羞！"

"琳花！"

萧琳花躲开了兄长再次朝自己伸来的手，转身朝城门方向奔去。

萧礼先焦急万分，正要追上妹妹，突然听到城外传来了一阵异样的嘈杂声，马匹嘶鸣声、惨叫声、金铁交击声混杂在一起，仿佛外面陷入了交战和厮杀。他不禁一怔，起先以为是自己误听，又凝神细听，方才确认。

萧琳花已奔出几步，也听到了动静，迟疑了一下，停步回头，困惑地问道："哥哥，是我听错了吗？怎么回事？"

萧礼先望向前方，只见城门附近包括大赫王在内的诸多部将正疾步登上城墙。这时，城墙上的一个士兵往下冲，吼道："打起来了！刚到的那支人马在冲杀狄营！"

闻言，萧礼先朝着城墙狂奔而去，跟着众人拥上城墙朝外望去，随即被眼前所见的一幕惊呆了。

方才他看见的那支来自幽州的骑兵，宛如潮水般冲入前方的狄营之后，分成了几支分队，以极快的速度将营所割裂成几片，迅速地形成了几个包围圈。

如狩猎场上的围猎，这支将近两千人的队伍将猎物分隔合围成功，立刻在各自的狩猎圈里纵马冲突，展开了冷酷的铁刃猎杀。

狄营中的人全无防备。

起初，所有人都以为是昌海都尉提早归来。

被钦隆委以指挥权的苏鲁官居左都尉，比担任右都尉的昌海地位高，闻讯不以为意，只派了手下出营去迎，自己和几个部下继续在中央大帐内吃肉喝酒。片刻后，他才觉察情况不对，听到外面到处是士兵的嘶吼和惨叫声，顿时脸色微变。他正要出帐察看究竟，就迎头和一个狂奔而来的亲兵相撞。那人被撞得摔倒在地，忙爬起来。

"左都尉！幽州来的骑兵不是我们的人……"

那亲兵神色惊恐，声嘶力竭地吼道，可话音未落，就突然扑倒在了帐口——自他身后"嗖"地射来一箭，正插入他的后脑。

苏鲁大惊，和帐中的人冲了出去，看见前方大营的中央赫然有一队骑兵，宛若一柄从天降落的锋利长剑，劈波斩浪般在大营里杀出了一条通道，正向着自己的方向疾冲而来。

领头的那人身着狄军都尉的衣甲，面覆脸帘，手执一杆狼头长枪，纵马当先，横扫左右，枪头所到之处血雾弥漫，所向披靡。待杀到近前，那人一枪远扫，便将附近几个举刀奔来挡在前的狄兵扫开。

以骑兵队列，对阵披挂不齐、仓皇应对的步兵，完全是不在一个等级的自上而下的残酷碾压。

此刻，那队骑兵距离左都尉苏鲁已剩不过几十步了，以如此冲杀速度，对方到他面前不过是几个呼吸之间的事。

苏鲁知对方是冲自己而来，反应过来，迅速反身奔入大帐，也来不及披挂，一手握刀，另一手抓起一面盾牌，才转身出去。他正要冲杀出去跨上战马，就见对方已纵马到了面前，一杆长枪犹如吐着芯子的毒蛇，迎面朝他疾刺而来。

苏鲁的瞳孔骤然紧缩，他一时躲避不及，猛地抬臂，举起盾牌挡在身前。

枪头猛地扎入盾面，穿透而出，所幸盾牌牢固，长长的枪头透入一半，终于还是被卡住，停了下来。

苏鲁略松了一口气，立刻恶向胆边生，一边厉声怒吼，问对方到底是谁，一边趁着马上之人一时无法拔出长枪，便要挥刀斩断马腿。

他没有战马，对方居高，又握长枪，占尽优势。他必须将人砍下马背，才能予以反击。不料，就在他挥臂斩马之时，马背上的那人猛地飞身而起，朝他俯冲下来，随着"砰"的一声，整个人重重地撞在盾牌之上。

苏鲁纵然臂力惊人，也挡不住自高处飞速冲下的一个人的冲击力。他的手肘一弯，盾牌压了下来，那还刺在盾上的一截枪头便如匕首扎入他的胸膛，人也被盾牌压翻在地。

此时对方已迅速地从地上翻身而起，也未再试图拔回紧嵌在盾上的长枪，而是顺势将盾牌提了起来，又将盾牌边缘对准了正仰面倒地的苏鲁的咽喉，重重地砸了下去。

苏鲁惨叫一声，眼睛上翻，脖子被盾牌边缘砸得稀烂，口鼻往外狂喷鲜血，身体痛苦地挣扎扭动，似被钉在了地上。

很快，狄营左都尉的头颅被挑在了一杆长枪上，甩入了狄人士兵之中。

狄兵不知这支来自幽州的骑兵到底是什么路数，仓促间被杀得没了阵形。枫叶城里的人似乎也确定了来人并非敌人，于是打开城门杀了出去。前后夹击之下，狄兵溃不成军。

不到半刻钟的工夫，狄兵便溃逃散去，原本驻扎了几万人的大营里，到处是被丢下的盔甲和武器。许多埋锅造饭的地方甚至还燃着火，罐里散发着食物的香气。

大赫王毕竟不知这支幽州来的骑兵是什么人，不敢追出去太远，见狄兵溃散，立刻收兵。片刻后，他看见那支骑兵也结束了冲杀，整队从远处朝城门方向疾驰而来。他唯恐有诈，一边叮嘱身边的儿子仔细防备，随时准备带人退入城中，一边稍稍上前，高声说道："多谢相助！你们是什么人？"

那支骑兵停在了近前，当中穿着都尉甲衣的领军之人抬臂掀起染满了血的面帘，随即摘下兜鍪扔在地上，道："长宁将军姜含元，奉大魏大将军姜祖望之命，前来支援！"

一阵短暂的静默过后，大赫王突然仰面朝天大吼一声："苍天！长宁将军！摄政王妃！"

他的声音充满了狂喜。他喊完，立刻带着人冲上前拜见，又命萧礼先大开城门，迎接一行人入内。

"将军姐姐！"

这时，忽然自城门里传出一个女子的大喊之声。姜含元正要骑马入城，听见声音后停马望去，看见萧琳花从城内冲了出来，奔到马前，一把抱住了她的腿。

萧琳花仰头望着姜含元那张染了血的面孔，喊道："将军姐姐！竟然是你！真的是你！方才我在城墙上看见你在冲杀，便觉着像是你，只是不敢相信！我真的没有想到……"

她太过激动，连话都说不出来了，哽咽了一下，眼睛一红，眼泪竟扑簌簌地落了下来。姜含元微微一笑，伸手想要替她擦去眼泪，看见自己手上满是污血，又停了一下，却被她一把抓住。

萧琳花飞快地抹了一下眼睛，又露出了笑容，问道："将军姐姐，我可以和你一起骑马吗？"

姜含元一怔，对上萧琳花那双充满了期待的亮晶晶的眼眸，点了点头，示意她踩上马镫，随即单手一把攥住她的手臂，又一带，便将她带上了马背，让她坐在了自己的身后。

萧琳花一上马，便用双臂紧紧地抱住姜含元的腰。姜含元催马，在震耳欲聋的欢呼声中，带着八部王女纵马入了枫叶城。

南线。

宣威将军周庆与张密领着人马连过两关，浴血奋战，终于行军到了横山郡。

从他们领兵出发的日子算起，路上行军加上作战的延误，时间已过去了二十多天。

到了这里，即便周庆急着赶路，恨不能插翅飞到枫叶城去，但考虑到地势，便是不用副将张密提醒，这位一向以巨力和悍勇而著称的大魏猛将也谨慎了起来，不敢掉以轻心。

横山郡之所以如此命名，是因为地形。沿着道路北上，两山横峙，中间有一片十几里长的谷地。他们要想去往八部，方圆几百里内，这谷地是必经之路。

这一日清晨，当阳光从山谷上方斜射而下，谷地之中，连最阴暗的谷底和角落都变得明亮。然而，就是在如此的阳光之下，在这片谷地尽头的一片荒野地里，正在上演一场惨烈的厮杀。

这是两天内在这个地方发生的第三场战斗，魏兵和狄兵再一次厮杀在了一起。

这也是魏国的宣威将军周庆和狄国的"人屠"钦隆之间的第三次交手——两员猛将的较量。

昨天，正如周庆先前预料的那样，总数以万计的狄人在此设下关卡，占据谷口外那片宽阔的扇形地带，将快要出谷的魏国军队牢牢地堵在了谷口内的这段狭窄通道里。

周庆必须让大队人马尽快冲出谷口，否则，受地形的限制，每一次组织突围都不能发挥正常的威力。士兵如同一窝被困在窄口瓶里的蚂蚁，一时之间根本无法全部从瓶口出来，更不用说列成有战斗力的阵形了，最大的可能就是冲出去一拨，就被严阵以待的狄军吃掉一拨。

昨天试过的两次冲锋最后都被压了回来，魏军伤亡不轻，总计达到数百人。倘若不能尽快突破这困局，便是最后身后这几万人的军队能够得以脱身，他也耗不起时间。

周庆是预先了解过这个地形的。他原本计划利用自己在阵中罕有匹敌的冲杀能力，杀入乱军，斩取敌酋首级。只要敌酋身死，剩下的就不在话下了。

事实上，在这条行军的路上，他们前两次遇到的阻碍，都是如此被解决的。

但令周庆想不到的是，这一回对方统领人马的竟是钦隆本人。昨天两次交手过后，周庆便知这个素有"人屠"之名的狄国猛将确实并非浪得虚名。

据说，此人一生当中唯一的败绩，便是早年从晋国手里拿下燕郡之后，又乘着胜势领军攻打魏国的雁门，不料于阵中不慎被姜祖望挑下了马，险些丧命。除了那一次外，此人所向披靡。

周庆对自己的武力是相当自信的。在大将军的麾下，他是数一数二的人物。若非如此，那日他也不会贸然开口接下这个任务。但在遭遇这个狄将之后，他不得不承认，对方确实是他迄今为止遇到过的最为强劲的对手。

　　经过一夜的休整，这一刻，周庆第三次冲杀入阵。他紧握手中用作武器的马槊，朝着前方的目标而去。

　　对方披着黑色的锁子重甲，胸前同样横着一杆马槊，颈项粗壮，眼里闪烁着残酷的光。这个狄人犹如一只骑在马背上的凶兽，正在阵中横冲直撞，如切菜斩瓜，接连砍翻了几名朝他迎上的魏国士兵。

　　此人正是钦隆，是今日这一战周庆必须斩杀的目标，也是唯一的目标。

　　昨天乍见此人现身于此，周庆心惊肉跳，但并非因为惧怕对方。令他惊惧的是身为狄军主将的钦隆怎会出现在这里？他的第一个念头便是枫叶城难道已经破了？

　　但副将张密说，应当还不至于，至少，在钦隆离开枫叶城之前，城尚未破。

　　据张密分析，如果城池已破，钦隆也就没有必要再在枫叶城一带驻扎过多的人马。钦隆既然亲自来此截杀他们，无论出于何种原因考虑，必会带着大队人马，那么，此刻将他们拦在这里的，就不应该仅仅是这万余的狄军，至少人数会和他们齐平。而且，这万余人里没有一个士兵是来自八部的，可见这支人马应当就是原本等在这里的伏军。

　　在昨天那两场试探性的冲杀对战里，虽然魏兵伤亡不轻，但对方也没讨到过多便宜，而让外族士兵冲杀在前，是狄人惯常的做法。这更加说明，攻打枫叶城的那支人马的主力，此刻应当还在那里。既然主力还在枫叶城，想必城池也没有被攻破。

　　张密如此判断，才令周庆稍感放心。

　　作为一名将荣誉看得重过性命的武将，周庆宁愿战死，也不愿意蒙羞。这任务是他自己要过来的——倘若最后大军连枫叶城都没到，就被人扑杀在了半道之上，他有何脸面回去再见大将军？

　　既然他们已提早和狄军大将狭路相逢，什么腾挪周转，便都毫无意义。

　　唯一的破解之法，便是不计代价地为他身后的这支军队杀出一条继续前行的血路。

今日这一战，他将抱着同归于尽的准备，誓要将钦隆斩落马下。一旦事成，狄军必然失去章法。他命张密到时趁机组织冲杀，无论如何，一定要破阵而出，继续赶往枫叶城。

周庆和正向着自己纵马而来的钦隆越来越近。

就在双方马头之间的距离只剩咫尺之时，两人齐齐举起马槊朝对方刺去。转眼间你来我往，马匹交错。一个回合就要结束之时，周庆故意卖了个破绽，露出身前空当。钦隆见状，立刻举槊刺向对方。

以钦隆的眼力和经验，他岂会看不出这是魏将的陷阱？但他丝毫不惧，因为如今的主动权，无论是枫叶城那边，还是此地，全都掌握在他的手中。

昨日他和这个武力过人的魏将交战了两场，心中对魏人的仇恨被彻底地激发了出来。在他的预想里，自己刺向对方的腹部，对方必然抬槊斜挡，双槊纵横交错的一刻，应当就是对方想要谋算自己的时机。

他已全身绷紧，双目紧紧地盯着对面的魏将，纵然是对方眼皮子上的一个微小的跳动，也休想逃过他的眼睛。他必将在对方企图谋算自己之前，给出致命一击。

然而，钦隆没有想到，那魏将竟没有横槊抵挡。

周庆坐在马背之上，对攻击视而不见，竟任由钦隆的槊头刺破自己的战甲，捅进自己的腹部，最后自腰后透出。

钦隆目露错愕之色，一愣，于电光石火间明白了过来。就在他的槊头刺透对方身体的同一时刻，他看见对方已举起手中的马槊，朝着自己当头劈落。他猛地侧身，同时往后仰去。这个自救叫他险险躲过了对头部的攻击，但槊刃仍贴着他的脸斩了下来。

这凝聚了周庆全力的一击，先是削掉了钦隆的一块面皮，继而砍在了钦隆的右胸之上。

随着两人身下战马的高速移动，最后槊锋错开，但钦隆的铁甲当场被砍裂，护胸的铁环也全部断裂。

这一回合结束，两匹战马停住，交战的两人转瞬已成血人。

一个腹部被穿透，破碎的甲衣里隐隐可见流出的一段肠子。

一个满面是血，如同厉鬼，胸前更是破开了一道深深的长口子，肋骨也被砍断了好几根。

不同的是，周庆的神情狰狞凶狠，他没有片刻停顿，立刻再次催马，朝着钦隆冲去。而他的对面，那个有着"人屠"之号的钦隆，眼里却露出了一丝难以置信似的惊疑和痛苦之色。

钦隆压着胸前正汩汩往外冒着大量鲜血的伤处，慢慢地直起身，仿佛一时难以定夺是继续迎战，还是暂时避开对面这个显然已经疯狂的魏将。

转眼间，周庆已纵马到了近前，再次朝钦隆刺去。钦隆在近旁一队刚赶到的亲兵的保护下，一边躲闪，一边后退。周庆身后的死士也迅速跟着冲上，两团人马陷入乱战。

正在这时，一个尉官从谷口外狄军大营的方向纵马疾驰冲来，朝着钦隆大声地吼个不停。

耳边充斥着厮杀之声，周庆听不懂狄人的语言，不知对方说的到底是什么，但看见钦隆脸色大变，似惊怒万分，突然呕出一口血，随即仿佛下了决心，在一千人的保护之下匆匆离去。

周庆已杀得眼红，不死不休，怎肯就此作罢？他一人纵马还要追上，被后面赶上的副将张密拦了下来。

"将军！莫再追了！似乎是好事！他们在退兵！"

周庆横槊停马，大口大口地喘着气，茫然望去，果然见狄营的后方有旗帜展动，传令的校尉骑着马快速地穿行在阵地周围，用哨发出阵阵尖锐的指令声。

很快，除了近旁那些还在厮杀中无法脱身的狄兵，其余狄兵纷纷后退，仿佛退潮一般。谷口外的野地渐渐地恢复了空旷，最后，只剩下满地走不了的死伤之人和盔甲、弓箭、残旗。

周庆慢慢地回过神来，喃喃道："怎么一回事？"

话音未落，他眼前一黑，一头从马背上栽了下去。

周庆当天就苏醒了过来，发现自己躺在一辆车上，腹部伤口已被裹扎，而大军已走出谷地，正在继续赶往枫叶城。

张密知他醒了，立刻赶来，和他说了一个令他震惊无比的消息。

当然了，这是一个好消息。

张密说，就在钦隆退兵之后不久，他们也收到了来自枫叶城的消息，终于明白钦隆为何仓促离去。

长宁将军率领一支骑兵，从北面突入幽州腹地，犹如神兵天将，不到半个月的时间便抵达枫叶城，和城内的萧家父子一道，解了围城之危。

随后，八部之下原本摇摆不定的中山和紫丘二部得知大魏驰援的消息，带着粮草和人马主动投奔。

长宁将军和众人一道留驻在枫叶城内，以防备狄军再次集结攻城。最后就等着他们这支南路援军抵达，几方会合之后，再共同作战。

北线的行动须严格保密，张密直到此刻方知晓，心情还有几分激动，忍不住感叹道："真是想不到！长宁此番运兵不同寻常，当真是有大将军当年的风范！不瞒你说，先前她夺回青木原，其实我心中有些不服，觉着她年少鲁莽，不过是运气好，最后成事而已。今日我算是服了。且不说胆色和战力，如此一条行军之道，便足以叫我甘拜下风了。"

张密有感而发，赞叹了一番。周庆躺着，起先一言不发，又慢慢地闭了目。张密以为周庆是伤势过重，乏累了，便也不再多说，吩咐亲兵好生照顾宣威将军，自己继续领兵前行。

接下来的最后一段路，再无任何意外发生。

不过倒是另有一件离谱的事。数日前那支和他们在谷口厮杀过的狄兵，也在附近日夜兼程地急行军。两支军队距离最近的时候，相隔不过五六里地，若站在高处，甚至都能望见对方的旗帜，却对彼此视而不见，只顾闷头各走各路。

就这样，八月中旬，这支南线援军赶在姜祖望限定的一个月期限的最后一天抵达了枫叶城。

双方碰头，大赫王欣喜若狂，将人迎入城中，获悉周庆腹伤不轻，又安排他治伤休养不提。

这个时候，先前溃散的狄军人马已重新集结，钦隆也折返了回来，只是不敢妄动，更不敢靠近，暂时在距离枫叶城两百里的边境地带扎营。

一连半个月，到了九月初，狄营始终不见动静，既没有退兵，也无任何新的举动。

姜含元猜测，钦隆遭此大挫，这些时日应是一边养伤，一边在等南王府的指令，自然了，也不排除对方随时发兵、卷土重来的可能。

如今从兵力来看，两方算是势均力敌，但狄营的背后就是幽州，随时会有新的增援，而枫叶城这边，粮草依旧紧张。萧家父子最近整日就在忙着这事，对面暂时没有动静，正求之不得。

这一日，姜含元亲自带着一队人马出了城，骑马在附近巡查，归来已是傍晚。入城后，她正待去探望还在养伤的周庆，忽然看见杨虎匆匆奔来。杨虎面上带笑，禀说南线军队的补给车队终于到了，运来了一批粮草。

虽然粮草数量不多，但苍蝇腿也是肉，总比没有要好。

"还有，他们在路上抓了一个鬼鬼祟祟地跟着他们的少年，模样没眼看，跟叫花子似的。他们本以为他是细作，要杀了。那少年却道自己是将军你亲戚家中的侄儿，说是来投奔将军你的。他们不信，又怕万一是真的，就把人给绑着，一路带了过来，如今就关在粮仓旁边。他们叫我来问一声将军，是否真的有亲戚家的侄儿要来投奔？"

亲戚家的侄儿？

姜家从姜含元的祖父起便一脉单传，姜含元没有直系叔伯。至于沾亲带故的人，早年姜祖望沉寂于雁门，早就断绝消息，再无往来。

她在云落城那边也没这样的亲戚。

见女将军面露迷茫之色，杨虎点头道："若没有这样的人，如今正有战事，他跑到这种地方来，还信口开河，必定有诈。我再去审审！"

他转身要走，却听姜含元道："我去瞧瞧吧。"

既然那人指名道姓说来投奔自己，或许是她不知道的远亲也有可能，想来细作也不至于这么蠢。

先前的粮仓被付之一炬，如今的粮仓暂时设在城内一座早先用作屯兵的石头堡里。姜含元走入堡内，看见很多士兵正来来去去，忙着往里搬运粮草。萧礼先也在，正在与魏军负责押送粮草的一个段姓裨将一道忙碌着。

两人见姜含元来了，立刻上前见礼。

萧礼先对她毕恭毕敬，见过了礼，又道："方才听段将军讲，陈刺史也答应了姜大将军，会想法子另外筹措一万石粮出来，以助我父子度过今冬。我代父王还有八部的子民，谢过大将军，谢过长宁将军还有陈刺史！"

萧礼先面带喜色，感激之情溢于言表。

他口中的陈姓刺史便是如今的并州刺史陈衡。姜含元与其素无往来，也未见过面，但知道此人。陈衡的经历和她的父亲有些相似，两人都是出身于高门世家，后来出京便再也没回长安，多年以来沉寂于边地。

陈衡如今所掌的并州，是大魏在北方经营了多年的重要粮仓，雁门边军的粮草大部分便来自并州。陈衡既如此答应了，想必粮食很快就能到位。

姜含元也含笑说"好"，和萧礼先应答了两句，转向段祎将，问他路上的情况。

段祎将笑着应道："多谢将军关心。一路有军队护持，阻碍也都被前头的周将军他们给拔除了，平安无事……"

几人正说着，远处的一个角落里忽然传出一阵"砰砰"的声音，似是有人正在撞墙，接着，又传来一阵含含糊糊的"呜呜"之声。

姜含元转头看了角落一眼。段祎将想起什么，忙道："方才末将和杨小将军提了一句。我们在路上捉了一个跟在后头的小叫花子，他自称是将军亲戚的侄儿，但末将看着此人实在不像，倒像是细作。方才事忙，末将就把人安置在了这里，将军您来瞧瞧！"

他亲自领姜含元过去，命守门的士兵开锁，推开了门。

姜含元朝里望了一眼。这是一间小杂物间，里头关着一个少年。果然如段祎将所言，他衣衫褴褛，状若乞儿，脸和手脚布满脏污，也不知多久没有洗过了。那少年的嘴里堵着口塞，双手被捆在身后，他正抬着脚想用力踢被反锁的门，神情极为愤怒。见门开了，他抬起头，双目圆睁，嘴里又"呜呜"了两声，似在咒骂。忽然，他对上姜含元向他投来的视线，顿时定住，安静下来。

少年的脸实在太脏，杂物间又没有窗户，光线昏暗，姜含元起初没看清，只觉得眼熟，还在寻思到底在哪里见过这少年。

陪在一旁的段祎将误会了姜含元的意思，登时脸色一沉，指着少年喝道："你还不服？当着将军的面也敢骂人？我就知道，将军哪里来的你这样的亲戚侄儿？你定是细作，再不招，就拉出去砍了！"

"等一下！"姜含元对上少年那双滴溜溜乱转的眼睛，突然想到了一个人，内心说是震惊万分也毫不为过。

面前的这个少年，竟是少帝束戬！

"陛……"她下意识地脱口而出，却见少年正朝自己拼命摇头，口里又"呜呜"地叫。她一顿，明白过来，闭了口，疾步入内，拔出堵住他的嘴的口塞，又急忙替他解了绳索，见他的腕上已留了一圈被麻绳捆得发青的瘀痕。

束戬得了自由，便自己揉了揉发麻的手腕，瞪了一眼段神将。

段神将一下子傻了眼。毕竟虽然姜含元没说什么，但看这架势，很显然，眼前这个少年应当确实是她的亲戚。

刚开始他要将这少年捆了堵住嘴上路，少年也反抗了几下。随后少年大约知道反抗无用，也就认命了，一路老老实实的，没再给他惹过什么麻烦。

此刻，他见这少年目光阴沉地瞪着自己，神色不善，仿佛突然间换了一个人似的，竟有咄咄逼人之态。他忽然心里发毛，慌忙对姜含元解释道："将军恕罪！末将有眼无珠。只是这批粮草重要，末将怕他包藏祸心，是冲着粮草来的，所以为防万一，迫不得已才将他捆了塞上口塞。末将绝非有意冒犯……"

姜含元安慰段神将无妨，又望向束戬。少年的脸上立刻露出笑容，他大度地朝着段神将摆了摆手："罢了，不知者不罪。这里没你事了，下去！"

段神将莫名其妙，只觉得这少年在见到长宁将军后言行举止无不怪异，一时不知该如何应对，便望向姜含元。

姜含元颔首道："边地特殊，何况如今形势紧张，正在打仗，再如何谨慎都不为过。不但如此，我还要谢谢将军，替我将人安然带到了此处。段将军你费心了。我这就将人领走，你去忙吧。"

段神将听她语气诚挚，方松了口气，暗自庆幸自己当时没有一刀把人杀了，忙"欸"了两声，退了下去。

近旁没了外人，束戬就见姜含元收了笑，转头一言不发地打量他。他何尝不知，自己做出如此之事，还跑到了她这里，有多荒唐。

他担心她不悦，责他做错事、给她惹麻烦。等了片刻，他小心翼翼地叫了她一声："三皇婶！你……在想什么？"

见姜含元不答，他又吞吞吐吐地央求道："三皇婶，你帮帮忙，千万不要让人知道我是谁……"

姜含元回神，目光从他的身上落到脚上。他是真的衣衫褴褛，脚上穿的是一双草履，鞋头破了一个大洞，钻出一只脏污的大脚趾，脚后跟的皮肉已被磨得肿胀出血，布满伤痕。

束戬发觉她在看自己，顺着她的视线低头看了一眼，随即往草履里缩了缩脚趾："三皇婶，我这模样，难怪其他人不相信我认识你……有一天我在破庙里过夜，遇见了几个乞儿，他们见我没东西吃，便分了些乞讨来的吃食给我。我身上也没余钱，走之前就把衣物和鞋给了他们。他们若是穿不上，拿去当几个钱也好。只是我没想到，草履如此硌脚，早知道……就不给了……"

他正讪讪地解释着，忽然听她开口："除了脚，身上还有哪里受了伤？"

她的语气竟意外地温和。

束戬一怔，接着松了口气，喜道："我没事，就是脚疼。后来实在不想走了，我就倒在地上不起来。那个段神将没办法，把我扔在粮车上。最后几天，我是乘车过来的。"

姜含元一笑："你先随我来。"

她带着束戬来到城中的一处精舍，叫人送来水，给他准备了干净的衣裳，等他洗澡出来后又上了饭食。

束戬仿佛饿鬼投胎，狼吞虎咽，一口气吃了三碗饭，因吞得太快，有点儿噎住。姜含元见状，忙递上水。

他接过水喝了几口，揉了揉胸，叹了口气："好似从没吃过这么好吃的饭！"他又转向她说道，"谢谢三皇婶！"

姜含元给他递上化瘀生肌的伤药，示意他自己抹在脚伤处，随即问出了心中的疑虑："到底出了何事？你为何私下一人出宫？"

皇帝一个人跑出皇宫，无外乎两个原因：别人赶他出来，或者他自己出来。

她已经可以断定皇城中没有发生宫变之类的事故，束戬是自己潜出皇宫跑了。果然，她一问完，就见他笑容消失，连脚伤也顾不得上药了。

他丢开伤药，坐得笔直，语带愤懑地道："太后要替我立后，三皇婶你猜是谁？是兰荣的女儿！我不愿意，她就拿孝道压我，还打了我！成，我让她自己去立！那个皇宫，我是待不下去了！"

姜含元没想到竟是这样的缘由，听完未免吃惊。

"你出来找我，你三皇叔知道吗？"她立刻就想到了束慎徽，又问道。

他摇头道："他那会儿还没回来，如今想必是知道了。"

"你若实在不想接受太后的安排，为何不寻他帮你？竟然就这样自己一走了之？就算他没回，你也可以写信给他！"

"我写了！他不管我！他只说叫我不用急，等他回去了再议！"束戬有些激动地道，"三皇婶，三皇叔就是那样的人！我可太了解他了！他自己早先娶你的时候，还不是……"

他一顿，意识到自己说漏了嘴，偷偷看了一眼姜含元，咳了一声，改口道："反正，只要对大魏有好处，别说立兰家的女儿了，随便立什么人，他都会让我点头的！谁叫我是皇帝呢？！关于这件事，我真的怕他靠不住。反正我是无论如何也不会娶兰家女的！"

姜含元一时默然，竟觉束戬这话好似也不是完全没有道理。

束戬发泄完心里的怒气和不满，见她又不说话了，神色还有点儿严肃，不免再次担心她不悦。他觑了一眼她的脸色，忽然嚷疼，拿起方才丢下的伤药开始给自己抹药。

姜含元看着他那双布着血疱的脚，道："疼吧？你从前没走过这么长的路。"

束戬点头，觉得她看着自己的目光仿佛多了几分怜惜，便越发来劲，又道："我到了雁门，本打算直接找你，正好遇到送粮的人，就跟在他们后面走，没想到被发现了。他们拿我当细作——这一路过来，除了解手和吃东西，我一直被他们捆着，还堵了嘴。无论我怎么说，那个段神将都不听。给我吃的东西最差不说，快到的时候，他为了赶路竟忘了我。三皇婶，我已经饿了一天了！

"不过，三皇婶放心，我真不会和此人计较。他谨慎也是应当的。"

方才谈及出走原因时的满腔怒气早已消失，他又用带了几分撒娇和讨好的语气说："三皇婶，你就不问一声，我是怎么出的宫，路上又是怎么过来的？"

他大约颇为得意，不待姜含元问，便绘声绘色地道："宫内每晚都有不同的通行口令，有时我若有兴致，便会自己定下。那天晚上，我假借早睡，命人不许打扰，天黑后换上寺人衣裳，走窗出去，提着净桶去污房。遇到巡逻的人查问，我就报上口令，说是没刷干净，立刻去换。我低着头，捏着嗓子说话，也没人留意我，就一路到了污房。在那里做事的寺人平日不被允许靠近内宫，所以没人见过我。我拿出自己写的盖了内府戳印的凭条，说自己犯了事，被罚去那里做事，他们便全都信了。进去后，我趁着没人注意，藏在车上，然后就出了宫！"

他说着，大约是回忆起了当时的情景，摸了摸鼻子，面露嫌恶之色，随即又接着兴致勃勃地道："然后你猜怎么着？他们根本不可能想到我会来雁门，寻我不见，只会以为我去找三皇叔了。所以我也不怕他们查，出京兆后便进了驿点，拿出敕令，说要北上秘密公干。那些人好像不信，但看见我有敕令，又不敢多问，当即给我安排了脚程最快的好马。我就这样沿着官道北上而来。到了雁门，我不想惊动三皇婶你的父亲，知道你在这边，恰好又遇到了送粮的大队，就跟了上去，没想到会被发现。后面的事，三皇婶你都知道啦！"

不待姜含元开口，他又抢着道："三皇婶你想什么，我也知道。只是从前我一有事，身边人便受责。他们知道我要干什么，却不敢报，所以有罪。三皇叔说这样不好。所以这回我就自己出宫，谁也不知！何况，我也不想带人！"

姜含元听完，对此事的前因后果，心中已是雪亮，也就不再多说什么了。她又陪他坐了片刻，起身道："你刚到，想必累了，留在这里好好休息。我先去了。"

她说完，站了起来。

束戬一愣，跟着起身，大约脚踩在地上感到了疼，咧了一下嘴："三皇婶，你不住这里？"

姜含元道："我住城门附近的兵营里。"

"我也住那里去！"他立刻说道。

姜含元摇头道："那里太乱，什么人都有，你不能住。先前城中起火，烧了不少房舍，还好此处无碍。这里是大赫王的一座宅邸，自然比不上皇宫，不过也算干净，你先暂时落脚。后头还有一个园子，等你的脚好些了，你可以过去逛逛。你有任何需求，打发人来告诉我。"

她语气很温柔，但态度十分坚决，没的商量。束戬无可奈何，顿了一顿，忽然想起什么，又道："那你不要现在就把我来这里的事说出去！我还不想回！"

姜含元干脆地拒绝道："不行。至少，我必须告诉我的父亲你在我这里。"

"三皇婶！"束戬面露焦急之色，一下子提高了声音。

"陛下！"自见面后，姜含元第一次如此称呼他，"既然陛下来找我，就恕我冒犯。我斗胆问一句，陛下难道真的下定决心，一辈子也不回皇宫了吗？"

束戬顿时为之语塞，一时应不出来。

姜含元注视了他片刻，面上露出笑容，又安慰道："陛下出来的时日不算短了。何况，等我父亲将消息送到长安，那边再派人来接，至少是两个月后的事了。两个月的时间，还不够陛下散心？"

束戬哑口无言。

"还有，别人也就罢了，陛下不告而别，你三皇叔如今心中会如何焦急，不用我说，想必陛下也应当知道。他此刻恐怕正在为你的下落忧心如焚、寝食难安。陛下，你三皇叔把你看得比他自己的命还重要，万一你有个不好，他会负疚一辈子的。"

束戬怏怏地低声说道："三皇婶，你发信吧……"

他的声音听起来有气无力的。

姜含元笑道："那就这样了。你好好休息，我有空就来看你。"

姜含元离开后，第一件事便是叫来樊敬，让他负责看护束戬。自然了，她没有说出束戬的身份，只道里面的少年是一个极重要的人，请樊敬加倍小心。她又交代，可以让少年在城里走动，但是一定不能让他随意出城，如果他要出去，樊敬就去通知她。

樊敬应"是"。樊叔做事，她一向是放心的。

安排好这边后，她又立刻写了一封信，以密信的方式命人火速传去雁门，交给大将军亲启。

第八章　少年重现

半个月后，九月中旬的一个深夜，雁门大营。

姜祖望临睡前又在大帐中坐了片刻。就着案头的烛火，他的视线落在白天刚收到的一封信上，他微蹙眉头，心中犹豫不决。

这是一封来自西边的云落城的战报。

上月，西边也传来了兵戈再起的消息。时隔多年，北狄再次纠集起一支人马，对大魏的西关发起了骚扰和攻袭。

这是狄人为了配合八部之战而发起的攻袭，一东一西，遥相呼应。

这些年来，大魏恩威并施，以云落城为中心，在西关一带已打造出了一条相对稳定的缓冲带，周围除了那些朝秦暮楚的小国和部族，其余皆已归附大魏。此外，大魏也在西关驻有一支军队，以归德将军刘怀远为统领——此人素有将才。

西关生乱之后，刘怀远和云落城城主燕重相互配合，很快就控制住了局面，西关再次稳定下来。

这自然是捷报，但同时，捷报中也提到了一个不大好的消息：燕重受了伤，伤情反复，情况不是很好。

关于西关战乱的消息，姜祖望除了通报朝廷外，也没有瞒着女儿。在随后的通信里，他第一时间就告知了她。他相信这个消息绝不至于令女儿分心。

战场之上，她具有一种罕见的临危不乱、勇于担当的冷静品质。这种品质加上对全局的掌控以及足够的威望，是成就一个能够独当一面、统领万军的统帅的必要条件。

随着时间的推移，到了最近这两年，姜祖望越发觉得，自己不会看错人。

如今西边捷报飞抵，却带来了这样一个令他没有想到的坏消息。他要不要现在就送信去告诉女儿？女儿从小和她的舅父亲近，感情深厚，远甚于和自己的父女之情。

姜祖望迟疑良久，最后终于做了决定。他很快修书完毕，连同西关捷报一道，命人发送出去。

不早了，他该休息了。女儿这趟走之前曾叮嘱过他，要保重身体。

姜祖望从案后起身，正待脱衣上榻，就在这时忽然听到帐外传来一阵疾奔靠近的脚步声，直觉告诉他，外面应是来了一个刚刚送抵的紧急消息。

无论是西关还是八部，战况的进展都算是顺利，此刻深夜却又来急报，是燕重病情加重，甚至是噩耗？还是八部又起了新的变数？姜祖望立刻停了动作，转过身。

此时，帐外也传来了亲兵的通报声，他命人入内。

亲兵说："大将军，大营外刚到了一队人马，请大将军立刻出营相见！"

姜祖望一怔："什么来路？"

"没说。只传入此物，请大将军过目。"

亲兵呈上一个用布裹着的物件，姜祖望接过打开，见是一面腰牌——禁军将军的腰牌。

刘向？竟然是他深夜到此！

刘向在长安，和姜祖望已多年未通音信，直到几个月前姜含元回雁门之后，姜祖望方从樊敬的口中得知，刘向也随同摄政王南巡了。

此刻，刘向怎的突然来了雁门？

姜祖望迷惑不已，整过衣冠，立刻出了大帐。

这时节的长安，当还菊黄蟹肥，方添秋衣，但边地入秋早，这里已是草黄芦残，入夜更是寒风"飒飒"，天地肃杀。

姜祖望匆匆出了大营，停在辕门外，朝前望去——

夜空中挂着一轮秋月，清冷的月光之下，可见前方一箭之地外的一座缓坡上，正静静地停了几十人，皆为常服装扮。

当中一人翻身下马，朝姜祖望疾奔而来。姜祖望也走了过去，隔着十几步的距离就认了出来，正向着自己奔来的人确系刘向无疑。

"大将军！末将刘向见过大将军！"一个照面过后，刘向以当年的旧礼参见姜祖望，毕恭毕敬。他的声音有些不稳，可见此刻内心情绪波动之大。

骤然见到阔别多年的昔日部将，姜祖望一时感慨万千。他回了礼，随即顾不得寒暄，问道："你可是有事？"

以刘向如今的身份，他突然奔赴雁门，绝不可能是来叙旧的。果然，刘向附到姜祖望的耳边，低语几句。

摄政王束慎徽竟然亲自到此，连夜等候在大营之外！

姜祖望猛地抬眼。这时，坡上的另外一道身影也下了马，朝着这边迈步走来。姜祖望回过神，立刻大步迎上。

月光照出了一张青年的容颜。姜祖望曾经见过此人——虽然多年前那还是一个少年，却给他留下了无比深刻的印象。此刻，面前的这位青年，他的眉目、仪态，甚至是迎风走路时的身影，只一眼便叫姜祖望将他和当年的少年重合了起来。

"殿下！摄政王殿下！臣不知是殿下驾到，有失远迎，请殿下恕罪！"

姜祖望压下胸中翻腾的意外和激动之情，走到近前，正欲纳头便拜。束慎徽却伸出双手，将姜祖望一把托住，扶了起来。

"大将军不必多礼。"束慎徽说道。

他面带微笑，看起来风度超然，正是姜祖望印象中的样子。只是此刻距离近了，借着月光，姜祖望立刻便发现自己的这个女婿风尘仆仆，面带倦色，不但如此，连嗓音也嘶哑了，看起来十分疲倦。

姜祖望心中疑虑无数，不知束慎徽突然深夜赶到雁门的目的为何。如今的战事，远没到需要摄政王亲自前来督战的程度。如果不是为公，那便是为私，难道他是为女儿而来？但姜祖望感觉又好像不是。

姜祖望立刻开口请束慎徽入营。

束慎徽摇头，低声问道："大将军在这里，可曾见过陛下？"

姜祖望一怔，问道："陛下？"

他一时没回过神。

束慎徽问完,见姜祖望神色茫然,便明白了过来:和他猜测的一样,束戬没有等在这里,而是继续往八部去了。

虽然开口之前他就已对这个结果有了心理准备,但此刻,他的心中还是控制不住地涌出了一阵焦灼之感。

若是少帝只来雁门也就罢了,此地平静,没有战事,但是八部,甚至去往八部的路途中会发生什么,可就谁都无法预料了。

束慎徽稳住心神,用尽量平稳的声音解释道:"大将军,本王此行,是为陛下而来。"

他用几句话便将前因后果向姜祖望做了扼要的说明,在姜祖望错愕至极的目光中,继续说道:"想必陛下已追去八部,本王这就上路。大将军你这里安排换马,再叫个熟悉道路的向导!"

姜祖望终于从巨大的震惊当中回了神,不禁打了个寒战,匆匆反身吩咐亲兵。他转过头,望了一眼不远处那道还立在月下的身影,压下心中纷乱的情绪,迅速走了回去,恭声道:"请殿下稍候。"

束慎徽面上露出一丝笑意:"有劳大将军。"

"出了如此大事,本该由臣追随殿下去接陛下……"

姜祖望绝不会为了去接少帝或者保护摄政王而在这个时候离开雁门,他的计划是派一支军队随摄政王而去。

不料话未说完,他便听见束慎徽道:"不必。大将军你只要驻在雁门,也不用派人送我。本王人手足够,自能应对。"

姜祖望作罢。摄政王此行显然须要保密,姜祖望也不再行虚礼,便谁也没叫,只自己在旁陪着。

在等待向导和所需的换乘马匹之时,姜祖望又报上西关和八部最新的战事进展。但禀完公事,这对从联姻成功之后时至今日方得以碰面的翁婿,竟各自默然,相对无言了起来。

姜祖望将女婿心事重重的样子尽收眼底,知情况之特殊前所未有,万分火急。他怕女婿急着上路,正想自己亲自去催,忽然看见对方望向了自己。

"殿下有何吩咐?"姜祖望立刻问道。

束慎徽慢慢地呼了一口气,低声问道:"岳父,罖罖近况应当也都好吧?"

姜祖望听到束慎徽突然喊自己岳父,还开口问起女儿,起先极为意外,接着,心中涌出了极大的欣慰之感。

"是!是!殿下放心,她平安无事!都怪我,方才竟忘了向殿下报她平安!"

"她起初回来……可有在岳父的面前,说起过和我有关的事?"姜祖望见自己的女婿似乎迟疑了一下,又如此发问。

姜祖望连连点头:"有!有!她回来后,对殿下赞不绝口!"

他刚说完,却见自己的摄政王女婿再次沉默了。

这时,大营后方传来一阵马匹嘶鸣的声音。很快,马匹和识路的向导便到了近前。束慎徽和姜祖望道了别,命随众更换坐骑,未再停留,上了马背,连夜继续朝着八部而去。

枫叶城中,转眼,束戬来此便有十来天了。

终于逃脱了皇宫的囚笼,束戬认为反正事情已做下,虽然对不住三皇叔的教导,辜负了他对自己的期待,但是一两个月后,自己就要再度回宫,这样的日子恐怕此生再也不会有,索性抓住最后的机会及时行乐。

刚开始的时候,束戬便抱着如此心态到处游荡,颇觉新鲜,倒也快活了几天,但很快,就发现这里没什么可以引起自己兴趣的地方了。姜含元又极为忙碌,露面时间有限,大部分时间待在城门附近的军营里。束戬渐觉无聊。

今日白天,他实在无处可去,干脆闷头睡觉,没想到竟然梦见自己回了皇宫,坐在那张已坐了几年的宝座之上,对面是那些熟悉的抱圭肃立的大臣。他在大臣们跪拜时山呼万岁的声音里醒了过来。

他惊坐而起,想不明白,自己才出来多久,怎就梦见了那座自己一向就没好感的皇宫,还有大臣们那一张张令人生厌的、犹如纸扎人似的呆板的脸。

他颇觉晦气,但想到如今自己跑了,皇宫里可能会有的光景,还有三皇叔到来见面的那一关,心情越发不好了。他又发呆片刻,决定出门去透口气。

樊敬照例跟随在他的身后。他到了城门附近,登上城楼,眺望着驻扎在城外的魏军军营。那个方向不断有披着战甲的人纵马进出,又随风传来士兵操练发出的呼吼之声。

束戬心中一动,说想出去,果不其然,樊敬又阻拦他,说要先去告知将军。

几天前,束戬也想出城,三皇婶知道后并未拒绝,却亲自陪同,骑马在旁,寸步不离。他倒是盼望她能时常陪伴在旁,但他的脸皮再厚,也知如今北狄的威胁还未消除,怎敢再多占用她的时间?

他忙解释道:"不用了吧?我不走远,只想去营中看士兵操练。我不打扰,就远远地看,看完就回来。"

哪一个少年人不向往金戈铁马、奋勇杀敌?何况如今他都到了前线,每天竟然只能被困在这座方城之中,乏味也就算了,太可惜了。

他千辛万苦终于获得如此机会,来到了边塞之地,倘若什么都不曾见识过,就这样被三皇叔给领回去,待到将来回顾,恐怕会成终生遗憾。

樊敬道:"小公子勿怪。如今两军对峙,这也是为了小公子的安全考虑。将军说了,若小公子想出城,她再来接你。"

束戬顿了片刻,道:"罢了。"他也没心情游荡了。

他转过身,怏怏地下了城墙,正想转回去,一抬头,却看见梯道下方的尽头处站了一个红衣少女,正直勾勾地盯着自己。

两人四目相对的那一刻,少女神色大变,睁大眼睛,仿佛想起了什么,抬手指着他,惊呼道:"是你?长安的皇——"

束戬也认出了她来。这少女是大赫王的女儿,名叫萧什么花来着?那日长安春赛,她傍在三皇婶的身边,因而他瞧过她一眼,留有一点儿印象。

束戬没想到会在这里碰见她,又见她认出了自己,岂容她喊破自己身份?他一个箭步冲下梯道,抬手死死地捂住了她的嘴。萧琳花瞪大眼睛挣扎,束戬附到她的耳边,低声道:"不许说出去!"

萧琳花将他的声音听得分明,转头对上这个魏国少年皇帝的眼睛,呆住。束戬见她不动了,松开手。

今天萧琳花亲自做了一些吃食,和侍女一道拿着,想送到外头的军营里去。她方才走到这里,冷不丁看见一个人从城墙上下来,觉得这人像是她在长安见过的魏国少年皇帝,但又不确定,就停了下来。

她又是紧张,又是不解,实在想不明白,大魏的那个皇帝怎会突然从长安移到了这里。

忽然,她想了起来。前些天,她听兄长提了一句,有一个长宁将军的少年亲戚前来投奔,就住在他们城中的一处邸舍里。

原来如此!那个来投奔的少年,竟然就是当今的大魏皇帝!

萧琳花依然满头雾水,但明白了这一层,又听他这么叮嘱,便不敢再贸然多言一句,忙点头后退了一步。

"我知道了。陛……"她一顿,"你若是没有别的事,我便出城去军营了……"

对着大魏的少年皇帝,萧琳花就会想起另一个人——摄政王,不禁心生胆怯。她说完,见他瞥了一眼自己手里提的食盒,忙解释道:"我是去看将军姐姐,顺便给她带些我自己做的吃食……"

束戬听了,心里越发气闷:连这个萧什么花都能去军营寻三皇婶,唯独自己,都到了这里,却连出个城门也不自由。

萧琳花见他神色不快,有点儿忐忑,迟疑了一下,试探道:"你……要不要也吃一点儿?"

这时,城门外忽然响起一阵马蹄的疾驰之声。束戬只觉心头一跳,撇下萧琳花,又冲上城墙,居高望去。

只见军营里起了一阵骚动,很快,有士兵整装待发,纵马出了辕门,看起来仿佛是出了什么事情,要去执行任务。

束戬顿时兴奋起来,双手紧紧攀住墙砖,双目一眨不眨地望着。

姜含元收到斥候回报,此前一直与枫叶城对峙的狄兵大营忽然出现了异动,远远望去似有集结人马的迹象,但又不像是进军的态势,倒像是在拔营退兵。

她不敢掉以轻心,唯恐对方使诈。为防万一,她当即点选一支人马,预备到距离枫叶城百里外的一处战略要地守望,同时下令启动城防,大军时刻做好出城应战的准备。

因周庆受伤太重,城防交给张密和萧礼先负责,她亲自领着点选出来的两千人马出营。一时间,城门附近气氛骤变,战马嘶鸣,军士严阵以待,平民则被驱离,全部归家,闭门不许外出。

战争一触即发,气氛紧张。

樊敬见束戬停在城墙上不走,数次出言提醒。束戬恍若未闻,眼睁睁地看着姜含元领着一支骑兵出营，马蹄飞踏，道上尘土飞扬，人马渐渐远去，最后彻底消失在了视野里。

"小公子！这里不安全！你必须下来了，回去！"樊敬加重语气，再一次叫他。

束戬慢慢转身，一步三回头，无奈地下了城墙。

姜含元领着骑兵抵达利用这段休战时机修筑出来的工事，张骏则带人再去前方刺探。一个时辰过后，张骏回来，禀说狄营确实正在撤退，看着不像是在使诈。

出兵之前，姜祖望曾再三叮嘱，他们的主要目标是逼退狄兵，解除八部的危机，现在敌军若当真撤兵，自是极大的好事。

这回姜含元亲自带着一小队人马，来到一个距离狄营不到两里路的山坡前，登上坡顶，居高远眺。她看见对面那片连绵铺展开的军营里，大半的营帐已被拆除，只营地前方留有一队似是在警戒的人马，再远些的地方，隐隐可望见载着辎重的车队和人马已经掉过头，往西向着幽州的方向缓慢前行。

姜含元一直在近旁盯着，直到天黑，始终没有发现异常。

一夜过后，那片原本驻扎了几万兵马的野地空了，全部的人马撤得干干净净，只剩些破烂营帐和几万人驻扎过后的满地废弃之物。

看来狄人退兵是真。

但是，这到底是出于何种原因？

如果因为主将受伤过重，无法再指挥作战，南王府完全可以另外派人接替。

从南王府此次行动的规模来看，炽舒对八部势在必得。此前狄军虽也受挫，但整体损失并不算大，完全可以卷土重来，现在却如此毫无预兆地突然退兵，姜含元断定，唯一的原因应该出在南王府。

难道是北狄发生了什么她不知道的事情，南王府权衡过后，不得不退兵？

十几天后，潜入幽州刺探情报的张骏送回来一个消息，验证了姜含元的推测——

确实是狄国的皇廷出了事情。

据张骏所探到的情报，这回南王府出兵，本向狄廷承诺一个月内拿下八部，没想到，在开头的短暂胜利过后，后面的进展极为不顺。

幽州是南王府的势力范围，却被魏人刺破腹地，如神兵天将般出现在枫叶城。军中又接连死了两名地位不低的都尉，南王府受到了来自狄廷——主要是炽舒兄弟势力的汹汹质疑，随后南路又遭遇挫折，钦隆重伤。

此前的对峙，应当就是炽舒两面遭受压力，正在权衡进退。然后，就在几天前，有消息传出，狄国皇帝病危。

另据情报，其实早在狄营退兵之前，炽舒本人应当早已离开了南王府。

姜含元明白了。狄廷有变，如此动静，炽舒必是第一时间知悉，而狄军之所以没有立刻退兵，应当是怕走得太急，引来追兵。

据她所知，北狄皇廷的权力争斗，比汉人皇朝有过之而无不及。至少，在汉廷，若非迫不得已，父子、兄弟、叔侄之间通常不会刀兵相见。但在北狄这种地方，用暴力夺取政权、残酷清洗对手，这样的事如同家常便饭。

前方战事受挫，后方皇廷又出不测，换成是谁，都清楚该如何决断。

这次北狄是真的退兵了。

姜含元目前还无法判断这场变故会对未来的魏狄两方带来何种影响，但对于枫叶城而言，这自然是一件天大的好事。

北狄退兵的消息传回枫叶城，上至萧家父子，下到八部民众，无不欣喜若狂。随后，萧家父子立刻寻到姜含元，请求大魏将士继续驻留些时日，帮助自己彻底铲除叶金父子等叛国之人。

叶金父子狡猾如狐狸，应当是先前就嗅到了异样的味道，知道一旦狄人决定退兵，自己便失去了利用价值，狄人绝不会管他们的死活。早在十几天前，这对父子便惶惶然如丧家之犬，开始暗中寻找退路。

正在此时，有一拨数以万计的当地民众不堪叶金父子的残酷压榨，自发结群，计划带着家当，驱着牛羊，投奔枫叶城。他们当中有些是白水、伏人两部部民，听闻大赫王如今得了大魏助力，形势大好，毅然决定前去投奔。其中也有许多当年幽燕沦陷之后就近逃到这里的故晋汉人，早些年一直和八部通婚杂居。

不料消息传到了叶金父子的耳中，父子二人在钦隆退兵之时当机立断，领着人马转头回去，将大队民众全部拦截。他们将这批民众作为人质，驱赶到叛军最后盘踞的大本营东河，残酷驱使民众，夜以继日地修筑城防。

其实不用萧家父子开口，姜含元也打算在离开之前彻底平叛，解救民众。

于是两边一拍即合，大赫世子萧礼先自请出战。魏军这边，姜含元派遣杨虎领队，出动五千人马。

当天议事，周庆也到场了，他的腹部依然裹扎着绷带。因为伤势严重，这段时日他饱受折磨，幸而底子强悍，熬了过来。他今日现身，虽然面色依然带着病态，但精神看起来已是大好。

他是雁门军中排得上号的猛将，统领营兵颇有威望，资历也深，论年龄和辈分，还是姜含元的叔伯，两人的等级也大体相同。不但如此，各营之间暗中也有竞争，谁都想争取第一。他从前对着姜含元，态度自然也是客客气气的，但多多少少总是含了些自恃在内，如今却是有些不同了。

议事之时，姜含元见他全程沉默，特意转向他，问他是否有异议。

周庆摇头，随即又道："倒确实是有一桩！"

姜含元立刻请他发话，众人也都望向他。

周庆道："我是羡慕杨家的小七郎！若非我如今半死不活，哪里轮得到他上阵！"他说完"哈哈"大笑，不料笑得太过，不慎牵动腹伤，微微面露痛色，伸手压了一压。

杨虎"嘿嘿"一笑，道："周将军！你将来多的是机会。这回你就安心养伤，别再想着和我争了！"

周庆再次大笑，转向姜含元，道："我周庆是粗人，生平佩服的人不多，大将军是头一个，如今长宁你也算一个！这里你说了算，我心服口服，无话可讲！"

姜含元莞尔。

事情议定之后，众人散去，杨虎和萧礼先也匆匆离去，预备明日出兵。

周庆此次领兵，未有机会立功不说，险些连自己也搭进去，心中未免遗憾。不过，感到遗憾的除了周庆，枫叶城里还有另外一人。

那自然是少帝束戬。

自从狄军退兵的消息传开，束戬便寻到了姜含元，再三央求想去城外的军营里看看。最后姜含元同意了，吩咐樊敬不必再限制束戬出城，只要不是走得太远便可。

第二天早上，杨虎和萧礼先率领人马整装，在军营的辕门之外集结。五千将士个个身着盔甲，跨坐在马背之上，初升的秋阳照耀着他们那一张张坚毅的面孔，雄壮威武。

姜含元一声令下，伴着战马的嘶鸣声，军队出发。这时，闻讯赶来聚在城门附近观看的民众发出阵阵欢呼之声。

束戬站在城墙最高的望楼之上，居高望着城外的这一幕，心痒难耐，转头对着身后那个寸步不离的大胡子道："樊将军！这可是最后一战了！你日夜跟着我，就不想有个立功的机会？"

樊敬虽不知这个少年到底是何人，但因女将军曾郑重其事地吩咐过要仔细照看，自然不敢懈怠。他面无表情，一言不发。

少帝暗叹了口气，又望向城外。忽然，他的视线停住。

就在距离军营不远的道旁，一群从城内出去的少女聚在那里，正冲着从她们面前骑马而过的将士挥手欢呼。站在人群最前面的，是一个红衣少女。朝阳之下，她红衣似火，在人群里十分惹眼。

红衣少女正是萧琳花。她也出城去了，欢送她的兄长。

束戬盯了她片刻，等军队走完了，转头道："樊将军，我想去城外的枫林里走走。那个王女——"他指了指红影，"她应当认路，知道何处风景最好。我也只认得她，请她来给我做向导。"

枫叶城之所以有此名，就是因城外生有大片的枫林。如今入秋，层林尽染，枫叶如火，登上城头远远就能望见，景色确实极好。

樊敬迟疑了一下，叫随从过去询问她愿不愿意同行。

萧琳花毕竟是王女，樊敬以为她会拒绝，没想到她抬头望了一眼城墙，看见这个少年，竟点了头。不但如此，她还立刻来到城门口，老老实实地等在那里。

樊敬无奈，只得安排马匹，带了几名随从，跟着少年和王女一道出城。

枫林看着近，但路上沟沟壑壑颇多，走起来颇费时间，一行人骑马走了一个多时辰才到。停马在林子之外，束戬入林，一边欣赏周围的风景，一边和萧琳花闲谈，问的都是哪里好玩、有何特产之类的话。

萧琳花起先很是拘束，渐渐地感觉这个魏国的少帝很随和，完全没有皇帝的架子，和她先前想象的完全不同，便放松了下来，有问必答。

两人年纪相仿，束戬又不停地夸赞枫叶城人杰地灵，萧琳花越发欢喜。很快，两人说说笑笑，宛如相识许久的老友。

束戬一边说话，一边也没闲着，时而跳起来扯落一把枫叶，时而踢一脚地上堆积的落叶，时而又弯腰摘一把草。渐渐来到林深之处，树密草高，他微微扭头看了一眼身后。

樊敬带着几个人，依然在他后面跟着，离他不远不近。

他来到一株几人合抱的大树之后，停了下来。萧琳花也跟着停住，问道："怎么不走了？"

束戬凝视着她，脸上露出笑容："你生得很美。依我看，除了我的三皇婶，就算是在长安，宫里宫外也寻不出比你更美的女子了。"

萧琳花一愣，实在没想到魏国的少帝会突然这么看着自己，还说出了如此肉麻的话。她反应过来，登时俏脸涨红，心中有几分紧张，又有几分羞涩。她正不知该如何应对，又见他忽然脸色一变，视线落到自己身上，指着自己，用极为紧张的声音道："当心！你身上有虫在爬，就要爬上你的脖子了！"

萧琳花低头，果然看见一条肥硕得足有手指宽的生刺毛虫正在自己的衣襟上扭动。她平时骑马射箭，性子爽利，胆子也大，却天生害怕虫子，何况这种扭来扭去的毛虫。她当场花容失色，尖叫一声，整个人便跳了起来。

"别怕别怕——我在！"束戬立刻上前，伸手一把捏住肥虫甩开。

萧琳花惊魂未定，突然手心一热，发现自己竟被他顺势握住了手。她又一惊，还没反应过来，就见他又凑到了自己的身前，唇附到自己耳边，低声道："跟我到树后去！我有话和你说！"

他说完，不由分说地拉了她的手，转到大树之后。在旁人眼中，两人情状极为亲热。

樊敬早将这一幕收入眼底。少男少女之间亲热，他也不好多看，自然不便跟上，就在原地等着。起初，树后传出一阵"叽叽咕咕"的说话声，却听不清楚说了什么，再过片刻，他听到随风传来了萧琳花轻声唱歌的声音。

萧琳花一直在唱，唱了一首又一首。樊敬以为她在唱歌给那少年听，起初也不以为意，渐渐地觉得不大对劲，侧耳再听了片刻，就朝着那发出哼曲声的树后走去。

他咳了一声："小公子？王女？"

他的话音落下，哼曲声戛然而止，他听到王女似乎迟疑了一下，问道：

"可以停了吗？"

没有人回应她。

樊敬心里生出一种不好的预感，也顾不上什么冲撞，立刻冲到树后，赫然见萧琳花靠在树上，眼睛上蒙了一条帕子。

树后只剩下她一人，近旁哪里还有那少年的身影？

萧琳花听到动静，一把扯下帕子，看了一眼四周，睁大眼睛，望向樊敬："他人呢？方才是他要我唱歌给他听的。他还蒙了我的眼睛，叫我一直唱下去，没他的话，不许停。他是……"他是魏国的皇帝。她虽然觉得他提出的要求十分古怪，但对他的命令不敢不从。即便到了此刻，她也不敢说出他的身份。别说对着樊敬了，就算是对她的父兄她都不敢提半句。

她说不出来，直到见樊敬面露焦急之色，高声唤他的人到附近去找，才一下子明白了过来，自己是被对方利用了——这个看起来笑嘻嘻的魏国少帝，让她傻乎乎地一直唱着歌替他打掩护，他却跑了。

她知道自己闯了大祸，又是心慌又是恼恨，贝齿狠狠地咬唇，眼泪掉了下来。

姜含元得知这个消息的时候，已是这一天的傍晚。

束戬摆脱樊敬，偷偷绕回林外，骑马跑了。不但如此，他还把剩下的几匹马都驱散了，导致樊敬在回营报信的路上费了不少时间。

萧琳花哭得眼睛和鼻头通红，低着头一动不动。姜含元听到束戬跑了的消息，便知他去了哪里。她安慰了萧琳花两句，立刻出营，翻身上了马背，亲自带着一队人马，循着杨虎行军的路线，一边沿途寻找，一边追赶。

东河位于枫叶城的西北方向，急行军的话两天便到。杨虎在第二天早上发现了一位不速之客。

宋时运带来了一个少年，说这少年骑马追了一夜才追上来，要求随军同去东河。杨虎认得这少年，知他是那个跟着粮车远道来此投奔女将军的亲戚家的侄儿，也知樊敬天天跟着他。

"杨将军！你带上我！我保证不给你添麻烦！"

杨虎坐在马上，打量了对方一眼，见这少年紧紧地盯着自己，一夜没睡，双目却闪闪发亮，眼底的那种渴望浓烈无比。

杨虎回头望了一眼枫叶城的方向，虽猜测对方应当是偷跑跟上来的，但急着行军，一时也管不了那么多。他指了指旗纛，道："也行！你扛旗！跟在我边上！"

束戬大喜，立刻上前接过旗纛扛在肩上，催马紧行，跟了上去。

天黑时，五千骑兵便疾行到了叛军大本营所在的东河一带。杨虎下令，命士兵原地休息，明早开战。

杨虎让束戬今夜和他同帐，束戬满口答应。杨虎巡营，束戬便在后面跟着，看什么都觉得新鲜。不但如此，束戬很快就和一个同样扛旗的小卒混熟了。

那小卒比束戬年岁稍大，说也不知道自己到底几岁，也就是十五六岁。但他有名字，叫百岁，因他的父母希望他能活到百岁。不过，他的家人在他小时候就死光了。他平常除了护旗，因为目力好、嗓门儿大，逢战也作为望兵。

望兵的位置在阵地的后方，他们负责爬上巢车，居高瞭望全局，以随时将战况汇报给主将。别看年纪不大，百岁已是一名经验丰富的老兵，自称参战不下十回了。他绘声绘色地将过往经历讲给束戬听，束戬神往。

百岁又问束戬来自何方，听到他说是长安，羡慕地道："我平生最大的心愿便是将来打完仗，立了功，做了官，骑着大马入长安，去瞧瞧天子脚下的皇宫到底是什么样。"

束戬道："皇宫也就那样，没什么好！不过，将来你若来长安，就找我，便是想进皇宫，也不是难事。"

百岁"哈哈"大笑，说他吹牛皮。束戬忍着没说出自己就是皇帝，给这个新认识的伙伴讲述长安和皇宫里的种种。

百岁听得如痴如醉，忽然一拍脑门儿："我知道了！必是你家里有人在皇宫做事，偷偷带你进去过！"

束戬一怔，随即也大笑，称"是"。

两人正聊得起劲，杨虎事毕，叫束戬回帐。一进帐，束戬便抢着帮杨虎卸甲。

杨虎打量了他一眼，道："还挺机灵！樊将军跟着你，你居然也能跑出来。听你的口音，你也是长安来的？你和将军是什么关系？她在长安好似没有近亲。"

束戬奉承道："我在长安之时便听说过杨将军的威名，今日一见，果然英明神武！我看整个雁门就数杨将军你最睿智，什么都逃不过你的眼睛！我确实来自长安，是长宁将军的远亲，难怪你不知道。"

杨虎沉下脸，又道："小子，少和我来这一套！今天是急着赶路，我才把你带了过来。明天是一场硬仗，八部叛军本就凶悍，又走投无路，必会负隅顽抗，战力绝不在狄兵之下。明天你不许乱跑，就在后面给我待着，一步也不能上去！你要是少了一根毛，我可没法向将军交代！"

杨虎说着，抛来一把刀。束戬一把抱住了刀。

杨虎瞥了束戬一眼："带着，以防万一。睡了。"

说完，杨虎一掌扇灭了烛火。

束戬闭目，枕着刀，兴奋得无法入眠，直到下半夜才终于睡着。天没亮军队就要拔营，他惊醒，匆忙爬起来，随大队继续前行，兵临城下。

东河城又名白水城，是叶金父子所率白水部的大本营，如同枫叶城之于萧家父子。叶金父子在此地经营多年，四月间密谋叛乱事败，猝不及防之下，仓皇弃城逃走，因而白水城一度被萧礼先占据。后来得了狄兵相助，叶金父子打了回来，又将白水城收了回去。

此城西边靠山，东边临东河，各无通道可走，只有南北两座城门。如此地形，易守难攻，但反过来说，只要能拿下南北两座城门，便是瓮中捉鳖，叛军无路可逃。

杨虎和萧礼先分兵，各自攻打一边城门。叛军已获知消息，紧闭城门，城墙上齐备各种防御器械。攻城之战开始，只见城墙上射下来无数箭镞、炮石、火油、滚木齐齐而下。

南门之外，杨虎领着士兵，用盾牌护体，架起昨天连夜砍木制作而成的十架云梯，奋不顾身地强攻。

束戬停在距城门一箭之地的相对安全的地方，近旁是一部分等待补上的军队。昨夜刚和束戬认识的小卒百岁正在一架巢车之上，瞭望前方。

此战不是野战，是攻城之战，战况一目了然，谁都能看到，无须他通报战况——他只负责盯着前方一个手持三角旗的传令兵。等到三角旗被举起，便是前方发出信号，命令后方部队也加入战斗。

束戬昨夜脑海里各种关于上马杀敌的热血沸腾的幻想，在今天这场真正的战斗开始之后，很快便如泡沫般崩散得无影无踪。

他看见一个士兵爬到一半就被头顶落下的巨石砸了下去，又看到近旁另一架云梯上，另一个士兵用盾牌打掉了飞石，躲过头顶的攻击，终于爬到接近城头的地方，却被敌军一刀砍落。如此景象重复不绝，却没有人后退。士兵一个接一个，犹如蚂蚁，踏着不断掉落的伙伴的身体，不停进攻。

战斗分明刚开始还没多久，但在束戬的感知里，却仿佛漫长得已经持续了许久。他的眼睛里是冲天的火光，鼻腔里是随风吹来的血的腥味，耳朵里更是充满了震耳欲聋的厮杀之声。他被这种强烈的感官刺激给冲击得几乎晕倒。

城头箭镞如蝗，大量的滚木砸落，火油倾倒，云梯翻倒。身体起火的受伤士兵在地上打滚，发出惨叫之声，而城墙下已经死去的士兵一动不动，被吞没在了冒着刺鼻黑烟的熊熊大火里。

束戬再也控制不住，冲着近旁的领队吼道："还不上去？！快上！前面顶不住了！"

领队何尝不紧张？但这是杨虎的部署。前方的牺牲，就是为了消耗城内对攻城方威胁最大的滚木、火油、巨石等物。等到对方的守城器械消耗殆尽，攻城阻力就会大减。

如此部署固然残酷，但这就是战争，战争不可能不死人。

领队知道这个少年应该不是一般人，急忙解释了一句。束戬一呆。这时，城墙上的叛军得了喘息之机，开始朝着束戬他们这边发射乱箭。

"准备！他们正借风力！"

巢车上的百岁大吼一声，吼完迅速举盾护住自己。下面的军士也全都训练有素地齐齐举盾挡在头顶，形成了一面用盾牌组成的防护墙。

大部分飞来的箭力道不够，不能抵达他们头顶，在空中掠出弧线后插入地面。只有几十支箭借着风力射到了他们近前，伴着一阵"叮叮咚咚"声，乱箭全都插在了盾上。

百岁也举着一面盾牌，等箭雨过后，放下盾，低头冲着梯下的束戬喊道："怕了？没事！哪回不是这样！我跟你说，今天只是小阵仗——"

话音戛然而止。

一支被风送来的流矢如鬼影般从云端飞落，转眼便到近前，不偏不倚地插进了百岁的后颈，透颈而出。他的身体在高高的巢车上晃了一下，随即连同盾牌，笔直地掉了下来，重重地砸在了束戟的背上。

束戟被压在了下面。他趴着，不知道自己最后是怎么脱身出来的。等他回过神来时，巢车上已站着另外一个人了。

又一轮攻势展开，如此反复，很快到了第四轮，巢车上的人看见前方的传令兵终于举起了三角旗，大吼一声。迫不及待的将士们发出喊杀声，朝着前方冲去。最后，这里只剩下了束戟一人，脚边躺着昨晚刚认识的伙伴。

百岁脖子上插着箭，一动不动。他的脸上没有痛苦之色，眼睛圆睁，面上仿佛还带着一缕最后说话时的嘲笑表情。

这一轮的攻城奏效，魏军登上了墙头，迅速占领城墙，正待夺下城门，忽然，下方的城门开启，拥出来大量民众，老人、妇人、孩童，有八部民众，也有汉人。

他们便是前些天被叛军拦截下来的那一批人，此刻又被驱赶出来。倘若不出，就会被杀死在城门后，他们不顾一切地夺路而逃，叛军便混在其中冲了出来。许多民众被推搡得摔倒在地，还没来得及爬起，便遭到身后无数人的踩踏。尖叫声夹杂着孩童凄厉的哭声，城门附近顿时乱成了一锅粥。

人间惨剧，不过如此。

杨虎没想到叶金父子竟无耻到如此地步。平民众多，他不敢下令让士兵放箭阻挡，只能一边呼喝，命民众出来后速速散开，一边领着士兵在周围形成包围圈，截杀从城里冲出来的源源不绝的叛军。

束戟被前方的厮杀给刺激得打了个哆嗦，从百岁的身旁一跃而起，紧紧地握住昨夜杨虎给他的刀，想冲上去加入。

他在宫中日日习武，无数次幻想自己英勇杀敌。

现在就是机会了，然而他的脚仿佛被什么锁住了，无法动弹。

他是皇帝，无论是三皇叔，还是三皇婶，都绝不会允许他加入的。

最后，他只能这样一遍遍不停地安慰自己。他听着厮杀声，看着不远处正淌着血的新鲜残肢，手握住刀柄又松开，松开又握住。冷汗如瀑，从他的额头往下流，流进了眼睛，激起火辣辣的刺痛感。

就在这时，他的目光一定。他看见前方一个几岁大的瘦弱小女娃站在几具尸体旁，正在号啕大哭，近旁，魏兵和冲出城的叛军厮杀着。一个神色惊恐的女人跑来，应当就是小女娃的母亲，可没跑几步，就迎面遇上一个叛军，被一刀砍倒在地。

束戬眼皮子一跳，又一滴冷汗落进眼睛。他眨了一下眼，再也忍不住，朝着小女娃冲去。他一口气冲到小女娃近前，一把将小女娃抱起，又狂奔回去，再扭过头，见方才那个正和叛军厮杀的受伤魏兵落了下风，被对方压在地上死死地掐住脖颈。

束戬将哭泣的小女娃放在百岁身旁，又转身冲了回去，冲到近旁，拔出刀，对准那个正在掐人的叛军的脖子，用尽力气一刀砍下。

脖子断了，一颗头颅滚落在地，血猛地从断颈里喷出，喷到了束戬的脸上。

他睁开被血糊住了的眼，在模模糊糊的红光里，看见又一个叛军朝着自己冲来，对方的表情似癫若狂。他不知自己是如何举刀冲上去的。他咬着牙，睁着染血的眼加入了这场乱战，和叛军厮杀了起来。他又砍倒了一个。

这时，他感觉身后有刀正在向自己砍来，想避开，身体却不听使唤。就在他目眦欲裂，满心不甘之时，突然，只听"锵"的一声，头顶掠过一阵刀风，一具身躯被砍倒在了他的身后。

他猛地转头，看见身后赫然多了一个人，狂叫一声："三皇婶！"

这场发生在城门附近的血战终于宣告结束，叛军全军覆没。萧礼先围堵住扮成平民企图再次逃脱的叶金父子，杀了两人。

杨虎在厮杀结束后方知姜含元也到了，立刻猜到她是为那个少年而来，急忙赶去。果然，他看到她和少年在一起。那少年满头满脸都是血，目光凶悍，手里还提着刀，直挺挺地站着。

杨虎吃惊：他不是吩咐过对方，不许上前一步吗？这是怎么回事？

杨虎转向姜含元，急急地解释道："将军，他是昨天追上来的，我赶着行军，就带上了他。不过，我吩咐过他，今天不许上来的！"

姜含元安抚了杨虎几句，转头望向似乎仍没从厮杀中回过神来的束戬，走上前问道："你怎么样了，有没有受伤？"

束戬慢慢地摇头，低声道："我没事……"

话音未落，他一把扔掉手中的刀，弯腰呕吐起来。

他不停地吐，吐到最后都趴跪在了地上，呕得连黄水都没了，这才终于停下。接着，他慢慢地软倒在地上，闭目大口大口地喘息。

杨虎还须清扫城池、安顿伤兵、招抚民众，当天，姜含元先带着束戬回返枫叶城。

她给束戬安排了一辆马车，让他好好休息，自己骑马在旁陪同。上路后，束戬忽然掀开车帘，低声道："三皇婶，你能和我一起坐车吗？"

他已经洗干净了脸，面色有些苍白，精神萎靡，和平常的样子大不相同。

姜含元上了马车，和他同坐。见他一言不发，她取了一条毯子盖在他的身上，道："你应当累了，睡吧。睡一觉，醒来就好了。"

束戬靠着她，慢慢地闭上了眼睛。

姜含元望着束戬的面孔，忽然想起了那个人。

父亲十几天前就应当收到了她的信，必会立刻通报长安。算着时日，那人得知束戬下落，应该也没多久。

他必会亲自来接束戬，她十分肯定这一点。

不过，就算他收到消息立刻动身来接，如今也应当刚出发没多久。等他辗转赶到这里，最快恐怕也还需要个把月的时间。

"三皇婶……"

耳边忽然传来低低的呼唤之声，姜含元低头望去，见束戬又睁开了眼睛。

"怎么了？"她问。

"三皇婶，你对我真好。你和三皇叔是对我最好的人。我错了。我不该让你和三皇叔为我担心。"

姜含元的心里忽然涌出了一阵欣慰之感。

这种欣慰，不是出于少年皇帝对她的感情，而是出于这个少年对另外一个人的认知。

那个人为了这个少年和少年所代表的一切，可谓呕心沥血。甚至，倘若少年需要那个人奉上自己的生命，那人恐怕都会答应。

可是这个少年未必就会认可他所做的一切。

此刻，少年终于说出了这样的话，如同那人的付出得到了回应。投桃报李，他的努力终于没有白费。

她竟由衷地替那人感到欣慰，比这少年感激自己还要来得欢喜。

"三皇叔他还要一个月才能到吧……"少年又喃喃道，"他会不会对我很失望…很生气？"

"不会。你放心，我向你保证。"她望着束戬，柔声说道。

路上再没有什么意外，她顺利地带着束戬回到了枫叶城。

三天后，杨虎和萧礼先率队归来。他们从白水城中搜出了大量的粮食和牲口，这些都是此前叶金父子残酷盘剥民众所得。那一批逃亡的民众也都慢慢地重新聚集起来，在士兵的保护下，正在来枫叶城的路上。

至此，这场持续了将近半年的八部之乱彻底平息。

当天，大赫王为凯旋的大魏将士和部族勇士们举行了一场盛大的庆功宴会。宴会在城外的军营里举行，大家架起篝火，烧烤牛羊，美酒不断。不但如此，枫叶城还将举行盛大的赛马会，人人都可以参加。

这是一个可以抛开一切烦恼、尽情狂欢的日子。

束戬回来后的这三天却始终没精打采的，连今天这样的盛会也提不起兴趣。他无聊去找三皇婶的时候，正好遇见萧琳花跟在她的身旁。

萧琳花原本正说说笑笑，热情邀请姜含元也去观看比赛，忽然看见他来了，立刻没了笑容，狠狠地瞪了他一眼。束戬自知理亏，当作没见。

姜含元问他什么事，他一时又说不出来，愣了片刻，才说自己今天不出城了，等一下回住的地方，让她和将士们尽情庆功，不用记挂自己。

姜含元摸了摸他的脑门儿，确认他没有发烧，猜他应是还没完全从几天前的那场惨烈厮杀里恢复，便让他好好休息。

"是怕叫我父王瞧见了，不敢去吧？"萧琳花讥嘲地轻声嘀咕了一句。

昨天束戬差点儿被大赫王撞见，幸好反应得快，当即转了身。他瞪了萧琳花一眼，没精打采地回了住的地方。

他也不知自己是怎么了，做什么都提不起劲。本来像今天这样的热闹，就算冒着会被大赫王撞见的风险，他也绝不会错过的。

他闷头睡觉，在床榻上辗转反侧。他闭着眼睛，脑海中一会儿浮现出小卒百岁的死状，一会儿浮现出那个在尸体旁号啕大哭的女童的身影，再一会儿又好像嗅到了那从断颈里喷溅出来的血的味道。他从不知道，原来血可以喷溅得那么高，味道是甜腥的，令人作呕，还热乎乎的……

束戬终于迷迷糊糊地睡去，醒来时，窗外一片金色斜阳射入房中。

黄昏了，但今日全城的狂欢应当刚刚开始，他在这里都能听到自城外随风飘来的载歌载舞的声音。

他定了定神，正想去喝水。这时，门外突然响起了一阵急促的脚步声。他还没回过神来，就听见有人敲门，接着，一个声音传入耳中——

"戬儿！"

那低沉的嗓音，原本他十分熟悉，但不同的是，此刻它是沙哑的，语气还略带几分急促。

三皇叔？怎么可能是他？他不是应当一个月后才会到吗？

束戬以为自己听错了，迟疑了一下。这时，那声音又传入耳中。

"戬儿！"

有人推门进来了，正在快步朝里走来。

束戬感到心脏一阵剧烈跳动，大呼道："三皇叔！"

他猛地转身，朝外狂奔而去。

就在片刻之前，束戬做了一个梦。

他梦见自己回到了皇宫，站在宫门之外。他想进去，但宫卫竟不认得他了，将他拦住，问他口令。他说了一个，不对。他再说一个，也不对。他焦急起来，辩说自己是皇帝，口令就是他定下的，怎么可能会错。宫卫却嘲笑他白日做梦，不顾他的奋力挣扎，将他叉起来远远地丢开了。他从地上爬起来，看见大臣们朝着宫门而来。他们身着朝服，抱圭行走，准备入宫上朝。他欢喜，立刻跑去求助。然而他没有想到，大臣们也一样，仿佛谁也不认得他，目不斜视地从他的身旁走过。

最后，所有人都走进了那道巍峨的宫门，只剩下他一人。两扇宫门在他的面前缓缓地闭合。

"我是皇帝——"

束戬醒来的时候，耳边好像还回响着自己在梦中最后喊叫出来的那句话。他感到心神不宁，不知自己怎会莫名其妙地做了如此一个令人不喜的荒唐的梦。

正当他感到迷惘又沮丧，心头仿佛蒙着梦境带来的阴霾之时，下一刻竟然就听到了三皇叔那熟悉的呼唤之声。

宛如云开见月、迷途遇光，一瞬间，束戬被一种得到了救赎般的狂喜给攫住了。从未有过一刻像现在一样让他意识到，原来自己对三皇叔的依赖，其实早已深入骨髓，无法断绝。

他才狂奔了没两步，便见一道熟悉的颀长身影从外匆匆转入。

映入眼帘的那人真的是三皇叔，束戬再熟悉不过。然而此刻，三皇叔又和束戬印象里的样子有些不同。

束戬印象里的三皇叔，无论何时何地都姿容清绝、衣不沾尘。但是束戬面前的这个人，他的衣鬓之上沾满长途跋涉时马蹄扬起的黄尘，不但如此，他的皮肤黑了，身形也瘦了不少，眼眶微陷，眼底更是布满了血丝。

不难想象，他这一路北上是何等的担忧和焦心。

当对上三皇叔落到自己身上的目光，束戬忽然感到了深深的惭愧和内疚。和从前自己犯错之后因为接受训导而生出的愧疚不同，这是真正发自他内心深处的、由衷的感情。

"三皇叔！"束戬又叫了一声，眼眶一热，冲上去一把便抱住了对方。

束慎徽亦是眼睛微红，抬手握在侄儿日渐宽阔的肩上，缓缓加大手指的力道，最后紧紧地攥住。

"戬儿，你可还好？"他问了一句。

话音入耳，束戬再也忍不住，猛地双膝落地，哽咽道："三皇叔！我错了！这次我真的知道是我错了。我不该出走。我叫你担心了！"

束慎徽一怔。

就在片刻之前，在匆忙往这里赶来的路上，他还在思虑，侄儿会不会仍不愿跟着自己回去。倘若侄儿的心里依然存着抵触，他该如何叫侄儿真正地认识到自己的错处。

他没有想到，一见面，侄儿竟是这样的反应。

束慎徽惊讶过后，心中便涌出了一阵极大的欣慰之感。他要将束戬从地上扶起，束戬却不肯起来。

束慎徽微微加重语气，道："你是皇帝，岂可拜我？再不起，你便是折杀我！"

束戬终于慢慢地从束慎徽的面前爬了起来。

"三皇叔,我从前总在心里抱怨,没人真正关心我想的是什么,就连三皇叔你也在迫我。我觉得我太辛苦了。现在我才知道,我的那些苦算什么苦?我是真的错了!我辜负了你从前的教导,肆意妄为到如此地步。你一定对我很失望吧?"

束慎徽凝视着面前满面羞惭的少年,温声安慰道:"这回的事也不能完全怪你。过犹不及,我也有须反省的地方。总之,你没事便是万幸。朝堂那边你也不必担心,只要尽快回去,称你病愈,事情也就过去了。"

束戬立刻道:"好!一切都听三皇叔的安排!"

束慎徽望着他,点了点头。

这时,又一阵隐隐的喧闹声从城外的方向随风送入耳中。

束戬如梦初醒,扭头看了一眼外面:"对了,三皇叔你有没有见到三皇婶?她知不知你已经来了?"

束慎徽一愣,随即微笑道:"方才还没来得及见她。恰在城外遇到了大赫王,问了一声,他将我引来你这里。"

"狄军退兵了!八部叛军也都被清除干净了!今日犒赏庆功,我这就带你去找她。三皇婶本以为你还要过些时日才能到,等一下看到你一定极为惊喜!"束戬急急忙忙地便要带着束慎徽去找人,又道,"三皇叔,三皇婶前几天还救了我一命!"

束慎徽问他怎么回事。束戬这下是死猪不怕开水烫,把前些天自己瞒着人偷偷跑去前线的经过讲了一遍。

"我真的知错了,不但让三皇叔你担心,也给她添事。回来后,我担心你会责怪我,她说你不会怪我——真的被她说中了!等一下见到她,三皇叔你一定要替我再好好地谢谢她!"

束慎徽停步,沉默了片刻,道:"我自己去找她吧。"

束戬颔首道:"也好。那三皇叔你快去!她看到你,一定会很高兴!"

束慎徽微微一笑,转身出去。大赫王和刘向正等在外面,见他现身,立刻上前迎接。

直到此刻,大赫王才慢慢地回过味来——

大魏的摄政王竟突然现身于此。

他还没亲眼见到过住在这座宅邸里面的人，但对于之前摄政王妃将一个投奔她的少年安排住在这里的事，也是有所耳闻的。他现在想来，那个少年十有八九就是大魏的少年皇帝。

除了那种身份的人，放眼天下，还有谁能让摄政王奔走数千里地，亲自来此相见？

他不知内情到底如何，但不该问的不问，这道理岂会不知？见人出来了，他恭敬行礼，再三对大魏的出兵之举表示感恩，随后笑道：“小王有幸，今日能随王妃一道犒赏将士。殿下行路辛劳，可在此稍候，小王这就出去，将王妃请来相见。"

束慎徽阻止道："不必，你自便。本王自去见她。"

大赫王不敢勉强他同行，连声应"是"。

束慎徽点了点头，吩咐刘向也不要跟来，领人安顿下去，自己便单独去了。

他走在枫叶城的街道上。这里到处还能看到战火燃烧过后的残损的房屋，但街上所见的人十分精神，眼睛里有希望的光。城门附近更是热闹，民众和军士混杂在一起，往来不绝，士兵中有魏人，也有当地的八部军士。人人面上带笑，气氛犹如节日般热烈。

他继续往军营去，起先步伐迅捷，几乎是迫不及待，心跳也控制不住地加速。但当那座大营终于出现在不远的前方，夕阳满天，丹朱流火，空气里能闻到烤肉和美酒的香气，放大的喧嚣声也骤然随风涌入耳中，他又放缓了脚步，最后，慢慢地停了下来。

那个狂风暴雨之夜发生的种种，再一次浮上他的心头。

她决绝到那样的地步，他也说出了最难听的伤人的话，双方都没有给彼此留下半分余地。

他们就要再次见面了，开口的第一句话，他应当说什么才好？

从雁门来此的路上，他曾不止一次地想过这个问题。但是直到此刻，他发现自己竟还是没有想好。

束慎徽又低下头看了一眼自己。虽然未曾照镜，但他也知，自己此刻的模样应当不太适合叫她看见。

他正犹疑时，近旁走来几个勾肩搭背、打打闹闹、状若微醺的年轻士兵。

他们看见他，停下打量起他来。

束慎徽一顿，驱散萦绕在心头的杂念，上前问长宁将军是否就在里面。

士兵又看了他几眼，再相互对望，最后，其中一个士兵点头道："将军就在里面，和我们一道庆功！"

束慎徽停在原地，等到晚霞隐去，大营里燃起了一团团跳动的营火，终于再次迈步前行。他来到辕门前，向执勤的守卫出示了从随从那里拿来的一面腰牌，随后走了进去。

篝火熊熊，周围到处是欢声笑语。

虽然宴会将近尾声，将士们纷纷醉酒，但除了那些倒头醉眠的，剩下的人依然在狂欢，有的乘着酒兴高歌，唱起豪迈的边塞曲；有的摔跤角力，炫耀武功，博取来自伙伴的阵阵喝彩之声。

今夜，整个军营里充满了雄浑阳刚的气息，比之平日还要多出几分放纵的狂野。束慎徽在其中，显得如此格格不入，但是并没有人留意到他的存在。他穿过军营，朝着大帐的方向走去，快要到的时候，又停了下来。

就在大帐之前，三五人一堆，聚了不少的士兵。束慎徽看见萧琳花红衣红裙，正在一堆熊熊燃烧的篝火旁翩翩起舞。她的面容如火般酡红，舞步变化万千，身姿灵巧如鹿，随着回旋，裙裾飞扬，舞姿奔放而优美。

篝火的对面铺着一张地毯，上置一张长案，案上摆着美酒佳肴，一人一手端着酒壶，另一手执着连鞘的长剑，正斜斜地靠坐在案侧，姿态随意，又透着潇洒。

这是一名女子，她身穿甲衣，未戴兜鍪，一头乌发如男子般束于头顶。

她应是微醺，面带笑容，望着面前正在起舞的少女，借着那几分酒意，和着少女的舞步，正用剑柄叩击案角，发出一下一下宛如鼓点的声音，为少女伴舞。

一舞既罢，萧琳花兴奋地隔火喊道："将军姐姐！你击节击得真好！我再为你跳一支舞，为你助兴！"

姜含元举起手中的酒壶，隔空朝少女敬了一敬，放声大笑："极好！"

她大笑时，那团跳跃的火光映着她的面容，照得那张脸光彩照人，灼灼耀目。周围的士兵随着她笑，也发出了阵阵喝彩之声。

束慎徽从未见过她如此模样，甚至，倘若不是今夜亲眼所见，根本不敢相信她竟也会笑得如此肆意张扬。

他停在几个士兵的身后，定定地望着火光后的那道身影，一时看呆了。

这时，他的身后有人无声无息地靠近，一个声音在他的耳边响了起来。

"你是何人？寻将军何事？"

束慎徽如梦初醒，猝然回头，对上了一双年轻男子的眼睛。对方似乎是军中的小将，生得一张娃娃脸，此刻的神色却极为严厉，望向他的眼中充满戒备。

束慎徽迟疑了一下，又望了一眼前方。

萧琳花已再次起舞。姜含元继续斜靠着长案，一边喝酒，一边笑吟吟地用手中的剑为萧琳花击节伴奏。

"也不是急事，不必立刻惊动将军，我等等便是。"束慎徽想了一下，应道。

闻言，杨虎越发疑惑了。

虽然战事算是结束了，但保不齐还有细作流窜。谁知道这人向守卫展示的腰牌来自何方？何况，他又那样在辕门外徘徊了许久，若真有事，直接进来不就行了？

直觉告诉杨虎，面前的这个人形迹可疑。

"腰牌给我！"

束慎徽无奈，只好摸出腰牌，递了过去。杨虎反复翻看了几回，又盘问他的姓名。

束慎徽苦笑："这位小将军，如何称呼？"

"你管我这么多！你姓甚名谁？入营到底何事？"

张密正从近旁路过，见杨虎在盘问人，便看了几眼，却突然目光定住，继续盯着对方的脸看了片刻，终于想了起来。实在是当年的印象极为深刻，纵然过去了多年，但此刻，他还是很快就联想到了当年的那个人。

他又看了一眼不远处的女将军，虽然感到困惑，不知那位为何会突然现身于此，但越发肯定了自己的猜测。

张密见杨虎还在盘问对方，一把拽住杨虎，望着对面的人，小心地问道："敢问，可是摄政王祁王殿下？"

和无人认识的少帝不同，束慎徽知雁门军中有很多老将老兵见过自己，这趟来想隐瞒身份并不现实，也没那个必要。他来到这里，完全可以说是南巡后接着北上，巡视北境。

既已被人认出，束慎徽便也没否认，微微颔首。

张密慌忙下拜。

杨虎却是震惊万分，看着面前这个年轻男子，怪叫一声："谁？摄政王殿下？怎么可能？！"

他的嗓门儿极大，立刻吸引了周围士兵的注意力，众人纷纷看了过来。

"杨虎！不得无礼！还不拜见摄政王殿下？！"张密喝了一声。

杨虎僵了片刻，终于慢慢地下拜，却似乎带了几分勉强。

束慎徽瞥了杨虎一眼，从他的手里拿回自己的腰牌，淡淡地道："你便是杨虎？小名七郎？"

杨虎低着头，一言不发。张密急忙替他回答："禀摄政王，他正是杨虎，小名七郎。他方才不知是摄政王驾到，有所冒犯，请摄政王恕罪。"

周围的士兵惊疑不定，也没人看王女为女将军献舞助兴了，纷纷交头接耳。

姜含元也留意到了不远处的动静，隔着火光，只一眼便认出了那道身影。她略一沉默，看了一眼周围的将士，示意萧琳花停下，放下酒壶和长剑，起了身。

姜含元在四周将士的注目之中，朝着那道身影走去。束慎徽立在原地，望着她朝自己走来，一时竟紧张万分，心跳又一阵加快。

姜含元到了他的近前，站定，目光落到他的脸上。四目相对之时，她朝他点了点头，随即唇角上扬，笑道："殿下来了？怎不叫人通报一声？"

她的语气听起来极为自然，便如夫妇昨天才刚分开，今日不经意又见了面。

姜含元这话一出，便证实了束慎徽的身份。方才还在附近观望的将士再没有犹豫，全部下拜行礼。

这个消息方才已被迅速传开，将士们听说有位疑似摄政王的人入了营。谁不知道摄政王和女将军的关系，又有哪个不对摄政王感到好奇？于是除了那些醉了酒睡死过去的，其余只要还能走得动路的人，都纷纷往大帐这边拥来。此刻，有些在后面的人连前头那人是什么模样都没看清，便胡乱跟着下拜。

这座片刻前还满是欢声笑语的大营很快就变得鸦雀无声，拜了满地的人。

萧琳花看见那个凶神竟到了，早就往后退去，垂着头，生怕自己会被他看见。

大帐之前，那簇熊熊跳跃的火苗附近，最后只立着摄政王夫妇二人。

束慎徽的视线离开了她，他看了一眼四周，微微提起一口气，随即发话："诸位平身！本王是奉当今皇帝之命而来，这趟北上，为两件事，一是巡边，二是督战。此战实属不易，然用时不到两个月便大获全胜，全是在场诸位将士奋勇杀敌的功劳！待本王归京，必将捷报上达天听，朝廷必会论功封赏！"

他的话音落下，将士们无不喜笑颜开。

摄政王亲临边陲战地，于他们这种远离中枢长年守边的将士而言，本就是天大的惊喜。恰他又亲眼见证了胜利，于将士而言，这更是莫大的荣耀。众人轰然谢恩。

在场的许多老兵老将又想起多年前摄政王少年北巡的往事，心情越发激动，高呼起了"摄政王千岁"。

"摄政王在哪里？摄政王当真来了？"

周庆因伤今夜忍着未曾喝酒，早早便入帐歇下了。此时他闻讯奔来，推开人群，疾步上前，俯首下拜，激动地道："末将周庆，拜见摄政王殿下！"

束慎徽将目光落到他的脸上，只一眼就颔首道："本王记得你。当年本王去雁门巡边，你便是大将军身边的一员得力干将了。前些天我在雁门见过大将军了，他将你的事随同捷报和我说了。此番八部之战得以速决，你功不可没。我大魏有周将军你这样不畏死的勇猛良将，何愁战事不胜！"

他赞完，又关切地询问周庆的伤情。

周庆又是激动又是惭愧，哽咽道："殿下谬赞。此番战事能够速决，末将无尺寸之功。非但如此，也是仗了王妃的破敌之力，我当日方能侥幸活命。"

束慎徽上前，亲手将周庆扶起，叫他好生养伤。周庆连声应"是"。

束慎徽又命所有人都起身，继续宴饮，不必因他到来而有所顾忌。

张密人如其名，心思细密，猜测摄政王今夜独自入营恐怕是为女将军而来。摄政王夫妇年初才刚成婚，没过半年女将军就回了雁门，这小别胜新婚……

见场面也差不多了，张密便跟着发话，命全体将士散去，众人这才一步三回头地走了。他又见杨虎立着，还是不走，目光就落在摄政王的身上，也不知在想什么，实是不知礼数，便推了杨虎一下。杨虎这才转头，一言不发地去了。

这时，大赫王也到了。虽然摄政王发话不用他随侍，但大赫王岂敢真的如此怠慢？他看天也黑了，摄政王仍没回城，便带着萧礼先赶来。拜见过后，他说在城中为摄政王夫妇准备好了居所，随时可以过去休息。

束慎徽没立刻说话，只看向姜含元。

姜含元微笑道："你长途跋涉，想必很是乏累，不如回城吧，今夜好生休息。这边明早就要拔营回雁门，今夜怕还有事，我留营为宜。"

"王妃此言差矣！"张密看了一眼摄政王，立刻笑着接了一句，"拔营上路这种事，交给周将军和末将便是。何况，殿下来寻王妃，想必有事要议，此间说话不便。"

"对，对！张密此言极是。营中之事交给我老周！这种事，哪里还要王妃你来操心？有事尽管去！"周庆也反应过来，拍着胸脯接了一句。

姜含元顿了一顿，朝周张二人露出笑容，道了声"费心"，又看了一眼束慎徽，朝外走去。束慎徽在身后一片恭送声中跟了上去。

两人在周围无数人的注目中出了营，由着大赫王父子引到了住处。大赫王在少帝居住的精舍近旁另外备了一处清幽之所，供摄政王夫妇今夜临时居住。

进屋后，束慎徽打发走了候在门口服侍的人，亲自关了门，慢慢地走了回去，最后停在姜含元的面前。

周围再无旁人。明烛燃烧，两人相对而立，起初各自沉默。姜含元微垂眼皮，视线始终落在他的衣襟之上。

"殿下累了吧。我叫人送水来，服侍殿下沐浴。"

片刻后，她率先打破了沉默。她没看他，视线越过他的肩，落到外间的门上。说完，她正要迈步出去，却见他的肩膀微微动了一动。

"没事，我不累。"他终于开口，"兕兕，我是有话想和你说。"

她停了脚步，望向他。

"我前些时日，方知道了一件事。"

她等着他说下去。

"去年秋，护国寺，当日你也在——刘向和我说了。"最后，他慢慢说道。

姜含元没想到他说的是这样一句话，一下子抬眸，对上了他的两道目光。因第一反应是刘向可能会因此而受责罚，她立刻说道："当日他本是不愿放我进去的，是我以我父亲的旧恩迫他。"

"你放心，刘向他很好，什么事都没有。"他凝视着她，继续说道，"还有一件事，我想你大约也是关心的，便是关于那个无生的。他的病已好。固然我是不可能如你所愿将他当普通人释放的，但只要他老老实实的，我可以向你保证，你的这位朋友也会无事。"

姜含元看着他，片刻后，微微翘了一翘唇角，似笑非笑地道："谢谢你告知我。这算是好消息。"

他沉默着，又看了她片刻。

"我错了。"

在那一番引子之后，他终于说出了这句在心里翻转了不知道多少遍的话。这是他见到她后，必须说的一句话。

"那天晚上，我不该拿你的友人来试探你，不该说出那些话，还丢下你径自走了。你一定很是伤心。兕兕，你原谅我。还有，当初在护国寺，我和温婠说的那些话，必然令你产生了极大的误会。但我对她，真的不是你以为的那种感情。

"兕兕，我不知该如何解释你才会相信。我会怜悯她，愿意帮助她，甚至也承认，如你当初听到的那样，倘若没有早年的种种变故，我确实会娶她。但是时过境迁，一切都不一样了——我遇见了你。我对你，是完全不一样的。"他仿佛一时寻不到合适的表达方式，顿了一顿，又道，"她确实很好，但看不到她的时候，我不会想她。你不一样，兕兕。我看不到你，便会想你，极想，哪怕我的心里还在气你。上次和你那样分开之后，我便后悔了。兕兕，你原谅我——"

他朝她走了一步。

"殿下不必解释了！"姜含元有点儿急促地突然打断了他的倾诉，"关于温家女儿的事，我记得殿下也曾和我提过，当时我就说我信你，如今也是一样。

"倘若殿下觉得自己那天晚上有错，一定希望我原谅，那么我再告诉你，我早就原谅你了。我也没有伤心，是殿下你想多了。并且，事后我其实反省过自己。我当时的某些举动也是不妥，趁着这个机会，也请你一并谅解。"

束慎徽一时间定住了。

姜含元朝他微微一笑："全部的事情，在我这里都已经过去了。我希望殿下也和我一样，不必放在心上，往后该做什么就做什么。比起殿下与我当初议定的大事，如此小事实是微不足道。殿下日理万机，当真不必为此而分神。"

她环顾屋内的摆设，看了一眼床榻，收回视线："殿下赶路极为疲乏，我看得出来，你最需要的是休息。我不打扰了。"

她说完，面含微笑，朝束慎徽点了点头，随即转身朝外走去。

束慎徽犹如当头遭了一记闷棍，毫无准备。他看着她离去的背影，眼看她就要开门离去，沮丧、不甘、迷惘，或许还有几分忌妒，各种情绪在他的心里翻涌。

那个狂风暴雨的夜是过去了，但他至今没有走出，备受煎熬。而她呢？远离了他，她竟快乐如斯。

他的眼前浮现出她在大帐之前席地而坐、执剑击案、纵情欢笑的那一幕。凭什么？她如此搅乱了他的心，却说走就走，丢下他一个人沉沦？

他再也忍不住，迈步追上，伸出手攥住她的手腕。

"我是错了。起初谋算你，娶了你之后，也没有尽到为人夫的职责，没能够处处叫你满意。但我已经知错，也向你赔罪了。你对每一个人都是那么好。你的部下、萧琳花、戬儿，甚至是素不相识的陌生人……为什么，唯独对我，如此狠心？"

此刻，他眼底因行路疲乏而未曾消去的血丝越发浓重，以至连眼角都泛了红。他便如此，固执地攥住她的手，不放她走，一双通红的眼盯着她，咬着牙，再次用变得沙哑的声音，一字一顿地问她。

姜含元凝视了他许久，终于轻声说道："殿下，我不妨实话和你说吧，我对你也是有几分心动的。和你一起在钱塘度过的那几天，大约是我这一生当中最为快乐的几天了。我也喜欢你的母亲……倘若我的母亲还在世，我想应当就是你母亲那个样子的。但是，那样的快乐没有根基，稍微起一点儿变化，便会如同镜中花、水中月、沙基上的高楼那般，转眼消失。这一点，已经得到了证明。如今的烦扰，已远胜所能得的快乐，何敢谈一生之长？

"殿下，你问问自己，到底喜欢我什么？你是真的喜欢姜含元这个人，还是因为没法完全得到我，所以才念念不忘，不肯撒手？

"殿下，你是怎样的一个人，你的一些少年过往，我大约是知道的，但你根本就不了解我。你不知我是怎样一个人，也不知我的过往。哪怕你说得再多，关于这桩婚事而对我生出的这几分可怜的感情，也无法令我信任，更无法叫我心甘情愿地将我的余生和你系在一起。如今你却强行要我把我的心挖出来交给你，世上有这样的道理吗？"

她摇了摇头，抽出自己的手，用强调的语气说道："如今这样很好！我不想再有任何的改变！"

城外军营里，随着摄政王和女将军的离去，宴会也开始收场。张骏和杨虎向来关系亲近，平日也同寝一帐。张骏不见杨虎回帐，找了找，在大营的辕门附近找到了人。

杨虎仰躺在一块巨石上，嘴里叼着一根枯草，眼睛望着头顶的夜空。张骏上前，推了推他："喝醉了？躺在这里喝西北风？等一下要冻死人的！"

杨虎吐掉嘴里的枯草，懒洋洋地翻身坐起。

张骏一边拽着他回帐，一边道："我看你是真的喝醉了。听说晚上你还盘查了摄政王？他问你话，你还不应？幸好摄政王大量，没和你计较……"

张骏扭头，看了一眼城池的方向："不过说真的，摄政王看起来和咱们将军是真的相配！当初听说将军要嫁摄政王，咱们青木营里好些人都不服。方才我走了一圈，他们都在说好了！"

杨虎一言不发地丢下张骏，大步往睡觉的营帐走去。

这时，辕门外来了一个信使，高声喊道："雁门来信！长宁将军可在？"

信使送到了姜祖望发给女儿的信，信立刻从大营被转到了摄政王夫妇的居所。

这时，两人皆沉默着，还没从片刻前的那场对话里恢复情绪。她靠墙而立，并未立刻离开。他则站在她的面前，带着几分固执，依然不肯后退半步，却也没再像开始那样试图攥住她的手腕了。

信被送入，她看完信，面色骤变。

"怎么了？"他按下紊乱的心绪，问她。

姜含元失声道："舅父伤重！"

她下意识地握拳，又松开，反复几次，把指节捏得"咯咯"作响。她闭了闭目，蓦然睁眸："这边正好无事了，我去云落。殿下自便吧。劳烦明日再替我和陛下道声别。你二人回京，我便不相送了！"

束慎徽追到大门外，见她已翻身上马，朝着城外军营的方向去了。

"兕兕——"束慎徽朝她的背影喊了一声，可她连头也没回，转眼便纵马驰出了数丈之远。他又追出去几步，见她的身影已消失在了夜色里，脚步渐渐地慢了下来，最后颓然停下。他于黑夜中注视着她离去的方向，立了良久。

当夜，姜含元回到军营，将事情交代好后，在樊敬的陪伴下连夜往云落去了。

摄政王没有和她同行。他另有要事，于次日整合人马，带着那名少年，在周庆和张密大军的随行下踏上了返程，回往雁门。

萧家父子率着部众和民众送别，送出一程又一程。出城三十里地，束慎徽命大赫王止步，不必再送。

萧琳花骑马跟在父兄之后，抬头觑了一眼摄政王队列里的一辆马车。密闭的帷帘忽然被掀开一角，露出一双少年的眼睛。萧琳花发现对方冲自己晃了晃手，又龇了龇牙，做出一副笑的样子。她起先一怔，随即心里又涌出一阵气恼，扭过头装没看见。

束戬热脸贴了个冷屁股，颇觉没趣，讪讪地放下手，又想到三皇婶昨夜就走了，心情越发不好。他再张望了一眼，见车外密密麻麻全是人。

这时，大赫王带着萧礼先和萧琳花下了马，向马背上的摄政王和周庆、张密等魏国将军行拜别之礼，亲自斟献祝福路途平安的美酒。那些曾被叶金父子劫持的民众更是感激涕零，纷纷拥了上来，下跪叩首。

摄政王接过用金杯装盛的酒，一口饮尽，随即下马，亲自扶起一名白发苍苍的老者，叫近旁的民众也都起来。辞别过后，他在身后不绝于耳的阵阵祝福声中，上马率队离去。

等他们走出了老远，束戬回头，还能看到身后那条道上，民众久久聚着，不愿散去。

束慎徽带着束戬踏上归途，行了大半个月，抵达雁门，姜祖望带兵亲迎。摄政王一行将在雁门停留三日，巡检边境，慰问将士。

时隔多年，摄政王再临雁门。消息传开，军中上下无不欢欣鼓舞。摄政王所到之处，一片沸腾。自然了，姜祖望是以迎接摄政王的名义安排的全部行程，至于少帝，只是跟在摄政王身边的一名"随从"而已。

这三天，束慎徽将束戬带在身边，领他走进边地的军营，让他听自己和普通将士的对答，带着他骑马巡边，登上被狼烟熏得焦黑的烽台，为他指点脚下的江山。从这里往南，是遥远的长安，往北，是如今还在北狄掌控之下的大片幽燕之地。

在这趟略显仓促的巡边结束后，临行前的一天，束慎徽领着少帝，做了最后一件重要的事情。

这一日，山河静穆，天地肃杀。在一片苍茫而辽阔的野地之上，大魏摄政王亲自主持仪式，以大魏皇帝之名，祭奠自大魏开国至今五十年来在雁门为国捐躯的所有将士的英魂。

摄政王白衣素冠，腰悬青锋，迎风登上祭台，向着天地下拜。行大礼之后，他亲自宣诵祭文。他的神色庄严肃穆，语调哀而不伤，祭奠的气氛慷慨昂扬。

雁门十万将士列阵，围绕在祭台的四面。

"伏唯英灵，匡我王国，敷扬神威，永永无穷！"

摄政王诵毕，将祭书投入熊熊燃烧的烈火之中。在祭台的四周，十万将士齐齐下跪，铁甲和刀剑随着将士的动作碰撞，宛如平地掀起一声闷雷。

"敷扬神威，永永无穷！"

十万将士爆发出阵阵的应和声，响彻四面八方，声势浩荡。

"大魏万岁！皇帝万岁，万万岁——"

将士们又继续齐声呐喊。

野地之上，天穹之下，充斥着满含铁血气味的高呼之声，响彻云霄。

束戬就在祭台之下。他看着此刻正代替自己高高立于祭台上的那道身影，听着回荡在耳边的十万将士发出的惊人吼声。在那道道如海潮般从四面拍来的巨大声浪的冲击之下，他的耳膜几乎要被震破了，他整个人却前所未有地心潮澎湃。他激动万分，下意识地紧紧握起了拳。

就在这一刻，他突然真正地明白了何为天子，何为一呼万应，何为至尊，何为万人之上的荣耀。他也终于明白了，为什么他正坐着的那个位子，世上有那么多人都想要来争夺。

祭奠结束，傍晚，刘向的一个手下匆匆来寻束慎徽，说少帝爬上了一座高岗，行为古怪，令人不解。刘向派他回来传信，请摄政王过去看看。

束慎徽立刻放下事务，骑马赶了过去。他登上山顶，果然远远地看见少帝独自迎风高高地立在一块巨石上，仿佛正在凝神眺望着什么。高岗的前方，是大片起伏的峰峦和广阔的原野，再远处，是一座座城池。

刘向就等在近旁，神情忐忑，等终于看见摄政王到了，如逢大赦，匆忙上前低声解释。他送少帝回营时路过此地，忽听少帝说要登山，他只能跟从，陪着少帝爬到岗顶。

少帝便这般立着，已是过了许久，也不知到底想做什么。巨石前方不远处便是悬崖，刘向不放心，怕出意外，所以将摄政王请了过来。

束慎徽望了一眼侄儿的背影，朝他慢慢走去，最后停在他身后。

束慎徽正要出声呼唤，忽见少帝高高振臂，迎风高呼："朕之河山！朕之子民！"

他的声音发自胸腹，随着山风于四面鼓荡。

束慎徽一怔，又见他喊完，转身从巨石上一跃而下，大步走到自己的面前，微微仰头说道："三皇叔！我真的明白了你从前对我的种种教诲！三皇叔，你放心吧，往后我再也不会肆意妄为，叫你为我操那么多的心了！"

他顿了顿，又道："朕可对着天地发誓，从今日起，必尽心尽力，做一个像皇祖父那样的皇帝！"他的眼睛闪闪发亮，神情激动。

在短暂的惊讶过后，束慎徽很快便回过了神。他笑容满面，下意识地抬手，想握住侄儿的手臂再拍几下，就像侄儿小时候那样，用这种方式来表达认可和鼓励——他的手伸了过去，在快要碰到少年的臂膀之时，突然在空中停了一停，又收了回来。

他改而退了几步，最后，朝着面前的少帝下拜，恭声说道："臣拭目以待！"

刘向等人看呆了，见状才反应过来，急忙上前，也跟着跪拜在摄政王的身后，齐声道："臣恭祝陛下，金瓯永固，千秋万代！"

束戬转头，再眺望一眼周围，将壮阔河山尽数纳入眼底，下山而去。

回往雁门行营的路上，束戬和束慎徽骑马同行。

束戬扭头，又望了一眼西边余晖的深处，忧心道："三皇婶去了这么久，应当已经到那边了吧？也不知她怎样了，但愿她的舅父没事。万一有个不好，三皇婶她……"

束戬见束慎徽霍然转头看了自己一眼，惊觉失言，立刻改口道："三皇叔，晚上你见到大将军，记得叮嘱他一声，待三皇婶回来了，立刻传个消息。我等着。"

束戬这一趟出来太久，再不尽快回去，朝廷那边恐怕贤王也要压不住了。加上束戬身份使然，按照计划，束慎徽将明早动身，亲自护驾，送当今的大魏皇帝踏上返回长安的路程。

是夜，中军大帐，明烛燃烧，诸多将领前来拜别了摄政王，而后又匆匆离去。最后，帐内只剩下束慎徽和姜祖望。

面对姜祖望，束慎徽不再是那个高高在上、威严睿智的摄政王。他丝毫没有掩饰重重心事，再次以岳父称呼对方，询问这两天是否有云落城那边新送到的消息。

姜祖望的神情也沉重起来："昨日刚收到新的消息，咒咒舅父的伤情，还是不见起色。"

束慎徽道："我先前已往长安发去了加急信报，派遣良医火速北上。等过些天他们赶到这里，劳烦岳父派人送过去。"

姜祖望十分感激，起身便要拜谢。束慎徽将他压回去："不过尽绵薄之力罢了。但愿舅父吉人天相，早日平安。"

"是。咒咒和她舅父感情很深……"姜祖望愣怔了片刻，叹息道，"我也只能如此盼望了。"

他想着女儿此刻该是何等煎熬，恨不能以己身代替燕重才好。他愁了片刻，忽然想起一件事，忙道："殿下明早便要动身了，护送陛下回京是头等大事，臣这里不敢再耽搁殿下。若没有别的吩咐，臣便送殿下回去休息吧。"

他说完，却见女婿恍若未闻，似陷入了某种思绪，便也沉默下去，免得惊扰。这时，他耳边忽然响起问话之声："岳父，兕兕七岁之前，过得如何？"

姜祖望一怔。

束慎徽解释道："我和兕兕已是夫妇，我却对她知之甚少。从前，我只从刘向那里听说了一些她幼年投军在军营长大的经历。"

姜祖望一时不知该从何说起。他沉默了片刻，慢慢地道："殿下想必听闻过关于她母亲的事。当年的罪责，全部在我，她却认定是她的过错——分明出事的时候，她还不满周岁。殿下，你知道为何吗？"

姜祖望看向束慎徽："当时，她的母亲已带着她藏身在了隐蔽之处，追兵也过去了，尚在襁褓里的她啼哭了一声，又引回了追兵，她的母亲被迫带着她跳崖了。"纵然时隔多年，但当姜祖望再次提及心底深处的伤，他的眼眶仍微微泛红。

他平复了一下心绪，继续说道："天可怜见，她活了下来。我在几个月后找到她，她得到了一只母狼的哺乳。这本是天大的幸事，却也因此给她招来了不祥之名。当年我军务繁忙，无暇照顾她，就把她托在了云落城里。我听说她开口极晚，整日沉默，很不合群。几年之后，她才六七岁，突然找到我，说要从军。我拗不过她，只能同意，本以为她只是说说而已，没想到她竟坚持了下来，直到今天。

"殿下，倘若我想得没错，兕兕从小到大，心中应当一直横着她母亲离世之事。她或许觉得自己是一个不祥之人。"

束慎徽沉默了半晌，再次问道："除了这些，岳父可还知道别的和兕兕有关的事？什么都可以，我想知道。"

姜祖望微微摇头，面露愧色："我虽是她的父亲，但也就知道这些了。这些年，除了公事，她几乎不会主动和我说别的话，更遑论她的心事。"

他顿了一下，又道："不过，若是殿下想知道，我便将杨虎叫来问问他，他或许有所了解。他比兕兕小一岁，十四岁投军，一进来就跟在兕兕身边，天天不离，关系亲近，如若姐弟。"

束慎徽起身，让姜祖望不必送自己。

他出了帐，踏着月光，缓步往休息的大帐走去。快到的时候，他迟疑了一下，停了脚步，在原地伫立片刻，最后还是唤来一个随从，吩咐人去把杨虎叫出来。

杨虎走出雁门大营，被带到了一片无人的空旷之地。他看到前方的月光之下，静静地立着一个清逸的身影。

杨虎慢腾腾地走上前，行礼道："摄政王殿下唤我出来，有何吩咐？"

束慎徽注视他片刻，唇边露出一丝微笑，点了点头，道："听说长宁将你视若亲弟，我有话想问，你如实道来。你跟随她多年，可知她平日喜好，常去哪里，有无好友？无论何事，无论大小，只要是你知道的，都可以说。"

杨虎面露讶色，没想到自己被单独叫出来，竟是为了这个。他想了想，实在按捺不下心里的不服气，应道："敢问殿下今晚传我问话，是以摄政王的身份，还是以将军男人的身份？"

束慎徽打量了他一眼，问道："摄政王如何？长宁男人，又如何？"

杨虎道："倘若是摄政王，末将什么都不知道，无可奉告，殿下若是不满，尽管治罪。但若是将军的男人……"他一顿，傲然道，"殿下打得过我，我就说！"

旷野寂静无声，隔着十几丈远，前头两人的说话声听起来模模糊糊的，不是很清楚，但这最后一句，杨虎嗓门儿很大，把藏身在后头暗处的几十个青木营的伙伴吓得不轻。

明日待摄政王离去后，他们便也要回青木营了，今晚都要睡了，杨虎却突然被摄政王单独叫了出去。

消息是张骏传开的，左右营帐里的一伙人怕摄政王找杨虎的麻烦，偏女将军又不在，担心杨虎吃亏，当时就跟了出来。起先众人不敢靠得过近，都躲在暗处紧张窥探，不知摄政王到底是为何事，但愿不是因他之前的无礼而惹出的问责。

然而谁也没想到，杨虎竟胆大到了如此地步，竟敢这般挑衅摄政王。

青木营的众人屏住呼吸，睁大眼睛，担心摄政王这下真的被触怒。

莫说摄政王了，似杨虎这样口出狂言，随便换成什么人，恐怕都无法容忍。

张骏更是随时准备冲出去当着摄政王的面，先将不知死活的杨虎一脚踢倒，痛殴一番；或者看情况，干脆直接打晕，再将女将军搬出来，代杨虎告罪。如此，摄政王保全了面子，看在长宁将军的面上，应当不至于计较。

他却万万没有想到，摄政王打量了杨虎一番，最后竟说出了一个字："可。"

众人目瞪口呆。

杨虎也是一怔，看向对面的人。

今夜边塞的月光流泻到地上，如一汪银水，泠泠照人。寒凉的秋月之下，男人的脸上带着淡淡的笑意，杨虎觉得他看起来不像是在戏弄自己。

从知道女将军嫁人非她本愿的第一天起，杨虎便对那个娶了她的上位之人怀了极大的不满。

对方自然不是一般人，毕竟所做之事乃摄政治国，这样的机会便是让给杨虎，他也没那个能力去做。但是，这跟他瞧不起对方并不矛盾。就像将军善战是本分一样，摄政王治国，治得再好，那也是他的本分。

这上位之人最大的不该，是凭手中的权力，让女将军那样一个超凡之人屈服，不得不嫁作人妇。

摄政王当然是打不过他的，也无须靠打赢他来证明价值。同样，他能打倒对方，也不是什么值得夸耀的事。他就是故意为难对方，报复一般地为难。他等着看这位人人仰望的、如神仙一样的摄政王下不了台，看对方被他激怒。大不了他就领罪，不过就是如此而已。

他却没想到，对方竟接了下来。

杨虎诧异过后，道了声"得罪"，立刻扑了上去。

张骏远远地瞧见杨虎俨然当了真，这下真的慌了。

杨虎战力之强，放在整个雁门大营之中，说位列前几也是毫不夸张的。看摄政王那文弱的模样，怎么可能是杨虎的对手？若是人被打坏了，杨虎自然是重罪；即便人没受伤，可等一下落败了，摄政王的面子往哪儿搁？须知一旦杨虎动手，必不会让着对方，真惹出了事，不好收场。

此刻也来不及去叫大将军了，张骏一急，什么也顾不得了，从暗处冲了出去，挡在杨虎面前，朝摄政王跪下。

"殿下！殿下何等尊贵，杨虎他何来的资格和殿下过招？恳请殿下饶了他！"他恳求道。

剩下的人也都跟了出来，纷纷附和，又七手八脚地将杨虎死死地按在了地上。

束慎徽早就知道后头暗处藏了人，见人都拥出来强压杨虎，笑了笑，道："无妨。正好我这几年忙于事务，再不把少时学的那几分防身的招式捡起来，怕都要丢光了。难得有这样的机会，和杨小将军练练手也是不错。"

"殿下——"

张骏还想再劝，却听摄政王道："退下吧！"

摄政王声音不大，语气也极平和，但这话一出，一种叫人无法违抗的威压便扑面而来。

张骏等人只能放开杨虎，慢慢地后退，最后停在近旁，忐忑观望。

杨虎得了自由，从地上一跃而起，身形如同猛虎，再次朝着对方扑去，人还没到，重拳已到，直捣对方胸腹。

束慎徽闪身，"呼"的一下，对方拳头带风，从他的身前擦过。杨虎发力太过，扑空后一时收不住势，又朝前冲了几步方停稳，回身再攻，竟叫他再次避了过去。接连数次都是如此，杨虎莫说碰到人，连一片衣角也没捞到。

杨虎没想到对方竟能避过自己这几次攻击，实是感到意外，喘了几口气，定住身形，转头见对方仍是气定神闲的模样。他回身一个扫堂腿迅猛踢去，等对方避让，又在中途突然收腿，随方才的踢腿之势，大喝一声，猛地改为出拳。

束慎徽提前就对杨虎的意图有所觉察，仰身向后以避开这一拳。但杨虎这次出手又快又狠，怎可能再落空？

虽然在中拳的那一刻，束慎徽已仰身卸去部分力道，但这一拳的余力还是不小。

观战的众人看见摄政王的脸竟挨了重重一拳，身体跟着趔趄了一下，人也险些跌倒，无不倒抽一口冷气。

束慎徽天性谦和，少年时便不喜张扬，待到如今肩担重责、羁绊缠身，就越发沉稳，对外不会轻易显露喜怒。然而，他再如何谦逊，骨子里的高傲却是与生俱来的。

今晚受到这个军中小将如此挑衅，若换作别人，他或许笑笑也就过去了，不会和对方一般见识，更不用说自堕身份亲自下场。

但这个人是她的部下，那就不一样了。

想他少年之时，也是磨砺弓马，枕剑而眠，日常的对手哪个不是经过层层选拔才爬上来的顶尖高手？即便这些年被困在案牍之侧，但只要得空，他依旧挽弓习剑，始终没放下武功。

没有能力也就罢了，可他自忖并非如此，岂肯在她的部下面前认输，往后叫他们瞧不起自己？

他起初闪避，只是为了摸清杨虎的虚实。吃了一拳后，他站稳身子，慢慢地擦了一下嘴角渗出的血丝，抬起头，对上月光下杨虎那双盯着自己的闪闪发亮的眼睛。他眯了眯眼，提起衣摆束扎在腰上，再不复片刻前的守势，猛地飞扑而上，一招便箍住了杨虎的腰，用力一掀，臂力尽发。

这一招既迅又猛，只听"砰"的一声，杨虎被掀翻，直接摔倒在地。

众人还没从片刻前的心惊中回过神，转眼竟见摄政王还杨虎以颜色。他们都没想到摄政王竟有如此身手，无不诧异，"啊"了一声。

杨虎这一摔不轻。他闷哼一声，缓了缓，不肯作罢，从地上一跃而起，再次扑上。

束慎徽已许久没遇到过如此对手了。方才那一拳的痛，反而令他气血翻涌，战力全开。他觑准机会，于交手间猛地翻挺过来，利用体重一下子将杨虎压住，又将杨虎的右臂反剪过来，再屈膝狠狠地顶住杨虎的后颈，往下一压，立刻便牢牢地将人制在了膝下。

两人倾尽全力缠斗许久，到了此刻，皆是体力消耗不轻，各自气喘。杨虎更觉手臂被折得濒临断裂，痛楚万分，却还是不想就此认输。他咬着牙，冒着会被拗断胳膊的风险，大吼一声，试图旋身踢翻身后的人，借此脱身。

束慎徽不欲真的扭断他的手臂，但也不会再给他机会，顺势松开他的同时，一把扣住他正朝自己踢来的脚，再次发力，借着他身体的旋势，顿时将他整个人凌空提起，随即撒手。

杨虎飞了出去，仿佛一只沙袋般，"砰"的一声重重地砸在了数丈开外的地上，头部着地。片刻后，待手臂上的痛楚和眩晕之感退去，他抬起头，见月光之中，自己方才的对手徐徐整理了衣物，随即举目朝着自己望来。他挣扎了一下,慢慢地从地上爬了起来,随即坐着一动不动。

张骏等人早就看得目瞪口呆。倘若不是今晚亲眼所见,任谁也无法想象,这位貌若谪仙的摄政王竟能打败杨虎!

这时,众人方回了神,有的瞠目结舌;有的只顾喝彩;也有的不放心杨虎,上前看他伤得如何。

杨虎定定地坐了片刻,忽然,挡开伙伴朝自己伸来的手,起了身,迈着略微蹒跚的步伐,向束慎徽走了过去。

"随我来。"

杨虎纵马离营,将束慎徽带到了几十里外的一座断崖前,指着山崖说道:"她会从此崖头纵身跃下,其下是一口深潭。我不知她为何如此,第一次撞见的时候,我问她,她若无其事地说喜欢而已。我好奇,也上了崖头,预备效仿她。但当看向下方之时,我纵然知道不会摔死,还是退缩了。我不敢。

"后来我知道了,她必定不止一次地从崖顶跃下去过。因为接下来的几年,只要她在附近,到了同一天,就会来这里,也不让人同行,回去的时候,她的头发总是湿漉漉的。"

他一顿,望向束慎徽,问道:"殿下,你想知道我第一次碰到她从这里跃下的那天,是哪一天吗?"

束慎徽:"你说。"

"那是将军母亲的忌日。那天回营,大将军正在找她,要带她去野地设坛,遥祭将军的母亲,她拒了。那一年,我刚到军营不久,将军她十五岁。当时我不明白她为何拒绝,后来才慢慢明白,将军已经祭过母亲了,用她自己的方式。"

杨虎说完了。束慎徽缓缓转头,目光凝固在前方的断崖之上。

深秋清冷的月色照着黑沉沉的岩体,断崖高高地耸立,无情无欲,沉默地俯瞰众生。

他微微仰头,凝望了断崖许久,问道:"祭日是哪一天?"

"半个月后。"

"你可以回了。"他低声道了一句。

杨虎看了他一眼,迟疑了一下,慢慢地朝他跪了下去,然后重重叩首,用强调的语气道:"殿下!末将为方才的冒犯向殿下请罪!但是,将军她极好!真的极好!在我们青木营兄弟的眼里,她不应该受任何的委屈!她应做这世上最逍遥快意的长宁将军!"

杨虎叩首毕,起了身,纵马离去。

束慎徽独自走向铁剑崖,在寂静漆黑的崖壁之下坐了整整一夜。天快亮的时候,他登上了崖顶。

他迎风立定,低下头,久久地俯视着崖下那片沉沉的寂静潭水,想象着她究竟是怀着怎样的心情纵身跃入这已然浸透了深秋寒意的水里。

他终于知道了,这个水底的世界黑暗、幽闭,充满了死亡一般的冷寂。

姜祖望今早五更不到便醒了,或是这几年心血渐枯,他的睡眠越来越浅。他咳了几声,穿衣,握起长枪出帐操练,待天渐明又握枪返帐。他正要更衣,准备率队亲自去雁门城等候摄政王和那位少年皇帝,好将人送走,却见刘向来了。

刘向给他带来了一个消息:摄政王临时改了行程,过些时日再单独回长安,此时已动身去往云落了,护送少帝回去的事便交给了刘向。此外,摄政王让姜祖望选派一队精兵同行,护送少帝尽快回到长安。

辰时,边塞的深秋清早,天依然没有亮透。束慎徽披着大氅,足踏马靴,迎着浸满深秋寒意的晨风,在向导和几名侍从的陪伴下,纵马踏上了去往云落的路。

那一夜,在她去往云落的时候,他便恨不能追上去,伴她同行,但终究还是止住了脚步。

于她,她是不愿让他同行的。她根本就不需要他,他知道。

于己,职责也在提醒他,护送少帝尽快返回长安才是当务之急。

然而此刻,那些曾经羁绊了他脚步的理由,全都不再那么充分了。他想追上她,在这种时候陪伴在她的身边,哪怕她不需要。

他也想去祭拜她的母亲。那是娶她的次日,他曾经对她许下的诺言。他记得当时她反应冷淡,显然不愿接纳他。时至今日,就算她依旧那样看待他,他也想去。

他须要走这一趟，为他所代表的皇室，更是为了他自己——那个娶了姜含元为妻的人。

束慎徽就这样，怀着几分忐忑又有几分决绝的心情，踏上了这条西去的路。

战场上，绝大部分被箭所伤的人并不是当场去世，往往是因为箭伤难愈、数症并发而亡。尤其对于被命中要害的伤者来说，最后能不能逃过死亡，除了救治是否得力这个因素，自身的体格和运气也占了很大成分。

束慎徽十七岁巡边之时，曾见过姜含元的舅父燕重。当时，燕重随她的外祖父一道来到雁门拜见。束慎徽对她的舅父至今仍有印象，记得那是一个魁梧又爽直的汉子——他的体格非常强壮，现在就看他的运气如何了。

束慎徽急召的大魏最好的良医如今已在路上，很快就能赶到。只要她的舅父运气不是否极，束慎徽总觉得，这一次他应当能够熬过来。

在前往云落的路上，束慎徽无时无刻不在如此暗自期盼。但是这一天，当他出了西关，终于随向导赶到那座城池，不顾疲累匆匆驱马朝城门而去的时候，又放缓了马速，最后彻底停了下来，停在城门外的道路上。

这个时间，已是深夜。

来自雪山的夜风如往常那样，阵阵吹过城墙。借着城墙上飘忽的火光，他的眼帘中映入了道道飘动的白色丧幡，守城士兵的头上也全都缠着白巾。

他慢慢地进了城，看见道路两旁民居的门外悬满白色的灯笼。这个时间，他一路进去，还能看到三三两两的城民头系白布跪在道边。

云落城又一次击退了来犯的敌人，但是，还没来得及品尝胜利的果实，他们就要燃起火盆为他们的城主送魂了。有女人在低声哀哀地痛哭，每一个人的脸上都充满了悲戚之色。

风卷残叶，满城缟素。

三天前，此间的王——云落城城主燕重，终究还是没能熬过伤情，于英壮之年溘然辞世。

丧报已于三天前送出，半个月后将会抵达雁门，一个多月之后再送至长安。接着，来自朝廷的抚慰诏书和恤典就会被送到这里。

筑在城北高地处的那座城主府灯火通明。白幡高举的灵堂之中，丧烛长明，映照出跪在灵前的守灵人的身影。

少城主燕乘一身重孝，正独自坐在近旁的议事堂里。此间曾是他的祖父和家臣部将商议各种要事的所在，祖父去了后，传给了他的父亲。如今，他的父亲也去了，剩他一个人。

他的视线落在眼前的一副盔甲上。盔甲悬在一个落地的支架上，和人等高。倘若不是兜鍪之下空荡荡的，少了张人面，看起来，它就犹如一个活人静静地站在那里似的。

这是他的祖父传给他父亲的战衣。这套战衣，是荣耀和权威的象征。它曾经无数次经受刀砍和箭透的考验，忠诚地保护着它的主人。

然而这一次，它没能护住它的主人。

燕乘慢慢地走到盔甲的前面，抬起手，轻轻地触碰了一下胸部嵌着的铁片，触手冰冷。他慢慢地抿了抿悲伤的嘴角，垂下同样悲伤的眼皮。

这时，一名亲信匆匆从外走入，低声向他禀告了一个突如其来的消息。燕乘的心猛然一跳，他立刻转身，走了出去。

两排长龙般的巨大火把将城主府大门附近映得亮如白昼。门外的台阶之下，火光里，静静地肃立着一道身影。

燕乘知道，这位年轻男子便是他已经听说过不知道多少回的当今大魏的摄政王，也是他那位阿姐的男人。

燕乘不知这位摄政王怎会突然来此，更不知他来的目的。丧报才发出去三天而已，他不可能这么快收到。但来不及想这么多了，燕乘跪拜行礼，随后恭敬地引着这位不期而至的远方贵客入内，来到灵堂之前。

"阿姐就在里面。"燕乘朝里望了一眼，低声说道，"父亲不幸去后，阿姐已经守了三天三夜，片刻也未曾合眼。无论我们怎么劝，她就是不走。最叫我担心的是阿姐她哭不出来——我怕她再这样憋下去会受不住的。殿下你来了，再好不过……"燕乘解释时，声音哽咽，目中含泪，神色悲戚。

束慎徽默默地接过仆从用托盘献上的缞经，穿戴好，迈步跨入灵堂。

灵堂中跪满了轮番前来守夜的燕氏家臣和部将，在满目的茫茫白影里，束慎徽一眼便认出了她的背影。

她通身素白，全身上下唯一的黑，便是那一头乌黑的发。她跪坐在棺前，背影僵硬，仿佛连头发丝都凝固了，远远望去，宛若一尊木雕。

他的到来引起周围人的注意。在左右投来的惊疑目光中，他迈着沉重的步伐走到了祭台前，燃香，敬拜，祝祷。

很快，灵堂里的燕氏家臣们便知道了这位深夜到来的唁客的身份，在短暂的静默过后，伴着一阵窃窃低语之声，最后纷纷转向他，行礼跪拜。

肃然无声的深夜灵堂里起了一阵骚动，然而她依旧恍若未觉。身后和左右发出的各种动静，仿佛和她没有半点儿干系。良久，直到她近旁的一个妇人轻轻地碰了碰她的手，低声说了句话，她才动了一下，慢慢地转过了头。

这是一张木然又惨白的面孔，双目睁得极大，涣散的目光慢慢地，终于聚焦到了这个夜半来客的脸上。

妇人一边抹着眼泪，一边不停地劝她去休息。

她看着他，没有表情。

束慎徽一步步地走到了她的身畔，仿佛怕惊吓到她似的，缓缓俯身靠向她，用这辈子从未有过的温柔的语调说："你该去休息了。"

她的眼眸就近在眼前，他看得越发清楚。这双眼又干又涩，眼底通红，如染满了血。他说完话，她却仿佛根本未曾听见，木然地和他对视了片刻，又转过头，不再看他，依旧那样跪坐着。

妇人泣不成声，燕氏家臣也纷纷跟着悲泣。一时间，灵堂里的哭声此起彼伏，不绝于耳。唯她，既不哭，也没动，静静地坐着，守着身前的那口棺木——血亲在人世间的最后一个安身之所。

束慎徽再也忍不住了，向她弯腰，一臂拢住她的腰背，另一臂圈住她屈着的双腿，微微发力，一下子就将她从垫上抱了起来，然后大步走出灵堂。那妇人是她的舅母，在几个仆从的搀扶下跟了出来，领着束慎徽将她送到了她在此间的住处。

他抱她行走的路上，她没有挣扎，仿佛一具木偶，安静温顺地伏在他的怀里，任他摆布。他将她放躺在榻上，为她盖上被，自己坐于榻沿，握住她那没有半分暖意的手，轻轻地揉捏，用自己的手掌温暖她冰冷的指尖。

"兕兕，你要睡觉了。你闭上眼，听话。"

他仿佛哄孩子似的，不停地哄她睡觉。她的眼却仿佛因为太过干涩，失去了眨眼的能力，依然那样睁着。

"那你哭。哭出来，心里会好受些。"

她还是没有反应。

束慎徽不忍她再如此睁着双目，感觉她的眼角仿佛就要渗出血来。他伸出手，强行抹下她的眼皮，终于令她的双目闭拢。

"睡吧。"最后，他熄了灯，慢慢地和衣卧在她的身侧，在黑暗中轻声地对她说道。

夜色昏暗沉静，月光也尽被挡在了屋窗之外。在四面笼罩而下的一团昏黑里，束慎徽看不清姜含元的面容，却能感到她始终安安静静地卧在自己的身侧，仿佛连一根手指头都没动过。

她闭了眼后，应当很快就睡着了，呼吸声变得几不可闻。他想到此刻她就在自己的身畔安静地睡着，心情沉重之余，心中又涌出了一种获得满足的放松之感。一路跋涉的风霜和困顿此刻也都化为了疲倦，开始向他袭来。他不敢搂她，只在被下寻到她的一只手，轻轻地握住，慢慢地睡了过去。

他这一觉睡得极沉，当睁开眼睛的时候，赫然惊觉天已大亮。昨夜的一切迅速浮上心头，还有她那双又干又红宛如就要淌血的眼。他转过头，发现榻上只剩自己一个人，被衾都加盖在了自己的身上——她不见了。

束慎徽心头一跳，急忙翻身下榻，打开门，看见那道熟悉的身影就立在庭院之中，看起来仿佛已经立了许久。

他正要唤她，见她转过了头，朝着自己面露微笑，说道："我没事了，多谢你了。此行你来，路上不会轻松，再好好休息一下吧。我去看望舅母，先不陪你了。"

她眼底依然带着一层蛛网般的淡淡血丝，说话时嗓音也是又干又哑，但整个人看起来，终于不再是昨夜那吓人的模样了。

她吩咐此间的仆从服侍好摄政王，最后向他点了点头，随即去了。

仆从告诉束慎徽，少主母亲的身体本就不好，加上悲恸过度，在昨夜姜含元被他带走之后，终于支撑不住，倒了下去。

束慎徽更衣完毕，便叫仆从领自己过去探望。到了地方，他透过一扇开着的窗，看见姜含元正在喂那妇人吃药。

"都怪我不好，叫舅母担心，吓到了舅母。您放心，我真的没事了……"她用言语宽慰着那妇人。

妇人也不吃药，就紧紧地攥着她的衣袖，流泪道："含元你没事就好。你舅父没了，天都塌了……你可一定要好好的，帮你阿弟一把，要不然，他怎么能担得起来……"

她说着，又哭个不停。

姜含元放下药碗，握住了妇人的手，再三安慰。妇人得她保证，又想到昨夜大魏的摄政王也亲自来了，心里终于踏实了些，这才吃了药，被她扶入内室，身影消失。

燕乘也闻讯赶来陪侍，就停在束慎徽的身后。束慎徽转头，见燕乘静静地站着，低着头，眼皮低垂，神色恭谨。

觉察到束慎徽回头看向自己，燕乘抬目向他行礼道："阿姐照顾母亲，恐怕怠慢了殿下。殿下若有任何需要，尽管吩咐我。"

束慎徽慢慢地走了出来，问道："你姑母当年出事的地方，在哪里？"

数日之后，束慎徽谁也没有告诉，快马疾驰，寻到了那座悬崖之前。

秃岩嶙峋，绝壁万仞。从前的那一桩旧事，如今早已寻不到半分的踪迹，唯见崖旁爬满荒草和荆棘，几只秃鹫振翅从山谷上方飞过，发出一阵怪啼之声。

他的随从远远地在后面跟着，望着前方那道静静伫立的身影。

他也终于完全地明白了当年那些发生在她身上的事。

她的母亲带着褓褓中的她跃下崖顶之后不久，叛乱被平定，当时参与追杀的人供述出母女出事的经过和地点，她的外祖、舅父和父亲才找到了这里。那个时候，她的母亲早已香消玉殒，她侥幸存活了下来，但是从此以后，她的人生彻底改变。她变成了她自己认定的会给亲近之人带来厄运的不祥之人。

束慎徽又想起几天前的那个深夜，当他进入灵堂时看到的她跪坐在她舅父灵前的样子。

燕重的意外离世，多多少少，是不是又触动了她的负罪感？

束慎徽在崖上一直立到了黄昏，直到暮色暗沉，归鸟盘旋。他在崖头捡了碎石垒起，插了一炷带来的香，默默祝祷过后，转身离去。

照云落的丧葬礼俗，城主停灵九日，出殡发葬。

那个晚上过后，姜含元便恢复成了原来的样子。这些天，她主持丧事，带着燕乘一道，答谢络绎不绝的远近吊客，安排各种接待事项。云落城中原本浮动和恐慌的人心，终于渐渐得以安定。

到了落葬的这日，姜含元的舅母悲恸得昏厥了过去，姜含元带着燕乘主持了葬礼。

葬礼结束后，所有人齐聚议事堂。

到来的人，除了燕氏的家臣和部属，还有这些天陆续赶到的远近众多城主——他们都是大魏的藩属。此外，驻在西关的大魏归德将军刘怀远也赶到了。

束慎徽以大魏摄政王的身份，亲自主持了这场会面，宣布燕乘继承城主之位以及原本属于燕重的大魏云麾将军之号，不但如此，为表彰燕重之功，另外追封他为大魏平夷王，封册和宝印不日将会从长安出发，由特使送到。

在场的燕氏家臣和部族无不感激涕零。城主府的外面也聚了无数的城民，消息传出后，纷纷下跪拜谢。

这场漫长而哀恸的丧事，至此，终于尘埃落定。去了的人将永远地安眠地下，而活着的人还要继续做该做的事。

束慎徽已在此处停留有些天了，不得不准备动身离去。但在离开前，他还有一件重要的事没有做。

他寻到姜含元，说："咒咒，我该走了。走之前，我想去祭拜一下你的母亲。"

姜含元刚侍奉舅母出来，目光落在他的脸上。束慎徽也看着她，和她四目相对，没有丝毫闪避。

她眼底的红丝始终未消。她看了他片刻，点头道："明早我带你去。"

这夜，两人共处一室。她白天带燕乘去探望城民，以安抚人心，显得有些疲惫，躺下后便闭了眼睛。和前些个同寝的夜晚一样，束慎徽没有打扰她。

一夜过后，次日清早，两人起身出来，樊敬和束慎徽的几名随从已在等待。一行人骑马出城，来到了那片谷地。

不复燕重下葬那日的喧闹，今日的这个地方，湖水倒映着雪山，微风阵阵，恢复了它原本的安宁和寂静。

姜含元将束慎徽带到她母亲的冢前，自己退了出去，留他一人。

束慎徽怀着敬虔之心，郑重祭拜。祭拜完毕，他走了出来，远远地看见她站在谷口附近的一株大树之下。

这个深秋的季节，满树黄叶落地，远远望去，地面上犹如铺了一层黄金。她立着，微微仰头，似在凝望头顶上方的那片天空。

束慎徽停步，循着她的视线望去，秋空湛碧，流云若雪，视线尽头之处，有一双南归的鸿雁，振翅飞在天穹之上。

她仿佛一直看着那双鸿雁，他默默等待。良久，一阵风过，又吹落片片枯叶，她仿佛惊醒过来，转头看见了他，随即迈步走了过来。束慎徽迎了上去。

她用依旧有几分沙哑的嗓音，对他微笑着道："我代舅父多谢殿下的诸多照应，城民对朝廷无不感恩戴德。我也听说殿下你吩咐过刘将军随时护持云落，多谢殿下的安排。等回雁门之时，我会留下樊敬，再由他暂时助我阿弟，如此，云落应当稳了，不至于因舅父的离去影响西关大局。请殿下放心。"

束慎徽凝视着她，胸中有无数的话，却又不知该从何说起。他看着她，最后只道："你要保重。"

姜含元颔首道："殿下你也一样。"

她说这句话的时候，泛着血丝的眼眸笑得微弯。她顿了一顿，又用强调的语气说道："我真的没事了！我知你行程很紧，陛下那边更为重要，你放心去吧。明日一早就要动身了，你先回城吧，好好休息。我想一个人在这里再待一会儿，晚些回。"

刘怀远等人都还在城中。明早动身之前，他还须要和他们再见一面，安排护持之事。

束慎徽又默立片刻，点头道："好，你早些回。"

姜含元将他送到谷口，含笑和他道别。

束慎徽上马回城，可直到见完了刘怀远一行人，她仍没回。他感到心神不宁，实在忍不住，又出了城，再次来到谷地。他到的时候，日已黄昏，她却不在了。

束慎徽询问那个常年居住在谷口附近的守墓人。守墓人是一个哑巴，耳朵也不大好，明白了束慎徽的意思后，比画着手势，指了指远处的一个方向，表示她去了那里。

束慎徽望去，看见那里有一座石山，沐浴着夕阳，静静地矗立着。

他转道追寻而去，到了附近方看清楚，这是一座摩崖荒山，孤零零地矗立在城外的野地之中。她也确实来了这里——他在一道通往半山的石阶下看到了她的坐骑。

他立在山脚之下。暮色变得更浓，终于，他迈步踏着许久未有人清扫的落满沙尘的石阶，慢慢地走了上去。

来云落这么多天了，姜含元终于独自来到这里，来看望她那个此生应当永远也不能得以再见的朋友。

石窟依旧。石榻、石桌、石凳，一切都还在，甚至还有些没用完的草药，但是，当初那个坐在这里静静翻阅经文的人已是不见了。石窟中空荡荡一片，角落里张着蛛网，到处都是灰尘。

姜含元慢慢环顾四周，没有看到经书——应是当初来抓他的人允许他带走了。悲伤之余，这令姜含元终于感到了最后一丝宽慰。

无论无生此刻身在何方，纵然是在天涯，只要那些被他视为珍宝的经文还在身畔，想来以他的智慧和通透，应当就能甘之如饴。

她拿起一把倒在角落里的用芦草扎的尘帚，掸扫尘土。清扫完毕，她又将那些被风吹落散了一地的草药收拾起来扎好，整整齐齐地摆放了回去，就好像一切都和从前一样，此间的主人随时还会归来。

"对不起。"

她的身后忽然传来一个低沉的说话声。

姜含元的手一顿，她将手中的最后一捆草药放好，慢慢回头，看见束慎徽立在石窟外的平台上。最后一缕残阳从他身后斜斜射来，将他的身影映在了洞窟口的一面石壁之上。

她和他对望了片刻，在他的眼中看到了愧疚。她的唇边再次露出微笑，她用轻松的口吻说道："不是你的过。殿下，你当真不必为此道歉。"

她说完，朝外走去："殿下怎的来了这里？我顺道路过，也要回去了。"

他没动,在她经过他身畔之时,忽然伸手握住了她的手臂。

他将她拉到了自己的面前,让她和自己面对面。他注视着她的双目,一字一顿地说道:"咒咒!我知道你心里很难过,极为难过,但在我的面前,你不必这样。"

姜含元和他对望了片刻,再次扬了扬唇角:"殿下误会了,我真的——"

"你真的很难过。你尚在襁褓之中便失去母亲。你认定你的母亲是因为你而丧命的,所以你是一个不祥之人。你艰难地长大,终于做了强大的女将军,却又被迫接受一桩你本不愿意的婚事,嫁了一个你看不上的人。为此,你还失去了一个或许本被你视作一生知己的好友。现在你的舅父又走了!你怎么可能很好?咒咒,不要再这样。你也无须这样。你的母亲、舅父,或者……"束慎徽环顾她身后那个空荡荡的石窟,"你的这个朋友,若真是你的知己,应当也不愿看到你这个样子!"

姜含元面上的笑容慢慢消失。她垂眸,避开了对面男子投向自己的两道目光。

"此处天黑得快,回城也有些远,回吧。"她勉强说道。

他却不动:"咒咒,不要再从铁剑崖上跳下去了。"

姜含元面色微微一变,迅速抬眸看向他,张口想说什么。

"不要否认。"他截住了她尚未说出口的话,"杨虎和我说了!在你母亲忌日的那天,你从崖顶跳了下去。那年你十五岁!"

姜含元一怔,神情随之僵硬:"我不过是——"

"别和我说你不过是喜欢!"束慎徽再次打断了她的话,"身在半空,无所依托,仿佛随时就要粉身碎骨。不过几息,那样的煎熬却长得令人无法忍受。等堕入了水底,更是可怖,倘若世上真有幽冥地界,那里就是!有谁会喜欢那种感觉?!"

"你知道什么?不要胡说了!"她的气息开始紊乱,面上显出怒气。

"我当然知道!因为我跳下去过!就在我原本决定要动身回长安的那个清早!"

姜含元的眼睫抖了一下。束慎徽紧紧地盯着她变得苍白的脸,慢慢地捏了捏自己那只伤痕还未退尽的手掌。

"囝囝,我告诉你,你的这个举动太过愚蠢,除了一遍遍折磨自己之外别无用处。你以为你的母亲会愿意看到你这样?还有你的父亲。倘若他也知道了,又会如何难过?"他一字一顿地说道,"我绝不允许你再从铁剑崖上跳下去了!"

日头跌下山头,金乌收起最后一道余晖。天色陡然暗了下去,野风变大,归巢的乌鸦在刮过山头的风里发出阵阵聒噪之声。

姜含元一动不动,和面前的男子对峙着,呼吸越来越急促,眼角亦是越来越红。突然,她一把挣脱他的手,低头,迈步就要走。

"等等!"这回束慎徽没有拦她,只是说道。

她停了下来,背对着他。

"囝囝,明早我就要走了。下面的这些话,我本来是打算今晚和你讲的。"

他顿了一顿,望着身前的那道背影。

"我知道你现在很难过,也知道你从小到大的艰难。我不敢说我能和你感同身受,因为我的过往实在称不上有何艰难。但是我想告诉你,我希望你能放松些。

"在别人的眼里,你是将军,要保护弱者,抗击狄人,但在我的面前,你真的没必要也这样。让我知道你很难过,又会怎么样?当然,如果你当真不想看到我,我可以走,今天晚上就走。上次在枫叶城,你把话和我说明了。你以为我这趟来,还是求你或者是逼迫你与我好吗?不是的。我束慎徽就算再喜欢一个女人,也不至于如此作践自己。我只是不放心,想过来陪你,顺便再完成我早先许下的诺言,如此而已。你既当真不需要我的陪伴,我也已祭拜了你的母亲,事毕了,便不会再强留惹你心厌。"

他看了一眼暮色笼罩下的苍茫四野。

"早些回城吧。我走了。"他说完,从她的身旁走过,沿着那道石阶走了下去,最后翻身上马,疾驰而去,身影渐渐远去,最终消失在了野道的尽头。

姜含元一直那样立着,直到天彻底黑了下来,周围谁也看不见她了,眼泪仿佛崩了闸的水,忽然从那双干涩得仿佛连眨眼都困难的眼中涌了出来。她想忍,拼命地压抑,非但没有忍住,眼泪反而越来越多,越来越多。最后她终于绷不住了,开始低声抽泣。再后来,她又坐在了地上,将自己的脸埋在膝头,泣不成声。

束慎徽心头挟着被她激出的怒气,一口气纵马回到了云落城的城门口,徘徊了片刻,始终不见她归来。怒气渐渐消散,他看着越来越黑的天色,眺望着远处那座石山的黑影,踌躇了片刻,恨自己终究还是放不下,一咬牙,掉转马头,又赶了回去。

再次登上那道石阶的时候,他在心里和自己说,他不过是为了弥补当年皇家之人对她造成的伤害而已。无论如何,他也不能将她一个人丢在这里,就算她是鬼见愁的女将军。

他渐渐靠近窟口。忽然,夜色之中,一道断断续续、压抑至极的低泣之声钻入了他的耳中。

他一愣,反应过来,几步并作一步,迅速冲到了那座摩崖石窟前,一眼便看到了那道身影。她正坐在窟口,身体缩成一团,埋首在哭。他顿时慌了,方才对她的所有恼怒全都无影无踪。

他停在她的面前,起初不敢靠近,更不敢出声。片刻后,当听到她哭得仿佛一个孩童,他再也忍不住,走到她的身边,弯下腰,伸臂,试着轻轻地抱住了她。

他怕她挣扎,不让他靠近,她却没有。他顺利地将她搂住,让她扑在自己的怀里哭。她起初依然那样抽泣着,哭个不停,随后慢慢地停歇了下来,最后任他抱着自己,一动不动。

束慎徽没有起身,也没有说话。他只是靠坐在窟壁之上,解了自己的外氅,将她的身子连同自己一起紧紧裹住。两人裹成一团,他再继续抱着她,让她靠卧在自己的怀中。

樊敬知道姜含元去了摩崖山,天黑仍然不见她回,不放心,便带人寻了过去。到了山道之下,他看见了停在那里的两匹马,便命人停步。他抬头,仰望着山道尽头的那座石窟,片刻后,悄然转向,带人离去。

天明,第一道晨光射入了窗棂。这是坐落于谷地里的一座庐舍。

在晨曦的柔和光影里,无数的轻尘无声无息地上下翻舞。

窗畔的一张榻上,束慎徽睁着眼眸,望着枕畔和自己并头而眠的姜含元,昨夜的一幕幕在他的脑海里一一浮现。

他不见她回，想来这里接她，最后却在摩崖洞内寻到了她。她分明沉浸于悲伤之中，却仍如这二十多年所过的每一天一样，什么都要自己一个人背负。他终于被她的倔强激怒，最后丢下她走了。但是这一回，他怎可能再像那个雨夜的自己一样不再回头？他回头了，发现她一个人在黑夜里饮泣。他抱着哭泣的她，一直到了下半夜，待她倦极彻底平静下来，方将她抱下山，和她同乘一骑，将她护在怀中，缓缓骑马回到了这片谷地。

他知道，这里是她愿意回的地方。在这里，长眠着她的亲人。

樊敬没有走远，始终带了人在后悄然跟随。

她沉默地将自己交给了他，背靠在他的怀里。他一只手轻轻地圈在她的腰上，另一只手执着马缰，随着坐骑的前行，他的下巴时不时地碰到她脑后柔软的发丝上。

彼时，远处雪山静谧，头顶是一片深蓝色的天穹，星汉灿烂，照着其下旷野里的一双同骑之人。

那段路，沉静得犹如是在梦中。

他送她回到这座供燕氏家族之人来此守陵的房舍后，她便继续在他的怀抱中沉睡，直到此刻，天明了。

昨夜无数次，他盼瞬间变成永恒，日出永不显现。然而天还是明了，半分也没有因他的愿望而推迟到来。

束慎徽没说离去，姜含元也没开口催他走，他们仿佛不约而同地忘记了这件事。

他在她亲人长眠的谷地里，又陪伴了她整整三天。

夜间，他和她同宿一榻，什么都没做，除了伴她入眠，长长地睡一觉；白天，他则随她纵马在雪峰之下，沿着湖畔，攀上高岗，越过沟壑，直到日落西山，星野显现。或者，哪里也不去，他只伴她坐在谷地口，对着雪山和那片湖水，一看就是一天，从朝到暮。

这样的日子，他从前未曾有过。日子似乎单调，但他丝毫也不觉得乏味。他喜欢这个宁静的地方，唯一所恨便是朝朝暮暮稍纵即逝。

第三天，这是一个深秋的午后，天气晴朗，秋阳高照，空气干爽而洁净，鼻腔里弥漫了来自雪山和湖水的清冽气息。他们一起靠坐在谷口的那株树下，静静地看着远处那百看不厌的雪峰和湖水。

谷地三面山峦环抱，挡住了风，太阳晒在身上，暖洋洋的。两人谁也没有说话——事实上，在过去的三天里，他们彼此没有说过一句话。

她渐渐地困了，眼皮沉重。他便将身上的氅衣脱下，盖住她，让她的头枕在他的腿上。她睡了过去，睡得很沉，长睫垂覆。

枯黄的落叶时不时地从头顶无声无息地飘下，落在两人近旁的地上，耳边静谧极了，没有一丝的风。

她睡了很久，从艳阳高照的午后，一直睡到黄昏。

束慎徽感觉自己的腿被她枕得开始发麻了，却不愿将她唤醒或是挪动半分。他倚靠着身后的树干，在一片自谷口外斜斜射入的金黄色的暖暖夕照里，闭着眼，回味着他片刻前随她一道睡着而做的一个白日梦。

就在此处，这株秋树之下，他梦见一个小女娃站在他的身旁，歪着脑袋，睁大眼睛，好奇地看着他。那小女娃生得如玉似雪，眼睛和她的一模一样。她的头上扎着双髻，身上穿着美丽精致的小长裙。她在冲他笑，眼睛笑得弯弯的。自看到她那张笑脸的第一眼起，他便觉得自己被她深深地俘获了。

他在梦里想，就算她想要天上的星辰，他也一定会毫不犹豫地答应，然后想尽一切办法去把星星摘下，亲手送给她。他盼望她能一直都那样笑，无忧无虑，一生顺遂。

当醒来的时候，束慎徽唇角微微上扬，仿佛还能感觉到来自梦中的充塞了他胸腔的满满的温柔和喜悦。

他睁开眼睛，下意识地便低头去看她，发现她不知何时已是醒了。

姜含元仰面静静地卧在他的腿上，望着他低头俯视着自己的那双眼。在这男子的眼底，隐隐约约的，她仿若看到了雪山下的那一片湖。

她看着，看着，眼角渐渐泛红。

束慎徽和她对视了片刻，抬起手朝她伸去，最后，指尖轻轻地碰到了她的脸。这是三天来，他第一次伸手触碰她。

她继续凝视着他。他用拇指的指腹温柔地抚摸了一下她泛红的眼角，慢慢地，极其自然地俯身向她靠去。他的脸一寸寸地压向她，最后，他和她口唇相接，碰触到了一起。

他开始亲吻她。一开始，他的吻很轻，带着些试探，唯恐惊醒了她——不知为何，他总有一种感觉，她犹如依然身在梦中，其实并未真正醒来。但很快，他便感觉到，她没有拒绝，也不曾避让。她是如此温顺，前所未有。他情不自禁，深深地吻住了她。再片刻过后，她抬起了手臂，如藤蔓般紧紧地缠绕住了他的脖颈，回吻了他。

他怎禁得住她如此回应？当感到她的手臂缠住了自己，温软的舌和他的勾缠在了一起，他心脏狂跳，胸腔里热流激荡，皮肤之下若有万千的牛毛针头在不停地刺他。他倏然松开了她的口，微微地喘了几口气，便胡乱地拖着那件还裹着她的温暖氅衣，一把将她从地上抱起，快步送入了那间庐舍，放在了他已伴她同眠了几个夜晚的榻上。

虽不是和她头回亲热了，但他为她褪衣的手指竟在微微地颤抖，他的眼因为一阵激荡而来的热流而变得模糊。他觉得自己犹如一个正在和心上之人初次约会的少年。

落日下沉，天黑了。谷地的上空，星子转亮，灿若灯火。他心想，近旁安眠着的她的亲人和祖先们，应当会大度地谅解他对她做的这一切吧。但是，纵然他们会觉得受到冒犯，他也顾不得了。他的眼中已容不下别物，天上地下，日落月升，今夜今时，唯剩下她姜含元一人而已。

自他皮肤毛孔里渗出的滚烫汗水，一滴滴地落在她的肌肤之上。束慎徽感到自己快乐无比，但即便如此，在他的心底，依然有另外一种感觉如影随形。

他总觉得，从她醒来仰卧在他的腿上静静地凝视他的那一刻起，直到此刻，即便他对她做着如此激烈的情事，她也好像仍在梦中，始终未醒。

她似乎将他当成了别的什么人。这种感觉极为强烈，让他忍不住又想起了她曾说过的、他怎样都无法忘记的那句话。

一阵酸楚之感裹挟着极大的逍遥和快意，仿佛一头恶龙，骤然自他的心底咆哮着破膛而出，张开巨口将他整个人吞入了腹。

但是，只要她能得到抚慰，能彻底地忘记她的伤悲，哪怕只是短暂的此刻，他也不在乎了。他心甘情愿去做让她发泄情绪的那个人，甚至，为此感到些许的欣慰。

他用臂膀将她拢在怀中，令她和自己缠在一起，肌肤相贴，紧紧粘连，中间没有丝毫的间隔。

"兕兕……兕兕……"他不停地轻唤她的名字，"你想怎么样都行，我都可以。"他用沙哑的、带了几分蛊惑的声音，在她的耳畔低声说着话，不停地勾引着她。

她慢慢地停了下来。正当他开始感到不安，以为她清醒了过来时，忽然，她发力，一下子便翻过身，将原本正压在她身上的他推倒了。接着，她将他压在了她的下面。

黑暗中，束慎徽感到她的长发垂落在他的胸膛上，挠着他裸露的皮肤。他被一阵肤浅至极的酥痒的快乐之感给包围了，忍不住轻声笑了起来。笑声才起，她就像一头小老虎一样扑了过来，双臂胡乱地抱住了他。

"殿下——"

黑暗里，他的耳中传入了她的呼唤之声。这一声"殿下"从她口中囔出之时，似呢喃般，嗓音沙哑而轻颤，宛若情动。

他仿佛是第一次听到她以如此声调呼唤自己——或者并非仿佛，而是确实。即便是在钱塘他们如胶似漆地相处的那几个日夜里，他也从未听到她这般呼唤过自己。

就在这嗓音入耳的那一瞬间，束慎徽便感到自己浑身为之战栗。他还没完全反应过来，就听到她又用她那动情的颤抖的声音，再次低低地唤了他一声"殿下"。

这是他此生听过的最美妙的声音，比宫廷华宴中技艺最高超的乐师操奏出的钟乐还要悦耳。

这接连的两声"殿下"，直击他的心脏。顷刻间，他的神思烧作了灰烬，他被她弄成了一匹脱缰的野马、一只出笼的饕餮。他狠狠地抱住她，向她吻去。

这个短暂而又漫长的夜晚，他们便如此相互索要着对方，然后睡去，待睡醒，再要一遍，反复数次。直到最后倦极，耗尽了彼此的最后一丝力气，他才将她拥在怀中，彻底地睡去。

当束慎徽再次醒来，天已大亮。她仍安静地卧在他的身畔，长发凌乱，手脚轻轻舒展，闭着眼眸，沉睡未醒。

束慎徽没有动。他闭着目，慢慢地回味了片刻她昨夜唤他的那两声"殿下"方睁眼，轻轻地离开了她，穿衣走了出去。

三天过去了，他不得不从这一场梦里醒来了。

她的樊叔还耐心地守在谷口之外。不但如此，他的人也来了，已经等在这里，还给他送来了两封快报。

一封发自长安，是贤王的亲笔手书，除了向他奏报一些朝事之外，还询问了皇帝陛下的情况，又问他何日能带着少帝归京。

此刻少帝应当还没抵达长安。贤王于行文之中未见半句催促，但字里行间，一种焦急之意扑面而来。

第二封快报发自姜祖望。姜祖望派出的探子回报，就在不久之前，北狄皇廷发生剧变。皇帝尚在病榻上，南王炽舒便联合他的一个叔父发动宫变，派人埋伏在入宫的道上，一天之内接连杀死了预备探病的太子和另外几个平日与他不和的兄弟，血洗皇廷，成为狄廷的新皇，成功上位。

姜含元醒来，慢慢地睁开了眼睛，看见窗外阳光灿烂，略微刺目。她只觉周身依旧懒洋洋的，连手指头都不想动弹。她又闭了目，脑海里扑入了昨夜的种种。

她再次睁眸，转头，看见身边空荡荡的。他不在榻上了，枕边只放着她的衣物。她出神了片刻，慢慢地坐起了身。

她出屋，看见他独自立在谷口，似正远望对面的那片雪湖。仿佛觉察到了什么，他忽然回过头。两人四目相对，他转身走了回来，她也立刻迎上去。

他们朝着彼此走去，最后相会，又停在了昨日曾一道坐睡了半日的那株树下。

"兕兕，我要走了。"他开口便道。

阳光穿过树顶扶疏的枝干，投落在他的脸上。这张脸上此刻不见笑意，他看着她的目光却是十分柔和。

姜含元默然了片刻，慢慢地道："保重。"

这是几日前他曾留给她的赠言。

他笑了，眉目舒展："你也是。"他顿了一顿，又道，"你更须保重！"

他的语气极为郑重。姜含元也笑了起来,迎上他的目光,颔首道:"我会的。"

他随之沉默下来,仿若出神。片刻后,谷口外传来了一阵隐隐的马嘶之声。他惊醒,望着她缓缓道:"咒咒,走之前,我想和你再交代几件事。

"戬儿那里,我预感他很快必能自立。至于我,更不适合再长久地做摄政王了。他已初具亲政之力,也有上位者之心了,我再越俎代庖,于我,于他,皆是不利。这趟回去后,看情形,我将尽快还政。

"另外有一件事,我也想和你道一句。今日我刚收到消息,狄廷政变,炽舒已经上位。人的位置不同,哪怕面对同一件事,考虑事情的方式也会随之不同,何况此人不是莽夫。他继了位,位子却还不稳固——对我大魏,他将作何盘算,如今也不好说。但于大魏而言,这是一个极好的机会。今年秋收的粮食几何,各地已初见眉目,虽还未总结上报,但从已上报的数目看,基本合我预期。此战准备多年,机会已然到来,不可错失。我回去后,便将尽快调集兵马和粮草,发动战事,以收回我大魏的北方门户。届时雁门就托付给你们了。"

"殿下放心。大将军必将倾尽全力,不负殿下之托!"姜含元立刻应道。

束慎徽颔首道:"并州刺史陈衡可以完全信任,将来有任何事,你若是一时不便与我联系,寻他也可。他离你更近。"

姜含元点头。

耳边又传来一阵马嘶之声,她回头看了一眼谷口方向,回头含笑道:"我也要回雁门了。我送殿下一程吧。"

束慎徽没有推辞。当天,两拨人便一同踏上了返程。

燕乘率领家臣部属和许多城民,恭恭敬敬地将摄政王和他的阿姐送出了云落。樊敬被姜含元留下了,便另外替她选了一队人马,护送她回雁门。

傍晚,两队人马一同行到了一个古道的岔路口。他将往南取一条近道,经萧关归往长安,她则继续往东,回往雁门。

随从们知他二人或还有临别之言,各自在领队的带领下,远远地停在了道旁。

他凝视着她,慢慢地道:"我回去后,若一切顺利,最慢——想来一年之后,到了明年的这个时候,应当便能抽身而出,去做一些我很早之前便想做的事了。"

姜含元坐于马背之上,笑道:"殿下一定能心想事成!我在此提早恭祝。"

平安保重的话已说了太多,谁也没再说。于岔道口,两人又停马相对了片刻。她忽然朝他点了点头,道了句"我走了",随即垂眸不再看他,轻轻地拽了一下马缰,催动坐骑转了方向,便要朝着雁门而去。

古道之上,夕阳无限,芳草萋萋,她的身影沐浴在夕阳中,宛若镀了一层金色的光。

她就要去了,就这样去了,下回再见,不知会是何时。

束慎徽望着她的背影,那句如鲠在喉许久的话忽然仿佛得到了强有力的鼓动,他冲动之下竟脱口发问:"兕兕,我可以再问你一个困惑我颇深的问题吗?"

姜含元停马,转过头,面上含着笑容:"何事?"

"长安春赛的那夜,你在永泰公主府里喝醉了酒,我接你回来。你于半梦半醒之间,望着我说,我不是他。不瞒你说,我当时以为你梦见的是无生。如今我知道了,那不是无生。那么那个'他'到底是何人?你可以叫我知道吗?"他问完,凝视着她,眼眸一眨不眨。

她面上的笑容渐渐消失,她沉默着,一言不发。他等待了片刻,微微面露懊恼之色——那是对他自己生出的懊恼。

他改了口:"罢了,是我又无礼了!我为何总是学不会?我不该问的,你当我没说。"他停了一下,便用轻松的语气继续说道,"我知道你如今心里最想要的是什么,也不会忘。你回雁门吧,等长安的消息。我去了!"

他转了马头,便要踏上那条南下的道。

姜含元目送着他离去。

男人纵马疾驰,他的随从也立刻跟上。马蹄纷纷踏在古战道上,扬起一片干燥的尘土。

她望着,望着,在他越走越远,远得即将看不见的时候,心里忽然涌出了一阵强烈的冲动。她被那冲动和包裹在其下的、连她自己也不知从何而来的、犹如此去便是永别的不祥感驱使着,一瞬间,竟再也无法自抑,催马追了上去。

他停马于道，当发现确是她正朝着自己追来，立刻命令随从原地等待，随即去迎她。双马在中途相遇。

"他是我十三岁时在军营里偶遇的一个人。那时，他也还只是一个少年。"她的胸脯微微起伏，呼吸略带急促。

他一怔，随即很快追问："后来呢？他如今又在何处？"

"没有后来。我带他去了一个他想去的地方，然后他便走了，回到了他的归属之地。这么多年过去，我再也没有见过他，直到昨天……"她望着对面这男子的一双眼，道，"就在昨天，我仿佛又见到了他。"

她深深地望了他一眼，一字一顿地道："殿下，此行归去，敬请保重！"

说完，她掉转了马头，沿着来时的方向，纵马而去。

束慎徽坐于马背之上，望着她离去的背影，直到她彻底消失，依然久久不动。

夕阳沉落，暮色苍茫，她早已去了。

他回了神，压下心中的无限酸楚、失落以及深深的遗憾，慢慢地，也踏上了他的路。

是的，遗憾。他遗憾他认识她太晚。在他和她终于得以相遇的时候，她的心早已被另外一个只在她生命当中扮演了匆匆过客的少年给夺走了。

该当是如何惊才绝艳的少年，才会叫十三岁的她匆匆一面便挂念至今，甚至就在昨天又入了她的梦。

她情动，是将他当作了对方。

他的疑虑终于得到了明证，不过无妨，束慎徽又告诉自己：下半生还很长。

至少现在，她的人已经是属于他的了。等到能够摆脱责任，重获自由，做回少年时的他，他便有一辈子的时间可以去陪伴她了。

将来，他必能将那个幸运之人从她的心里赶走，令她在心中将那人换作自己也不是不可能。

他在心里如此和自己说道。